La brume se lève

Du même auteur
aux Éditions J'ai lu

L'INVTÉ DE LA DERNIÈRE HEURE

N° 9013

LE SCEAU DU SECRET

N° 8408

ILLUSIONS MORTELLES

N° 8727

LA MAISON DES SŒURS

N° 7778

LES ROSES DE GUERNESEY - 1
LE FARDEAU DU PASSÉ

N° 8097

LES ROSES DE GUERNESEY - 2
LA BRUME SE LÈVE

N° 8104

CHARLOTTE

LINK

LES ROSES DE GUERNESEY - 2

La brume se lève

ROMAN

Traduit de l'allemand
par Corinne Tresca

J'AI LU

Titre original
DIE ROSENZÜCHTERIN

Résumé

Les roses de Guernesey – 1

Le fardeau du passé

Franca Palmer, jeune Allemande de trente-quatre ans, a tout laissé derrière elle et part se réfugier sur l'île de Guernesey. Elle y retrouve Béatrice, soixante-dix ans, propriétaire d'une roseraie, qu'elle avait rencontrée lors d'un précédent séjour et avec qui elle avait correspondu régulièrement. De cet échange était née une amitié empreinte de pudeur qui avait permis à Franca de reconquérir un peu de cette confiance en elle que son mari avait détruite.

Au cours de ces quelques mois où Franca réapprend à vivre, Béatrice révèle progressivement son histoire : la séparation avec ses parents lorsque les Allemands débarquent sur l'île, l'occupation, les privations, l'amour d'un prisonnier français, son mariage avec un professeur londonien et Hélène... Hélène, quatre-vingts ans, épouse du lieutenant allemand qui s'est attribué la maison de Béatrice. Hélène qui n'est jamais repartie et qui exerce un chantage affectif sur Béatrice depuis près de soixante ans maintenant.

Béatrice a bien tenté de retrouver sa liberté mais en vain. À présent, les secrets du passé vont être révélés...

TROISIÈME PARTIE

Guernesey, été 1956

Au début de l'été 1956, elle revint à Guernesey pour vendre la maison de ses parents.

La décision avait mûri dans sa tête au cours des premiers mois de l'année. Sa vie était désormais à Cambridge, Guernesey appartenait à un passé qui s'estompait derrière un voile de brouillard de plus en plus épais. Frédéric l'avait plusieurs fois pressée de s'y rendre quelques semaines, l'été, pour profiter de la douceur du climat et revoir ses amis d'enfance.

« Si tu le désires, je viens avec toi, disait-il. Si tu ne veux pas, je te laisse y aller seule. »

Chaque fois, elle refusait.

— J'ai l'impression que tu n'as plus envie de retourner là-bas, dit un jour Frédéric.

Ils prenaient un verre dans un petit pub du centre-ville où sans cesse ils étaient interrompus dans leur conversation par des étudiants ou des professeurs qui les saluaient en passant et échangeaient quelques mots avec eux. Béatrice se sentait heureuse et en sécurité dans cette atmosphère. Tandis qu'elle l'écoutait, elle observait le visage calme et intelligent de Frédéric.

Elle se demandait parfois si elle l'aimait. Elle n'aurait pas su le dire, néanmoins, ce qu'elle éprouvait ressemblait beaucoup à de l'amour.

— Je crois effectivement que je n'y retournerai jamais, répondit-elle. Je suis tellement heureuse de réussir enfin à oublier un peu ce que j'y ai vécu… Je n'ai pas envie de raviver les vieilles blessures.

— Ça ne t'ennuie pas qu'Hélène Feldmann vive dans ta maison jusqu'à la fin de ses jours ? s'enquit prudemment Frédéric. Je veux dire, tu pourrais en tirer une belle somme si tu la louais ou la vendais. Non que l'argent m'intéresse, s'empressa-t-il d'ajouter, nous avons tout ce dont nous avons besoin. Mais tu te fais peut-être exploiter. Penses-y.

Elle prit sa décision en quelques secondes.

— Je vais la vendre, dit-elle. Oui, je préférerais la vendre.

— Alors, fais-le, dit Frédéric.

Béatrice ne revint pas sur sa décision, cependant elle réfléchit longuement à ce qu'Hélène allait devenir et à la meilleure façon de lui apprendre la nouvelle. Elle fut tentée de confier la vente à une agence immobilière et, pour le reste, de se mettre la tête dans le sable, mais Frédéric l'en dissuada.

— Ce n'est pas une bonne idée, objecta-t-il. D'abord vis-à-vis d'Hélène, et ce n'est pas dans ton intérêt non plus. Il y a des meubles, dans cette maison, des souvenirs qui t'appartiennent. Tu risques un jour de regretter d'avoir tout laissé partir.

— Cela implique donc que j'aille à Guernesey.

— Je pense que ce serait mieux, oui, l'encouragea Frédéric. Veux-tu que je vienne avec toi ?

Béatrice réfléchit brièvement puis secoua la tête.

— Non. C'est quelque chose que je dois faire seule.

Elle savait qu'Hélène serait inquiète et, comme elle ne voulait pas avoir à lui expliquer ses intentions au téléphone, ce n'est que quelques minutes avant d'embarquer à Portsmouth qu'elle lui adressa un télégramme l'informant de sa venue.

Elle accosta à Saint Peter Port par un soir de juin lumineux et doux. Un vent léger qui sentait la mer et l'été caressait la ville. Sur la colline, les maisons étaient encore dans le soleil. Le clocher de l'église paroissiale dédiée à saint Pierre, la fameuse « cathédrale » des îles Anglo-Normandes, dressait toujours sa pointe au-dessus du quai, immuable, comme un signe amical de bienvenue aux visiteurs. Le cri des mouettes qui tournoyaient dans le ciel pâle emplissait l'air. Béatrice sentit son cœur se serrer, le pincement douloureux, si familier, était à nouveau là.

Je n'aurais pas dû venir, se dit-elle, prise soudain d'un sombre pressentiment.

Elle sacrifia quelques billets et se fit conduire en taxi au Variouf. Elle redécouvrit les routes étroites bordées de murets de pierre et de haies qu'elle connaissait si bien, les petites maisons et leurs jardins enchantés, les couleurs, les odeurs, la lumière, les flaques de soleil sur le feuillage. Elle connaissait chaque virage, chaque endroit où l'on retenait son souffle de peur qu'une voiture ne surgisse en face.

Curieusement, lors de son précédent séjour, elle n'avait pas perçu l'île avec la même acuité. Cela tient sans doute au fait que je ne reviendrai pas, se dit-elle.

Hélène était fébrile et anxieuse. Elles ne s'étaient pas vues depuis plus de trois ans et elles s'étaient séparées en mauvais termes. Depuis la carte de félicitations froide et impersonnelle qu'Hélène avait envoyée à Béatrice en réponse à son faire-part de mariage, elles n'avaient échangé que des cartes de Noël ou d'anniversaire polies et dénuées d'intérêt.

Hélène paraissait cependant disposée à renoncer à sa réserve glaciale. Son instinct devait lui avoir soufflé qu'une catastrophe s'annonçait. Elle ne savait pas précisément ce qui la menaçait, mais elle avait bien compris que c'était une raison sérieuse qui amenait Béatrice. Et cette raison sérieuse avait toutes les chances d'être très désagréable.

Béatrice dut reconnaître qu'Hélène veillait sur la propriété avec un soin jaloux. Le jardin était parfaitement entretenu, les haies du pourtour étaient taillées, les serres elles-mêmes, bien qu'inutilisées, étaient propres et rangées. Pas un grain de poussière à l'intérieur de la maison non plus. Hélène, les joues marbrées de plaques rouges, se tenait debout au milieu de la salle à manger.

— Je suis heureuse que tu sois là, dit-elle d'une petite voix enfantine mal assurée.

Béatrice la trouva remarquablement jolie, beaucoup plus jolie qu'avant. L'âge lui allait bien. Elle avait fait couper ses cheveux et son visage avait perdu ses rondeurs. On lisait dans ses yeux qu'elle se sentait souvent seule et pleurait beaucoup. Ce qu'elle vivait s'était subtilement imprimé sur ses traits, effaçant la joliesse et la mièvrerie qui lui avaient si longtemps donné l'air d'une enfant charmante. Elle paraissait plus grave, plus mûre, elle était devenue quelqu'un que l'on pouvait prendre au sérieux.

— Ça me fait plaisir de te revoir, après tout ce temps, dit Béatrice.

Ce n'était pas tout à fait vrai ; pourtant, à cet instant, il lui sembla opportun de le dire.

Le regard d'Hélène glissa sur sa silhouette.

— Tu as l'air en forme. Cet ensemble est très seyant. Ton mariage avec ce… Frédéric te réussit visiblement.

— Je suis très heureuse à Cambridge, dit Béatrice.

C'était maladroit d'attaquer bille en tête, elle le savait, mais le moment lui parut bien choisi pour faire une transition.

— C'est d'ailleurs la raison de ma venue ici, ajouta-t-elle précipitamment, poussée par le désir d'en finir au plus vite. Je crois que je ne quitterai plus Cambridge, maintenant. Je m'y sens chez moi. Si bien que...

— Oui ? fit Hélène sur un ton où perçait nettement la panique.

Béatrice prit sur elle et se lança :

— Il faut que je décide ce que cette propriété doit devenir, Hélène. Tu comprends bien que je ne... c'est-à-dire que... qu'ai-je besoin de garder cette maison ? Je ne vais plus revenir. Je n'habiterai jamais ici. Alors...

Elle s'interrompit. Les yeux d'Hélène s'agrandirent.

— Oui ? fit-elle à nouveau.

— Je voudrais vendre la maison, dit Béatrice. C'est un poids, pour moi. Avec l'argent, nous pourrions, Frédéric et moi, nous acheter quelque chose de plus grand à Cambridge, ou bien un cottage quelque part dans le nord, pour les vacances... On trouvera bien quoi en faire, ajouta-t-elle dans un rire qui sonnait faux. Quand il s'agit de dépenser de l'argent, ce ne sont jamais les idées qui manquent.

Le teint d'Hélène avait viré au gris.

— Mais je vis dans cette maison, articula-t-elle avec peine.

— Bien sûr, Hélène, je le sais, mais tu te rends bien compte aussi que cette maison est beaucoup trop grande pour toi toute seule, dit Béatrice, mal à l'aise. Et trop isolée. Tu vis complètement coupée du monde. Tu ne peux pas te cloîtrer comme ça. Tu es jeune, tu es jolie. Tu pourrais te remarier…

— Tu me mets à la porte, alors ! Après tout ce que nous avons vécu ensemble…

— Si tu ne veux vraiment pas retourner en Allemagne, alors cherche-toi un appartement en ville, à Saint Peter Port par exemple. Quelque part où il y a des gens, de la vie. Tu te ferais des amis. Ici, cette grande maison, le jardin, toutes ces prairies alentour, ça ne fait que te déprimer !

— Me déprimer ? C'est le seul endroit où je me sens capable de vivre. C'est l'endroit où, avec Erich, nous…

— … où, avec Erich, nous avons été heureux ? fit Béatrice achevant la phrase qu'elle avait laissée en suspens. Hélène, voyons…

Elles se dévisageaient. Hélène répondant d'ordinaire au moindre conflit par les grandes eaux, Béatrice attendait qu'elle fonde en larmes. Mais les yeux d'Hélène restèrent secs et aucun sanglot ne franchit ses lèvres.

— Et quand cela doit-il avoir lieu ? demanda-t-elle avec un surprenant sens pratique.

— Tu auras tout le temps de trouver un logement à ta convenance, répondit Béatrice. Personne n'a l'intention de te mettre à la porte. De toute façon, je souhaite que nous prenions toutes les décisions à deux.

Hélène lui jeta un regard lourd de sarcasmes et de scepticisme.

— Vraiment ? fit-elle. Es-tu bien certaine que c'est ce que tu souhaites ?

— Absolument. Je ne suis pas ton ennemie, Hélène. Il faut seulement que je… que j'organise ma vie de façon… rationnelle.

— Si tu penses que tu ne peux être heureuse que comme ça…

— « Que comme ça » ? Que veux-tu dire ?

— De la façon dont tu vis. À Cambridge. Avec ton Frédéric. En tournant le dos à Guernesey et en laissant tout derrière toi.

— Je ne sais pas de quoi demain sera fait. Je sais seulement qu'en ce moment je suis heureuse. En tout cas, plus heureuse qu'avant, rectifia-t-elle, plus apaisée. Les vieux souvenirs ne me font plus aussi mal. Je ne veux plus qu'ils m'empêchent de vivre, je veux les oublier. C'est pour cela qu'il faut que je rompe avec Guernesey. Je dois me séparer de mon passé.

— Apparemment, tu veux aussi te séparer de moi, dit Hélène. Du moins te donnes-tu beaucoup de mal pour couper définitivement les ponts entre nous.

— Je me donne du mal pour que nous ayons chacune une vie propre, répliqua Béatrice. Ça n'exclut pas que nous ayons des contacts.

— Des contacts ! s'exclama Hélène d'une voix suraiguë. Crois-tu que c'est ce que j'ai jamais attendu de toi ?

— Qu'attendais-tu donc de moi ? demanda Béatrice.

— Ça n'a plus d'importance, maintenant, dit Hélène en quittant la pièce.

Le lendemain, Béatrice confia la vente de la maison et du terrain à une agence immobilière de Saint Peter Port. La directrice de l'agence lui donna bon espoir de conclure la transaction rapidement.

— On a connu des périodes plus favorables, dit-elle, cependant, j'entrevois plusieurs possibilités. Naturellement, il faut que je me rende sur place pour juger par moi-même, mais tel que vous me décrivez votre bien, nous ne devrions guère avoir de mal à vous trouver un acquéreur.

Après cet entretien, Béatrice se sentit soulagée, comme si ce premier pas lui interdisait maintenant de revenir en arrière. Ne plus avoir le choix la libérait d'un poids ; c'était assurément un sentiment illusoire, puisqu'en réalité elle pouvait encore changer d'avis, mais le fait est qu'elle avait enclenché un processus qui aurait désormais sa dynamique propre et qu'elle en retirait l'impression d'avoir franchi un énorme obstacle.

Au cours des jours qui suivirent, elle fit l'inventaire des meubles, des tableaux, des tapis, de la vaisselle et de tous les objets qui se trouvaient dans la maison. Il était évident qu'elle ne pourrait pas tout conserver, aussi proposa-t-elle à Hélène de mettre de côté ce qu'elle voulait.

— Ce serait dommage que tout cela aille à des étrangers, dit-elle. J'aimerais vraiment que tu prennes tout ce qui te fait envie.

— Je ne pense pas avoir envie de quoi que ce soit, répondit Hélène, le visage fermé. Si je me souviens bien, je dois prendre un nouveau départ, n'est-ce pas ? C'est bien ce que tu as décidé, non ? Alors tant qu'à faire…

— Je ne peux pas te forcer, mais tu pourrais…

— Tu ne trouves pas que tu en as assez fait comme ça ? la coupa Hélène. Laisse-moi me débrouiller à ma façon avec les pots cassés !

— As-tu déjà regardé ce que tu pouvais trouver comme appartement ? questionna Béatrice après s'être un instant demandé si elle devait répondre aux « pots cassés » ou aborder un autre sujet, et avoir finalement opté pour la deuxième solution.

— Je t'informerai de la date de mon déménagement, répondit Hélène. En temps et en heure, rassure-toi.

Mon Dieu, songea Béatrice, ça va être la guerre, j'en mettrais ma main au feu.

Chaque jour, elle s'entretenait au téléphone avec Frédéric, autant pour le plaisir de l'entendre que pour l'informer de ce qu'elle faisait.

— Un couple vient visiter la maison demain, lui annonça- t-elle un soir, dix jours après son arrivée. Je suis déjà tout excitée. Ils vont peut-être l'acheter.

— Ne t'emballe pas trop, la mit doucement en garde Frédéric. Il est rare que les choses aillent si vite. Si tu la vends après quatre ou cinq visites seulement, ce sera déjà un joli score.

Comme toujours, la douceur et la compréhension qu'il lui manifestait lui firent du bien.

— Bien sûr, dit-elle, mais j'aimerais tellement que ce soit fait. Ce n'est… ce n'est pas très drôle, ici.

— Veux-tu que je vienne ? Tu n'as qu'un mot à dire et je prends le premier bateau !

Elle ne put s'empêcher de sourire.

— Tu ne vas pas laisser tes étudiants en plan au beau milieu des cours. Mais ne t'inquiète pas, je vais m'en sortir.

— Je t'aime, dit doucement Frédéric.

— Je t'aime aussi, répondit-elle.

Et j'ai hâte d'être à nouveau près de toi, ajouta-t-elle en pensée.

Plus tard, elle se demanda pourquoi elle ne l'avait pas dit à haute voix.

Le lendemain, elle revit Julien.

Ce fut comme un coup de tonnerre dans un ciel clair. Il n'y avait rien qu'elle attendît moins, rien à quoi elle fût moins préparée et rien qui eût pu la bouleverser autant.

Le matin, comme convenu, la directrice de l'agence immobilière avait fait visiter la propriété au couple dont elle lui avait parlé. Béatrice avait rapidement acquis la conviction que ce n'était pas avec ces personnes tatillonnes et grincheuses que l'affaire se ferait. Le mari, un homme adipeux au visage boursouflé et au teint blafard, avait parcouru les pièces les mains nouées derrière le dos, sans desserrer les dents et en prenant de temps à autre un air dégoûté, tandis que sa femme ne s'arrêtait de poser des questions que pour critiquer ce qu'elle trouvait critiquable, c'est-à-dire tout ce, ou presque, sur quoi son œil se posait. La directrice de l'agence réagit à l'évident déplaisir de ses clients par une gaieté forcée et un discours d'une jovialité à toute épreuve qui eut le don de taper sur les nerfs de Béatrice. La façon dont ce couple de parvenus dénigrait la maison qui avait jadis été celle de ses parents la rendit furieuse. Et quand elle vit Hélène se réjouir de l'attitude des visiteurs, elle eut beau se dire que c'était une réaction bien compréhensible, sa mauvaise humeur n'en monta pas moins d'un cran supplémentaire.

Toutes ces personnes désagréables disparues, elle mit des chaussures de marche et partit d'un pas rageur vers Petit Bôt Bay. Un vent insistant et frais soufflait de l'ouest, l'air était transparent, il n'y avait pas une trace de brume sur la mer. Le soleil apparaissait et disparaissait derrière les nuages qui filaient dans le ciel. De part et d'autre du sentier qui longeait la falaise, la floraison des mûres était passée, bientôt les baies commenceraient à grossir.

Comme ce sera agréable de se promener en cueillant de grosses mûres noires et sucrées, songea-t-elle en respirant à pleins poumons. Ce n'est que quelques secondes plus tard qu'il lui revint à l'esprit qu'il n'y aurait plus de fin d'été sur l'île pour elle.

Elle vit d'abord l'élégante jeune femme brune qui était assise sur l'un des bancs d'où la vue sur la côte était exceptionnelle. L'endroit surplombait les rochers escarpés d'une minuscule crique et le soleil qui venait de sortir des nuages donnait des couleurs éclatantes au paysage. La mer était d'un bleu profond avec çà et là, près du rivage, de grandes taches turquoise transparentes. Sur le banc, la jeune femme souriait, radieuse. Elle portait un pantalon clair et un pull-over moulant à petit col montant gris anthracite. Elle paraissait heureuse et détendue. Ses cheveux, d'un noir de jais, brillaient comme s'ils avaient été lustrés avec un chiffon de soie.

Béatrice s'étonnait de la voir sourire avec une telle constance quand elle fut assez près pour voir qu'un homme se tenait à demi accroupi à quelques pas du banc, un énorme appareil photo vissé à l'œil, et la mitraillait sans relâche. Si elle ne changeait guère de position, les sourires tendre, rieur, charmeur, innocent ou mystérieux qu'elle arborait successivement avec toujours le même naturel révélaient à tout le moins une longue habitude de l'objectif.

Devant elle, l'homme qui tenait l'appareil était Julien.

Onze années s'étaient écoulées depuis la fin de la guerre, seize depuis la première fois qu'ils s'étaient rencontrés. Dans l'ensemble, Béatrice ne le trouva pas beaucoup changé. Il paraissait avoir à peine vieilli. Il était plus large d'épaules, plus fort et très bronzé. Il avait perdu la pâleur maladive du temps de sa réclusion dans le grenier des Wyatt, mais elle l'avait connu aussi en relativement bonne forme et le teint hâlé, si bien qu'il lui parut très familier. C'était son Julien.

Il la reconnut en même temps qu'elle le reconnut. Il laissa retomber le bras qui tenait l'appareil photo et la regarda fixement. La jeune femme sur le banc remarqua instantanément que quelque chose se passait. Elle se retourna. Tous trois se dévisagèrent ; autour d'eux, l'air parut se charger d'électricité.

Julien se releva.

— Béatrice ! Mais que fais-tu ici ?

Il s'était adressé à elle en français et elle lui répondit dans la même langue.

— Que je sois ici n'est pas franchement extraordinaire. Toi, en revanche…

Il sourit. Maintenant qu'il s'était ressaisi, il affichait une belle sérénité.

— Je suis sur les traces de mon passé. Suzanne voulait voir où j'avais vécu la guerre.

La jeune femme brune souriait.

— Julien m'a tellement parlé de cette époque. J'ai fini par avoir très envie de découvrir la fameuse île de Guernesey.

— Ah, fit Béatrice, consciente de l'indigence de son commentaire mais incapable de trouver mieux à répondre.

— Ne veux-tu pas faire les présentations ? demanda Suzanne à Julien, des trois celle qui manifestement maîtrisait le mieux la situation.

Une hésitation à peine perceptible retint Julien une fraction de seconde puis il s'exécuta :

— Suzanne, ma femme, dit-il. Béatrice Stewart, une… amie de cette époque.

Béatrice tendit la main à Suzanne.

— Béatrice Shaye. Entre-temps, je me suis mariée.

Suzanne sourit à nouveau. Il émanait de sa personne un charme auquel il était difficile de résister.

— Quelle chance de faire ainsi votre connaissance, Béatrice. Je suis tellement curieuse de rencontrer tous ces gens qui un jour ont fait partie de la vie de mon mari. Ce serait merveilleux que vous puissiez dîner avec nous ce soir, qu'en dites-vous ?

Béatrice vit tout de suite que l'idée n'enthousiasmait pas Julien mais il ne pouvait pas s'y opposer. Il renchérit avec une gaieté forcée.

— Mais oui, Béatrice, ce serait une excellente idée. Si tu pouvais te libérer…

Une petite voix lui disait de refuser l'invitation. Mais elle était également à la fois trop impressionnée par le hasard extraordinaire de leur rencontre et trop curieuse d'en savoir plus pour ne pas accepter. Quelque chose d'ancien, d'enfoui au fond d'elle-même s'anima, quelque chose de la spontanéité, de l'inconscience, de la folle audace de cette époque fit vibrer une corde muette depuis de longues années. Elle irait. Elle voulait encore entendre vibrer la corde.

Elle apprit ce soir-là que cela faisait quatre ans que Julien et Suzanne étaient mariés et quatre ans et demi qu'ils se connaissaient. Suzanne était mannequin. C'est lors d'un séjour sur la Côte d'Azur où Julien se trouvait en vacances tandis que Suzanne faisait des photos de mode qu'ils s'étaient rencontrés.

Julien parla peu, Suzanne, en revanche, bavarda, babilla et rit pendant tout le repas.

Vêtue d'un tailleur blanc, légèrement maquillée, elle était d'une élégance radieuse. Elle ne se lassait ni de rejeter d'un geste gracieux ses cheveux mi-longs en arrière, ni de sourire pour dévoiler ses jolies petites dents, blanches et nacrées comme des perles. Béatrice se sentait de minute en minute plus insignifiante.

Elle avait passé une éternité devant la glace à essayer de dompter ses cheveux rebelles, mais elle s'était rendu compte en apercevant son reflet dans une vitrine sur le chemin du restaurant que ses satanées boucles avaient repris le dessus. Quant à son tailleur, il était loin d'avoir le chic de celui de Suzanne : le tissu manquait de tenue, il était trop chaud pour la saison et sa couleur – un vert franc dont Frédéric prétendait qu'il lui allait au teint – d'un coup lui parut impossible.

J'ai l'air d'un cactus, songea-t-elle en perdant toute confiance en elle.

Suzanne avait proposé de dîner dans un restaurant de poissons sur le port. Ils mangèrent des soles délicatement grillées face au large, mais pour ce qu'elle percevait du contenu de son assiette ou des merveilleuses couleurs du crépuscule sur la mer, Béatrice aurait tout aussi bien pu être assise devant une portion de *fish and chips* au fond d'un pub enfumé. Elle regardait Julien en se demandant ce qu'il pensait quand lui la regardait.

Elle ne pouvait pas rivaliser avec Suzanne, et Julien, forcément, devait lui aussi s'en rendre compte. Elle n'avait ni sa beauté, ni son élégance, ni son esprit.

Elle était une souris grise de Cambridge.

C'était terrible de se percevoir ainsi. Une souris grise de Cambridge. L'étiquette « Cambridge » qui soudain parut lui coller à la peau – pire, faire intrinsèquement partie d'elle-même – accentuait encore son insignifiance. Cambridge... Des jours tranquilles, une vie réglée, rangée, une suite de menus événements sans surprise. Cambridge, c'étaient de longues discussions avec Frédéric, des soirs brumeux à lire devant l'âtre, des débats de haute volée organisés par l'université, des week-ends studieux, la préparation à deux du repas du soir, un verre de vin dans le salon, la lecture à haute voix, pour le faire connaître à l'autre, d'un article dans le journal... Cambridge, c'était Frédéric. Elle songea à son regard intelligent et sensible. En face d'elle, il y avait Julien. Julien et ses yeux de braise... Elle savait qu'elle n'aurait pas dû ressentir ce qu'elle ressentait, cette tension étrange, cette souffrance à l'idée qu'elle passait à côté de la vie.

Julien vivait à Paris, il était journaliste politique dans un quotidien. Il voyageait beaucoup, travaillait beaucoup, rencontrait beaucoup de gens extrêmement intéressants, menait une vie de fou très excitante et, pour tenir le coup, buvait des litres de café noir et fumait des tonnes de cigarettes. Suzanne faisait des photos dans toute l'Europe, rencontrait elle aussi des gens fascinants, principalement des acteurs, travaillait un jour à Rome, le lendemain à Londres, le surlendemain à Nice et, entre tout ça, retrouvait son mari à Paris et ensemble ils dînaient avec des hommes politiques en vue ou couraient les fêtes organisées par des artistes ou des intellectuels. Suzanne citait à tout-va des noms que l'on ne lisait sinon que dans le journal. Un moment vint où elle s'interrompit et, les yeux pétillants et le sourire charmeur, demanda :

— À quoi ressemble votre vie, Béatrice ? Je n'arrête pas de parler de moi, pourtant je suis certaine que vous avez vous aussi des choses passionnantes à raconter.

— Oh, euh... pas vraiment, non, répondit Béatrice. En comparaison, la vie à Cambridge est bien paisible. Je travaille dans une bibliothèque universitaire, ce n'est pas follement excitant.

— Ne te dévalorise pas, dit Julien qui intervenait pour la première fois dans la conversation. À t'écouter, ta vie ne serait qu'une succession de journées plus ennuyeuses les unes que les autres. Tu étais une jeune fille décidée et très intrépide.

— Racontez-moi ! s'exclama Suzanne avec ravissement. Vous avez dû vivre des choses extraordinaires, tous les deux !

— C'était la guerre, rappela Julien. L'île était occupée. Je vivais caché dans un grenier et, si je m'étais fait prendre, j'aurais certainement été fusillé. Parfois on courait de vrais risques, c'était inévitable.

— Vous voyiez-vous souvent ? s'enquit Suzanne.

La question pouvait paraître innocente, Béatrice comprit cependant que Suzanne cherchait essentiellement à se renseigner.

— Béatrice me rendait visite de temps à autre, dit Julien. J'étais un prisonnier bien pitoyable, sinistre et malheureux qui se morfondait dans son grenier. Le château d'If n'aurait pas été pire... Nous lisions des livres. Je pense être pour quelque chose dans le français parfait qu'elle parle aujourd'hui.

— Nous lisions *Notre-Dame de Paris*, dit Béatrice.

— Victor Hugo ! À Guernesey ! dit Suzanne. C'était effectivement l'auteur qu'il fallait lire. Quel âge aviez-vous donc, à l'époque, Béatrice ?

— Quand Julien dut se cacher ? Quatorze ou quinze ans, répondit Béatrice en évitant son regard. Je ne sais plus exactement, mais j'étais très jeune.

— Tout cela est formidablement romanesque, dit Suzanne dans un rire qui avait perdu sa fraîcheur et sa spontanéité. Je vous imagine par un après-midi d'été étouffant en train de lire consciencieusement Victor Hugo dans un grenier surchauffé et poussiéreux, Julien, les yeux tournés vers le bleu du ciel, et Béatrice, toute gentille, se donnant un mal de chien pour essayer de lui changer les idées... Une belle histoire, non ?

— Racontée comme ça... oui, peut-être... dit Julien. En réalité, ce n'était pas drôle du tout. Loin s'en faut.

— Je veux bien le croire, concéda Suzanne en s'emparant de son sac à main et en se levant. Je me sauve un instant, vous m'excusez ?

Quand elle eut disparu en direction des toilettes, Julien dit doucement :

— Tu as beaucoup changé.

— Le temps ne s'est pas arrêté. J'ai vieilli.

Il jouait avec les miettes de pain qui parsemaient la table.

— Bien sûr, mais ce n'est pas ce que je veux dire. Il y avait un tel éclat dans tes yeux. Tu avais un appétit de vivre, une audace, une détermination qui me fascinaient. Où tout cela est-il donc passé ?

Elle retira ses mains de la table, bien que Julien n'ait aucunement manifesté le désir de s'en emparer ou même simplement de les toucher.

— Je te fascinais mais tu n'en as pas moins disparu du jour au lendemain sans éprouver le besoin de me dire au revoir.

Il soupira.

— Je le reconnais. C'était...

Il cherchait ses mots mais ne paraissait pas très bien savoir ce qu'il devait dire.

— J'étais incapable de penser à autre chose qu'à ma liberté, dit-il enfin. À ma liberté et à la vie. J'étais complètement asséché. J'avais soif de vivre, faim de vivre. Je voulais rattraper les années qu'on m'avait volées. Je ne pensais qu'à ça.

— Et tu m'as oubliée.

— Je ne t'ai jamais oubliée. Je ne t'ai pas oubliée en mai 1945, quand nous avons été libérés, et jusqu'à aujourd'hui non plus. Tu étais seulement en arrière-plan. Puis...

— ... puis nous nous sommes perdus de vue.

— Oui. J'étais en France, toi, ici. Ce n'est pas bien loin, pourtant... apparemment, c'est une distance qui à certains moments peut s'avérer insurmontable.

— Oui, apparemment. Puis Suzanne est arrivée.

— Puis Suzanne est arrivée, répéta-t-il pensivement. Elle est arrivée, elle est restée et, dès lors, ce fut comme si tout était écrit d'avance.

— Pourquoi voulait-elle voir Guernesey ?

— Parce que je lui en ai beaucoup parlé.

— Lui as-tu parlé de moi ?

— Non. As-tu parlé de moi à ton mari ?

— Non.

Julien sourit.

— Comment est-il ?

— Qui ? Mon mari ? Il est... commença-t-elle d'une voix hésitante. Il me sécurise, me soutient. Il m'apaise, il me donne beaucoup de chaleur...

Julien n'avait pas cessé de sourire.

— Tes yeux ont perdu leur éclat fiévreux.

— Je sais. C'est ce qui se passe quand on se sent apaisé et en sécurité.

Il ne parut pas en être convaincu, mais il ne put rien dire car au même moment Suzanne réapparut. Elle avait remis du rouge à lèvres, s'était poudrée et avait brossé ses cheveux. Elle était resplendissante et d'une perfection presque surnaturelle.

— Me revoilà ! lança-t-elle gaiement en s'asseyant. Alors, avez-vous évoqué quelques vieux souvenirs ?

— Nous avons un peu enjolivé le passé, répliqua Julien. Tu es magnifique, chérie. Je commande des cafés ?

— Je préférerais terminer sur une coupe de champagne, dit Suzanne. Après tout, ce n'est pas une soirée ordinaire. C'est la dernière que nous passons à Guernesey... Nous devons être à Venise demain soir, ajouta-t-elle en se penchant vers Béatrice. Je dois faire des photos de mode pour un magazine féminin.

— Nous étions convenus que je restais encore quelques jours ici et que nous nous retrouvions ce week-end à Paris, lui rappela Julien.

— J'ai changé d'avis, dit gentiment Suzanne. Tu m'accompagnes à Venise. Je travaille toujours mieux quand tu es là.

— Je préférerais rester ici, insista Julien.

— Non, non. Tu viens avec moi.

Elle a dû lui faire une scène d'enfer, songeait Béatrice. Ce n'est pas le genre de femme à accepter sans broncher qu'on contrecarre ses plans.

Il faisait exceptionnellement chaud pour un mois de juin et un voile de brume masquait l'horizon. Les rochers de Petit Bôt Bay étaient lisses et tièdes. Les abeilles s'affairaient en bourdonnant sur les buissons et les haies sauvages qui bordaient le sentier de la falaise. L'île tout entière semblait figée dans une sorte de torpeur. Il devait y avoir de la vie et de l'animation quelque part, mais rien n'en parvenait jusqu'à la baie. Deux dames d'un certain âge marchaient au bord de l'eau, leurs chaussures dans une main, le bas de leur robe relevé dans l'autre. La mousse qui se formait quand les vagues cassaient recouvrait leurs pieds et emplissait les empreintes de leurs pas. Il n'y avait sinon personne, ni sur la plage ni sur la falaise.

— Il fait trop chaud, marmonna Julien. Trop chaud pour entreprendre quoi que ce soit.

Il était à demi allongé sur un rocher plat, la tête reposant sur un second rocher, et regardait le soleil en clignant des yeux. Son hâle s'était accentué. Il rayonnait de jeunesse et de santé.

— Nous devrions marcher un peu dans l'eau, comme ces deux dames, suggéra Béatrice. Ça nous ferait beaucoup de bien.

Julien émit un grognement incompréhensible. Il était d'un calme quasi provocant, surtout quand on songeait – et Béatrice y songeait – à l'orage qu'il avait probablement essuyé avec Suzanne. Elle avait été contrainte de partir, puisque ses engagements l'y obligeaient, et également contrainte de laisser sur place un Julien décidé à ne pas la suivre. Elle devait être régulièrement pendue au téléphone et l'accabler de reproches mais Julien n'en laissait rien paraître. Si à l'autre bout de l'Italie, Suzanne enrageait, il n'en semblait nullement affecté. Il profitait de Guernesey, il profitait de la vie ; si problèmes il y avait, il les réglerait plus tard. Suzanne était à peine partie qu'il donnait rendez-vous à Béatrice, avec un naturel désarmant, comme s'il était évident qu'ils passent toutes leurs journées ensemble. Béatrice n'eut même pas la possibilité d'émettre un avis sur la question. Il ne la consulta pas, ne lui demanda jamais ce qu'elle souhaitait, ne parut pas s'intéresser à ce qu'elle pensait. Curieusement, elle n'en conçut aucune frustration. Elle avait la forte impression que de gros nuages noirs s'amoncelaient au-dessus de sa tête, mais elle ne trouvait nulle part en elle la volonté de résister.

— Je n'ai pas du tout envie d'aller patauger dans l'eau avec tes deux mamies, bougonna Julien. J'aurais plutôt envie qu'elles disparaissent.

— Pourquoi ? Elles ne dérangent personne.

— Ah bon ?

Il ouvrit grand les yeux et la regarda.

— Ça te plaît qu'elles soient là ?

— Non, fit-elle en s'efforçant d'ignorer la force d'attraction de son regard. Enfin, je veux dire que je ne trouve ça ni bien ni mal. Au fond, ça m'est égal.

— Ah bon.

Il referma les yeux.

— Il y a une époque, nous étions complètement seuls sur cette plage, dit-il alors.

— C'est vrai. Ça fait quelque temps, maintenant.

Elle s'attendait à ce qu'il relève sa remarque mais il se tint coi et un long silence s'installa. Elle croyait déjà qu'il s'était endormi quand il demanda soudain, d'une voix claire :

— Aimes-tu ton mari ?

Elle resta un instant sans voix, puis elle se ressaisit.

— Aimes-tu Suzanne ? demanda-t-elle alors en retour.

— Oui, je crois, répondit-il d'un air songeur.

L'aiguillon de la jalousie était cruellement acéré.

— Parce qu'elle est belle ?

— Elle possède quelques autres qualités, remarqua-t-il négligemment.

— Lesquelles ?

Elle avait l'impression d'être un petit chien dressé qui sautait docilement dans le cerceau qu'il lui tendait mais elle ne pouvait pas s'empêcher d'insister.

— Quelles qualités possède Suzanne outre le fait qu'elle est particulièrement jolie, qu'elle pétille de charme et qu'elle porte des vêtements dont les autres femmes ne peuvent que rêver ?

Julien réfléchit.

— La vie avec elle est pleine de mouvement et de fantaisie. Suzanne est constamment en déplacement ; quand elle revient à la maison, elle déborde d'énergie, elle a mille choses à raconter, ce qu'elle a vu, ce qu'elle a fait, ses succès. C'est un moteur qui tourne en permanence. Elle fait vibrer l'air autour d'elle. Avec elle, il n'y a pas une seconde de répit.

— N'est-ce pas terriblement fatigant ?

— Bien sûr que si. D'autant que mon travail n'est pas particulièrement reposant non plus. Mais je ne pourrais pas vivre autrement.

— Tu ne pourrais pas vivre comme moi ?

— Non, ce calme ne me conviendrait pas. Je n'ai toujours pas rattrapé ce dont j'ai été privé. Je ne le rattraperai sans doute jamais, d'ailleurs. Je crois que je courrai toujours derrière les années qui m'ont été volées. Je n'ai pas souvent le sentiment que je pourrai un jour m'arrêter.

— Mais Suzanne te donne au moins parfois l'illusion de pouvoir toucher au but.

Julien sourit.

— Oui. Je sais bien que c'est une illusion. Mais beaucoup de gens, peut-être même la plupart, ne vivent que d'illusions, c'est une façon de tenir le coup, de survivre. Ça justifie amplement de s'y accrocher.

Il se redressa et s'assit. Son regard était vif et clair.

— Les deux mamies sont parties, constata-t-il. Nous sommes seuls.

Le ton de sa voix donna la chair de poule à Béatrice.

— Nous sommes tous les deux mariés, rappela-t-elle.

Julien prit sa main. Ses yeux lançaient des éclairs.

— Effectivement, dit-il, c'est exact. Crois-tu que je puisse l'oublier ?

Elle essaya de retrouver le calme, le détachement, la froide lucidité qui lui permettaient d'ordinaire d'affronter les situations critiques, mais le vieux stratagème ne fonctionna pas. Son corps et sa tête refusèrent de coopérer.

— Je crois que tu risques de l'oublier, dit-elle d'une voix rauque.

— Je crois que tu devrais l'oublier, répondit-il avant de l'embrasser.

Elle voulut le repousser, mais en fut incapable. Elle ne trouva pas même la force de résister quand sa main glissa sous sa robe et lentement remonta le long de sa cuisse, quand ses doigts pressèrent doucement sa peau. C'était l'été. Il faisait chaud. Elle entendait le bruit régulier des vagues qui se brisaient sur le sable, une brise légère comme un souffle caressait son visage. Elle avait à nouveau quinze ans, elle courait sur la falaise pour retrouver son jeune amant, son cœur battait à se rompre, parce qu'elle courait vite, parce que c'était la guerre, parce que les Allemands occupaient l'île et que ces rendez-vous nocturnes risquaient toujours de tourner au drame.

Elle était allongée sur le sable humide entre les rochers, Julien l'enlaçait, pas un jour ne semblait s'être écoulé depuis ce temps où son cœur battait si fort.

— Dis que tu t'ennuies à mourir avec ton mari, demanda Julien avant d'entrer en elle.

Elle avait un désir si absolu de lui, si impérieux qu'elle oublia sa fierté et ce qui lui restait de loyauté.

— Je m'ennuie à mourir avec lui, murmura-t-elle.

En cet instant, elle aurait dit ou fait tout ce qu'il lui demandait. La seconde qui suivit, il la pénétra et elle oublia Frédéric et tout ce qui était sa vie.

1

— Il est plus d'une heure du matin, dit doucement Franca. Je ne me suis pas rendu compte que le temps passait si vite.

Béatrice sursauta.

— Excusez-moi, Franca. Je parle, je parle et je vous empêche de vous coucher. J'étais complètement plongée dans mes souvenirs… J'espère que je ne vous ai pas ennuyée.

— Bien au contraire ! Que s'est-il passé ensuite ?

Béatrice soupira.

— Eh bien… nous n'en sommes pas restés à ces… retrouvailles dans la baie, naturellement. Nous voulions plus, l'un comme l'autre. Nous nous sommes vus tous les jours, nous nous sommes aimés tous les jours. Nous avons tout oublié, et tout le monde. Hélène a compris qu'il se passait quelque chose, Frédéric aussi. Il continuait à me téléphoner tous les jours, je lui disais que la vente de la maison n'avançait pas, que je devrais rester plus longtemps que prévu. Il trouvait que j'avais une drôle de voix, que quelque chose n'avait pas l'air d'aller. Je disais que c'était faux, bien sûr, que tout allait très bien. Rien n'allait bien, rien du tout. J'avais une liaison avec un homme qui m'avait déjà laissée tomber une fois. Je savais qu'il recommencerait mais je ne pouvais pas lui résister…

Béatrice jouait nerveusement avec ses mains.

— Tout ce dont j'avais un jour été si fière s'était évanoui : ma volonté, ma fierté, ma rigueur. Julien faisait de moi ce qu'il voulait. Et je n'éprouvais aucun désir de ne pas succomber ! Je vivais ! Je vivais intensément, de toutes les fibres de mon corps et de mon âme. Je n'aurais accepté de renoncer à aucun de ces instants, à aucun.

— Avez-vous parlé de l'avenir ? De l'éventualité d'un avenir commun, j'entends.

Béatrice secoua la tête.

— Il était en quelque sorte évident qu'il n'y avait pas à en discuter. Julien ne l'a pas dit, mais c'était ainsi. Ces quelques semaines d'été étaient à nous, ensuite chacun retournerait à sa vie et sans doute ne nous reverrions-nous jamais.

— Et vous pouviez l'accepter ?

— Je n'avais pas le choix. Cette relation éphémère a essentiellement servi à chacun à combler un manque, il me semble aujourd'hui que, l'un et l'autre, nous la vivions ainsi. Nous ne pensions pas plus loin que ça.

— Quel manque cherchiez-vous à combler ?

— Ma jeunesse avait été amputée et, après la guerre, j'ai traversé une véritable vallée de larmes, dit Béatrice. Je me suis ensuite réfugiée dans une vie qui n'était pas de mon âge. Avec Julien, j'ai retrouvé un peu d'insouciance et de légèreté. Une légèreté qui ne m'a ensuite jamais vraiment quittée. J'en suis reconnaissante aussi bien à Julien qu'au destin.

— Et Julien, que cherchait-il ?

Béatrice haussa les épaules.

— Il ne faut pas se voiler la face. Julien voulait tout simplement redevenir maître de son ancien territoire, s'assurer qu'il pouvait encore me posséder. C'était dans son tempérament, il n'était pas méditerranéen pour rien.

— Suzanne l'a su ?

— Oh oui, elle l'a su. Après coup, j'ai compris qu'elle s'était rendu compte de quelque chose dès la seconde où nous nous sommes reconnus, sur le sentier de la falaise. Elle m'avait invitée à dîner essentiellement pour sonder le terrain. Ce n'est pas pour le plaisir qu'elle a fait ensuite des pieds et des mains pour que Julien l'accompagne à Venise. J'imagine qu'elle a perdu ses derniers doutes quand, à la fin de cette fameuse semaine, Julien lui a téléphoné pour lui dire qu'il restait encore quelque temps à Guernesey au lieu de rentrer à Paris ainsi qu'ils en étaient convenus. Comme elle avait plusieurs engagements à la suite, elle était dans l'impossibilité absolue de revenir. Elle était hors jeu et devait enrager à l'idée que nous prenions du bon temps sur l'île pendant qu'elle faisait ses photos je ne sais où.

— Elle devait beaucoup vous en vouloir.

— Effectivement. Quand elle a fini par débarquer, à la fin du mois de juillet, elle avait accumulé une belle dose de colère. La scène qu'elle a faite, mon Dieu... digne d'Hollywood. Je ne rentrerai pas dans les détails, il y a des mots que j'aime autant ne pas répéter. Suzanne avait du tempérament, comme l'on dit. Quand elle a senti qu'une menace pesait sur ce qui lui appartenait, c'est devenu une vraie furie.

— Et Hélène a tout compris, dit Franca.

Béatrice hocha la tête.

— C'est chez nous que la scène a eu lieu. Hélène n'en a pas perdu une miette, Mae non plus, d'ailleurs, qui se trouvait justement là. Quand le rideau est retombé, elles savaient toutes les deux que j'avais entretenu six semaines durant une liaison adultère avec un journaliste français qui de surcroît s'était trouvé être mon amant pendant la guerre. Hélène était assommée. Je l'avais trompée deux fois : pendant la guerre et pendant ces six semaines. Mais elle avait enfin en main les cartes qui lui manquaient.

— Avez-vous revu Julien ?

— Jamais. Pas même une dernière fois après le numéro de Suzanne. Nous ne nous sommes jamais dit au revoir. Quand je me suis rendue à l'hôtel, le lendemain, ils étaient partis tous les deux. J'imagine qu'elle lui avait posé un ultimatum du style soit il partait immédiatement avec elle, sans me revoir, soit elle demandait le divorce. Julien savait qu'il avait poussé le bouchon très loin. Il avait eu ce qu'il voulait, il pouvait la suivre.

— Et vous... ?

— Et moi, j'étais enceinte. Je m'en suis aperçue peu de temps après. Je suis retournée à Cambridge sans avoir vendu la maison. Quand Frédéric a compris qu'un bébé était en route, il a été fou de joie. Il pensait naturellement qu'il était de lui.

— Comment réagissiez-vous ?

— J'ai traversé une période difficile... J'étais malheureuse comme les pierres et très déprimée. Ma grossesse me donnait du fil à retordre, j'avais constamment la nausée, je ne pouvais rien avaler. Julien me manquait, je ne cessais de penser à lui. En même temps, j'avais affreusement mauvaise conscience par rapport à Frédéric qui s'occupait de moi avec beaucoup de sollicitude. Il voyait que j'étais particulièrement irritable et que je pleurais beaucoup, mais il mettait ça sur le compte de ma grossesse. Jamais il ne lui serait venu à l'idée qu'il pût y avoir autre chose.

— Personne n'en aurait jamais rien su, dit doucement Franca.

— Non, personne. Alan aurait été considéré comme son fils, comme notre enfant. Je me serais réhabituée à la petite vie limitée de Cambridge et j'aurais probablement retrouvé une certaine sérénité. La vie aurait été douce. Nous aurions, Frédéric et moi, vieilli main dans la main.

— C'était compter sans Hélène.

— Oui, c'était compter sans Hélène. Elle a débarqué sans crier gare un soir de janvier 1957, exactement comme la fois où je l'avais trouvée devant ma porte à Londres. Elle est arrivée en traînant deux valises, très vexée que nous ne l'ayons invitée ni pour Noël ni pour le jour de l'An. J'étais enceinte de sept mois, mon ventre commençait à ressembler à un ballon, j'avais les chevilles enflées et je marchais en me dandinant comme un canard. J'étais néanmoins sur le point de retrouver mes marques au sein de notre petite communauté universitaire. On a parfois d'étranges prémonitions, n'est-ce pas ? Dès que j'ai vu Hélène sur notre paillasson, j'ai su que ça n'allait pas tourner comme prévu.

— Elle a raconté à Frédéric ce qu'elle savait.

— Je ne sais pas si c'est dans cette intention qu'elle s'est transportée jusqu'à Cambridge ou si l'idée lui en est venue sur place, toujours est-il que, un jour où j'étais sortie marcher un peu, elle lui a complaisamment dessillé les yeux. Elle lui a parlé de Julien et de moi, de Suzanne, bref, elle lui a raconté tout ce qui s'était passé cet été-là à Guernesey et a conclu en suggérant que l'enfant à naître avait toutes les chances d'être celui de Julien et non le sien. Je me rappelle encore qu'il faisait ce jour-là un temps sinistre, froid, humide et que je suis rentrée frigorifiée à la maison à la tombée de la nuit. Hélène était déjà couchée, ce qui me surprit, quant à Frédéric, il n'est pas sorti de son bureau pour m'embrasser, comme il le faisait toujours. C'est moi qui finalement suis allée le rejoindre. La pièce empestait le whisky, ce qui était tout à fait extraordinaire car Frédéric ne s'était jamais enivré. Il était d'une pâleur effroyable et il avait l'air d'avoir pleuré... J'ai immédiatement pensé qu'un malheur était arrivé, que quelqu'un était mort, quelqu'un qui lui était proche. L'un de ses étudiants ? Les hypothèses se bousculaient dans ma tête. Je suis restée plantée sur le seuil de son bureau, je le regardais avancer vers moi. Je ne savais pas ce qui s'était passé, cependant j'ai senti peu à peu que c'était entre nous, entre Frédéric et moi, que le drame se jouait et j'ai eu très peur.

« Frédéric, ai-je murmuré, que se passe-t-il ? »

Il devait avoir beaucoup bu, mais il ne vacillait pas et, si son élocution était un peu lente, il parlait distinctement. Le coup avait sans doute été si violent que l'alcool ne parvenait pas réellement à l'abrutir. Il était ivre et en même temps ne l'était pas. Je n'avais encore jamais vu quelqu'un dans cet état.

« Dis-moi que ce n'est pas vrai, implora-t-il. Je t'en supplie, dis-moi que ce n'est pas vrai ! »

J'ai voulu savoir de quoi il parlait, mais il semblait incapable de le dire. S'il n'y avait pas eu cette odeur de whisky, je n'aurais jamais imaginé qu'il avait bu, j'aurais pensé qu'il était malade. Je l'ai forcé à s'asseoir dans le fauteuil devant la petite cheminée et je lui ai demandé de parler. J'avais très envie de m'asseoir à ses pieds et de poser ma tête sur ses genoux, mais avec mon gros ventre ce n'était pas possible. Je suis donc restée debout près de lui, je lui caressais les cheveux et, au bout d'un temps qui m'a paru une éternité, lentement, en cherchant ses mots et en fixant obstinément le mur, ou peut-être simplement le vide, il a enfin raconté ce qu'Hélène lui avait dit. Pour ma part, je n'arrivais pas à détacher les yeux d'une rangée de livres sur une étagère à côté de la cheminée, dont je ne voyais rien hormis les titres tremblotants en lettres dorées. Le sol chancelait sous mes pieds, ma bouche était soudain sèche comme du carton et je fus prise de nausée. Pas un instant je n'ai songé à nier la vérité, pourtant je savais que Frédéric n'aurait été que trop heureux de me croire.

« Dis-moi que ce n'est pas vrai », répéta-t-il, cette fois en me regardant.

Il lut la réponse dans mes yeux avant même que j'aie eu le temps d'ouvrir la bouche et, pour autant que ce fût possible, pâlit encore un peu plus. Il recommença à pleurer et je lui caressai mécaniquement la tête tout en luttant contre le vertige qui me donnait terriblement envie de m'asseoir. Je n'avais jamais vu quelqu'un d'aussi profondément blessé et bouleversé. J'ai compris qu'on ne pourrait jamais recoller les morceaux de ce que je venais de briser. Cet après-midi-là, Frédéric avait été brisé. Notre amour avait été brisé. Notre mariage, forcément, n'y résista pas.

Béatrice se tut, une expression douloureuse se peignit sur son visage.

— Nous n'aurions pas dû essayer de recommencer, ajouta- t-elle.

— Il a demandé le divorce ? demanda Franca.

— Non, Frédéric n'aurait jamais fait ça. Il était prêt à donner son nom à l'enfant que j'attendais, il était prêt à poursuivre la vie commune. Il voulait essayer de recommencer comme avant. Mais ça n'a pas marché. Il ne parvenait pas à surmonter ce qui s'était passé et un jour j'ai compris que je ne pouvais pas vivre avec cet homme brisé. Sa tristesse m'oppressait de plus en plus, j'avais perdu toute joie de vivre, je ne mangeais plus, j'errais comme une âme en peine, pâle, constamment au bord des larmes. Quand j'ai pris la décision de partir, Alan avait six mois. Frédéric a tout de suite accepté. Il avait dû lui aussi finir par se rendre compte que nous n'avions pas d'avenir commun.

— C'est à cette époque que vous êtes revenue ici.

— Je n'avais pas d'autre endroit où aller. C'était ma maison, mon pays. J'aurais pu prendre un petit appartement quelque part, mais je voulais qu'Alan ait de la place et grandisse dans un environnement sain. Guernesey était idéal.

— Sauf qu'Hélène y était, dit doucement Franca. Hélène qui avait tout détruit. Comment avez-vous réussi à vivre sous le même toit qu'elle ?

— Au début, j'ai cru que je n'y arriverais pas. J'avais du chagrin, et j'étais tellement en colère après elle… Je ne pensais qu'à la mettre dehors une bonne fois pour toutes. Puis je suis arrivée et elle était là, assise à cette table, et elle pleurait, sanglotait, s'accusait… J'ai compris que je ne pourrais pas le faire. Elle était la vivante image de la détresse humaine. Et puis, l'idée a peu à peu mûri en moi que… que… Eh bien, qu'en réalité ce n'était pas Hélène qui avait détruit mon mariage. Elle avait fait quelque chose qu'elle n'aurait jamais dû faire, mais elle n'avait rien dit de faux. Comprenez-vous ? Ma liaison avec Julien avait réellement existé, et les sentiments qui m'avaient incitée à entretenir cette liaison étaient bel et bien réels. Quelque chose ne collait pas entre Frédéric et moi, sinon je ne serais pas tombée dans les bras de Julien avec une telle faim. Aujourd'hui, je suis certaine que nous nous serions un jour ou l'autre séparés, avec ou sans l'intervention d'Hélène.

— Vous n'éprouviez plus de haine ?

— Oh si, dit Béatrice. Et j'en éprouve encore. Mais pas à cause de cette histoire. Je hais Hélène parce que, ma vie entière ou presque, elle a réussi à me retenir et à me ligoter à elle. Parce qu'elle est arrivée un jour de 1940 dans ma maison, l'a occupée et l'occupe encore aujourd'hui. Elle n'a jamais cessé de se comporter en occupante. Quand Winston Churchill a déclaré que les îles Anglo-Normandes étaient libérées, il a oublié Hélène Feldmann.

— Vous avez remonté la roseraie de vos parents ? demanda prudemment Franca.

Quelque part dans la maison, une horloge sonna la demie.

— Une heure et demie, dit Béatrice. On devrait songer à monter se coucher. Allez, dit-elle en se saisissant de la bouteille de vin, finissons cette bouteille ! Ça ne peut que nous faire du bien !

Elle versa le liquide rubis dans leurs deux verres.

— Oui, j'ai cultivé des roses, reprit-elle alors en réponse à la question de Franca. Il fallait bien que je fasse quelque chose, et relancer ce que mes parents avaient construit était encore ce qu'il y avait de plus facile.

Elle porta son verre à ses lèvres et but une longue gorgée de vin, puis elle demeura un moment silencieuse, le regard rêveur, comme si elle revivait toute cette époque.

— J'ai embauché un jardinier de l'île, reprit-elle. Il avait une grande connaissance des roses, et j'étais très ignorante ; il m'a appris beaucoup de choses. Au reste, je dois dire que c'est surtout lui qui faisait tourner l'affaire. Si nous avons réussi quelques hybridations, c'est grâce à lui. Je ne me suis pas enrichie mais je pouvais le payer, je pouvais me nourrir et je pouvais cotiser pour me constituer la modeste rente qui me permet aujourd'hui de vivre décemment. À défaut de Cambridge, j'avais ces maudites fleurs.

Elle eut un sourire amer.

— J'ai élevé mon fils et je me suis occupée d'Hélène, qui devenait plus dépendante au fil des années. J'ai eu des moments de découragement, de colère et de haine, je haïssais chaque seconde de ma vie. Mais je m'en suis sortie et aujourd'hui je pense que ça n'aurait pas de sens de se plaindre. Au bout du compte, ce n'était pas si terrible que ça.

C'était évidemment un mensonge, Franca le comprit, mais elle choisit de faire semblant d'y croire.

2

Elle n'avait pas imaginé qu'elle s'ennuierait autant. Pas à Londres. C'étaient les mêmes jours gris et sans fin qu'à Saint Peter Port, les matinées tristes et inodores, les après-midi interminables. La fin de journée apportait certes un peu d'animation, chaque matin se reposait néanmoins la fâcheuse question de trouver quoi faire jusque-là.

Rien ne l'obligeait à se lever, mais à onze heures au plus tard elle était complètement réveillée et ne supportait plus de rester au lit. Elle errait alors dans l'appartement en petite culotte et tee-shirt, regardait les tableaux accrochés au mur, bien qu'elle n'en ignorât plus aucun détail, feuilletait un livre pris au hasard dans la bibliothèque puis finalement rouvrait le magazine de mode qu'elle s'était ordinairement acheté la veille – faute de trouver dans l'appartement autre chose que de très ennuyeux journaux professionnels.

Elle prenait son petit déjeuner – un verre de jus d'orange, une tranche de pain, un morceau de fromage et des litres de café noir – en lisant, ou plutôt en regardant les photos de son magazine, puis elle se plantait devant la fenêtre, fumait une cigarette en comptant les voitures et se demandait si c'était ça, la grande aventure qui l'avait attirée à Londres.

Puis arrivait un moment où elle en avait fini avec la salle de bains et était prête – prête à quoi, c'était une autre histoire – et se mettait en devoir de sortir. Elle allait au hasard des rues, et surtout des magasins, rêvait devant toutes les choses merveilleuses qu'elle aurait tant aimé avoir dans son placard, passait des heures à essayer des vêtements chez Harrod's et les raccrochait parce qu'elle n'avait pas de quoi se les offrir.

Il faisait beau et doux et elle prenait généralement un café et un beignet vers deux heures à la terrasse d'un café, puis, pour se redonner du cœur à l'ouvrage, commandait ensuite une coupe de mousseux. Elle aurait nettement préféré du champagne, mais ses moyens en chute libre ne le lui permettaient pas.

Alan aurait pu lui glisser de temps à autre un petit billet, non ? Ça ne lui aurait pas coûté grand-chose.

Cela faisait dix jours qu'elle était à Londres et rien qui eût été susceptible de modifier durablement sa vie ne se profilait à l'horizon. Alan ne semblait nullement songer à améliorer son ordinaire.

Il l'invitait certes tous les soirs à dîner, elle le reconnaissait, et de retour à l'appartement il ne lésinait ni sur les vins de prix, ni sur le champagne pour finir la soirée. Il n'empêche que tous les matins il partait aux aurores à son cabinet et y restait quoi qu'il advienne jusqu'au soir.

Elle enrageait à l'idée qu'il se souciait comme d'une guigne de ce qu'elle faisait toute la journée.

Le surlendemain de son arrivée, elle lui avait fait la surprise d'aller le chercher à son bureau sur les coups de midi pour déjeuner avec lui. Il se trouvait en rendez-vous avec deux clients, mais s'était interrompu un instant lorsque sa secrétaire l'avait informé de la présence de Maya. Elle s'était préparée avec beaucoup de soin et avait choisi ce qu'elle avait de plus élégant dans sa garde-robe. Alan parut effectivement séduit par ce qu'il vit.

« Ce n'est pas possible, dit-il, l'air sincèrement désolé. Je déjeune avec mes clients. C'est prévu depuis longtemps. »

Elle fit une moue boudeuse et rejeta ses longs cheveux en arrière. Ses pendants d'oreilles émirent un tintement cristallin.

« Et demain ?

— Demain, c'est la même chose. Je suis désolé. Nous dînons ensemble ce soir, d'accord ? »

Il avait effleuré sa joue du bout des doigts.

— Nous pouvons dîner ensemble tous les soirs. Mais dans la journée, ce n'est malheureusement pas possible, s'excusa-t-il.

— Pourquoi ne puis-je pas venir avec vous ?

— Parce que ces gens souhaitent parler de choses qui ne sont destinées qu'à mes oreilles. Ta présence les gênerait beaucoup. Je ne peux vraiment pas te convier à te joindre à nous. »

Elle s'en était allée comme elle était venue, avait passé le reste de la journée à se morfondre et, le soir, ainsi qu'elle s'y était attendue, avait eu droit à un interrogatoire d'Alan sur ses intentions et ses projets d'avenir.

« À la longue, ça ne peut être que frustrant de passer ses journées à tourner en rond dans un appartement ou à traîner dans les magasins », avait-il conclu.

Qu'il aborde ce sujet était précisément ce qu'elle redoutait depuis qu'elle était chez lui, mais elle n'avait pas imaginé qu'il ouvrirait le feu si tôt.

Elle s'était efforcée de le regarder droit dans les yeux et d'affecter un air aussi innocent que sincère.

« Bien sûr, tu as raison, Alan, avait-elle répondu, mais laisse-moi encore un peu de temps, d'accord ? Tout est tellement nouveau pour moi, ici, tellement différent. Il faut que je m'habitue un peu... que je me... familiarise avec ce nouvel environnement.

— Si tu avais un travail, tu rencontrerais des gens, remarqua Alan. C'est un moyen efficace de se familiariser avec un nouvel environnement.

— Laisse-moi du temps, répéta-t-elle. Je suis un peu déstabilisée, mais ça ne va pas durer, je te le promets. »

Ainsi qu'elle l'avait espéré, la discussion en était momentanément restée là. Il reviendrait sur le sujet, mais elle le connaissait suffisamment pour savoir qu'il la laisserait tranquille quelque temps. Alan était trop sensible pour donner dans le harcèlement.

Et quand il recommencera, eh bien, j'aviserai, se dit-elle.

Mae lui avait déjà téléphoné deux fois pour lui demander si elle avait rendu visite à son arrière-grand-mère. Elle avait été très fâchée d'apprendre que Maya n'avait toujours pas trouvé le chemin de la maison de retraite.

« Tu me déçois beaucoup, Maya ! Tu m'avais promis d'y aller. Je ne te demande pas grand-chose, pourtant. Maman sait que tu es à Londres, elle est très peinée que tu ne lui téléphones même pas. »

— Comme si j'avais envie de gâcher une journée entière dans une maison de vieux », avait bougonné Maya pour elle-même.

Ce matin-là cependant, dix jours après son arrivée, la situation n'était déjà plus tout à fait la même. Elle aurait eu mauvaise grâce à parler de « gâcher une journée » quand elle ne faisait rien que tuer le temps en s'adonnant à des occupations qui en méritaient à peine le nom. Tant qu'à faire quelque chose de frustrant, autant rendre visite à l'ancêtre de la famille et se farcir une journée chez les gâteux. Elle appela le serveur, paya sa consommation et traversa la rue. Elle entra dans la cabine téléphonique qui se trouvait en face du café et composa le numéro de son arrière-grand-mère.

À l'instar de nombre de ses congénères, Édith Wyatt vivait essentiellement dans le passé, avec une prédilection pour les années de guerre. Elle était intarissable sur la période de l'Occupation. D'aussi loin qu'elle s'en souvienne, Maya ne l'avait jamais entendue parler d'autre chose. Ces vieilles histoires sinistres l'ennuyaient à périr.

La maison de retraite se trouvait à l'extérieur de Londres dans un village idyllique des environs de Henley. C'était une grande bâtisse victorienne tarabiscotée agrémentée sur tout son pourtour d'une vaste véranda et dont le vieux jardin sauvage hébergeait une multitude d'arbres fruitiers sous lesquels étaient disposés des bancs et des fauteuils peints en blanc. Toutefois, ce n'était pas là, à l'ombre légère des fruitiers et les pieds dans l'herbe haute, que se tenaient les pensionnaires, mais alignés les uns à côté des autres sous la véranda, telle une longue chaîne de corbeaux affamés prêts à se jeter sur la première chose comestible passant par inadvertance à leur portée. Quand Maya se dirigea vers l'accueil, les conversations se turent et toutes les têtes se tournèrent vers elle. Elle se retint de leur tirer la langue.

Elle détestait les personnes âgées. Elle détestait les cheveux gris, les têtes qui dodelinaient, les bouches édentées et les filets de bave au coin des lèvres. Elle détestait le spectacle de la déchéance physique, qui lui rappelait combien tous étaient proches de la frontière qui les séparait de la mort.

Vivre, se répétait-elle tandis qu'elle passait devant les vieux corbeaux aux aguets en s'appliquant à ne pas respirer l'odeur fétide de la vieillesse et de la maladie. Il faut que je vive, que je vive plus et plus intensément ; et que j'arrête de gaspiller ma vie.

Cela faisait quelques jours qu'elle se demandait confusément si elle n'était pas en train de perdre son temps avec Alan. Quand elle sentit l'odeur qui régnait sous la véranda, elle en fut brutalement convaincue et comprit que l'idée, désormais, ne lui laisserait plus de répit.

Édith Wyatt était la seule à ne pas demeurer sous la véranda. Elle s'était installée tout au fond du jardin, à l'ombre d'un arbre, dans un fauteuil en rotin. Une théière, deux tasses et une coupe de biscuits étaient disposées sur une petite table devant elle. La visite de son arrière-petite-fille la transportait littéralement de joie.

— Sers-toi du thé, ma chérie, et prends des biscuits ! Allez, mange un peu, tu es beaucoup trop maigre ! Laisse-moi te regarder… On ne dirait pas que tu es un rejeton de notre famille. Aucune d'entre nous n'a jamais été aussi jolie que toi.

Au moins, elle ne sent pas comme les autres, se dit Maya. Heureusement, parce que sinon elle non plus je ne la supporterais pas.

Elle refusa aussi bien le thé que les biscuits ; la vaisselle dans laquelle mangeaient les vieux la dégoûtait.

Rien que penser à la façon dont elle était nettoyée lui faisait dresser les poils sur les bras.

Édith Wyatt l'interrogea sur Guernesey. Elle voulait tout savoir des derniers potins, mais la plupart des gens de sa génération n'étaient plus de ce monde et Maya ne connaissait pas les noms des personnes dont elle lui parlait.

— J'ai perdu tout contact avec Guernesey, dit-elle d'une voix triste, rompant le silence gêné qui s'était installé. J'aurais été tellement heureuse de ne jamais quitter l'île. C'était tout mon univers.

Épouse fidèle à l'ancienne mode, elle avait suivi son mari sans protester quand, au milieu des années cinquante, il s'était installé à Londres où on lui offrait de reprendre la clientèle d'un ami décédé – « une chance exceptionnelle qu'aucun homme de bon sens n'aurait refusée ». Édith Wyatt ne s'était jamais habituée à l'Angleterre et, quand son mari était mort, elle avait longuement hésité à revenir à Guernesey auprès de ses enfants et petits-enfants. Mais de son vivant, son époux avait acheté deux places dans une maison de retraite et elle aurait considéré comme une trahison de ne pas respecter ses dispositions et de s'en aller finir ses jours où bon lui semblait. Elle avait été élevée dans l'idée qu'une femme obéissait à son mari et, dans son esprit, ce principe perdurait au-delà de la mort.

— J'aimerais tant, mais tant, revoir Saint Peter Port, soupira-t-elle. Dans deux semaines, ce sera Liberation Day. L'île croulera sous les fleurs. Participes-tu au défilé, ma chérie ?

— Je serai à Londres, ce jour-là, répondit Maya.

La soif la taraudait, mais plutôt mourir que toucher au thé.

— Je ne pense pas retourner à Guernesey si rapidement !

Édith la considéra avec attention.

— Mae m'a dit que tu habitais chez Alan Shaye, le fils de Béatrice Shaye.

— C'est vrai. Il y a des années qu'il voulait que je m'installe avec lui. Eh bien, je l'ai fait.

— L'aimes-tu ? Souhaites-tu faire ta vie avec lui ?

Maya s'agitait nerveusement sur sa chaise.

— Il faut d'abord que nous nous habituions l'un à l'autre.

— Il y a des années que vous êtes liés. Tu devrais commencer à savoir ce que tu éprouves pour lui.

La vieille dame soupira. De nos jours, les jeunes usaient et abusaient de la possibilité de se tester sans s'engager. Ils en oubliaient de savoir ce que représentait le mariage...

— Alan Shaye est un homme très sensible, poursuivit-elle. C'est quelqu'un qu'il ne faut pas malmener.

— Tu le connais à peine !

— Il nous rendait parfois visite, du vivant de ton arrière-grand-père. Et il est déjà venu ici plusieurs fois. Il est très fidèle, il n'oublie pas les gens simplement parce qu'ils sont vieux et malades et n'ont pas grand-chose à lui apporter.

Maya était surprise. Alan ne lui avait rien dit de ses visites à Édith Wyatt.

C'est bien du Alan, se dit-elle. Elle lui en voulait, sans vraiment savoir pourquoi, peut-être parce qu'il était simplement trop gentil.

— Quoi qu'il en soit, dit Édith, je souhaite que ça se passe au mieux entre vous. Parle-moi de Béatrice. Et d'Hélène. Comment vont-elles ?

Maya ne s'intéressant ni à Béatrice ni à Hélène, sa réponse fut succincte.

— Je ne sais pas, répondit-elle sans entrain. J'imagine qu'elles vont bien, comme d'habitude.

— Mon Dieu, je les vois encore quand elles étaient jeunes, s'enflamma soudainement la vieille dame, déclenchant par anticipation l'impatience de Maya qui se voyait déjà subir un récit complet de la guerre et de l'Occupation. En mai 1945... Il y a presque cinquante-cinq ans jour pour jour... Sais-tu que chaque année à la même époque je repense à la Libération ? Je ne peux pas m'empêcher de revoir les images de ce que nous avons vécu...

Oui, et c'est bien le problème avec les vieux, songea Maya qui contenait difficilement son agacement.

— Béatrice avait seize ans, elle était si jeune, poursuivit Édith, et, comme nous tous, sous-alimentée, affamée, et terriblement impatiente... Quant à Hélène, elle n'était plus que l'ombre d'elle-même, elle avait tellement peur. Tout s'effondrait autour d'elle. Les îles étaient encore occupées, mais tout le monde savait que la fin était proche. Nous-mêmes cachions toujours ce jeune prisonnier français, Julien, et plus les jours passaient, plus nous redoutions un malheur, comme si la chance d'être jusque-là passés à travers les mailles du filet ne pouvait plus durer.

Maya soupira. Elle connaissait l'histoire par cœur.

— Au cours des derniers jours, les événements se sont précipités, continua imperturbablement Édith. Les Allemands arrêtaient et exécutaient toujours des gens, le savais-tu ? Quand j'y pense, mon Dieu... Ce n'est rien de dire que nous avions peur. Et les bruits qui couraient, tu n'imagines pas. On disait que les Allemands allaient faire sauter l'île, ou bien exécuter tous les îliens... C'était stupide, naturellement.

— Naturellement, acquiesça Maya sans dissimuler son ennui.

— Mais les Allemands devenaient nerveux, reprit Édith, et de ce fait beaucoup plus dangereux. Le pire, c'était Erich Feldmann. On a appris par la suite qu'à l'époque il prenait des neuroleptiques à haute dose. Il devait en avoir encore plus besoin que d'habitude, malheureusement, s'il y avait quelque chose de difficile à trouver, c'était bien ça. Nous avions – et encore ! – quelques médicaments de base pour soigner les blessés, des désinfectants, un peu de pénicilline... Les psychotropes, ce n'était même pas la peine d'en chercher. Erich Feldmann ne pouvait pas s'en passer. Il était en manque, comme un drogué.

Maya soupira à nouveau, cette fois plus ostensiblement. Rien d'Erich Feldmann et de ses problèmes ne l'intéressait.

— Il a menacé Thomas, ton arrière-grand-père, dit Édith. T'en ai-je déjà parlé ? C'était le matin du jour où il est mort, où Erich est mort, je veux dire. Il a brutalement surgi dans le cabinet, à l'aube. Les yeux injectés de sang, le teint gris : il était dans un état épouvantable. Il réclamait de quoi se doper, menaçait Thomas de son arme, hurlait que, en tant que médecin, il devait forcément avoir quelque chose, qu'il y avait des sources d'approvisionnement secrètes... Thomas n'avait rien mais Erich ne voulait pas le croire. Il l'a forcé à ouvrir tous les placards et tous les tiroirs du cabinet, puis ceux de toute la maison ! Erich était comme fou. Nous étions terrifiés. La trappe du grenier était très visible, s'il avait demandé à fouiller les combles, nous étions perdus. J'ai rarement eu aussi peur de ma vie...

Le souvenir de ce qu'elle avait vécu était si vivace qu'un frisson d'effroi parcourut Édith Wyatt.

— J'ai cru que je n'allais pas pouvoir me retenir de hurler tellement j'étais tendue, reprit-elle. C'était la dernière chose à faire, Erich aurait compris que nous lui cachions quelque chose. Il ne fallait rien laisser transparaître...

Maya ne connaissait pas encore cette histoire, mais elle ne la trouva pas palpitante pour autant. C'était tellement vieux, tellement loin, comment aurait-elle pu se sentir concernée ?

— Je suppose qu'il n'a pas découvert Julien, remarqua-t-elle sans enthousiasme. Tu ne serais pas là, sinon.

— Non, je ne serais pas là, acquiesça Édith en portant prudemment sa tasse à ses lèvres. Il est parti sans avoir remarqué qu'il y avait un grenier. Mais pas un instant je n'ai cessé d'avoir le sentiment de l'imminence d'un malheur, et je ne me trompais pas. L'après-midi de ce même jour, Thomas a été appelé chez Béatrice et Hélène. L'autre Français qui travaillait pour Erich – il s'appelait Pierre, je crois – était dans la cuisine, grièvement blessé. Erich lui avait tiré dessus, je ne sais plus très bien pour quelle raison... Il n'avait réellement plus tout à fait ses esprits. D'après Thomas, c'était une vilaine blessure.

— Ce Pierre, il a pu le soigner ? s'enquit Maya dans un sursaut de politesse.

Elle avait terriblement soif. Peut-être trouverait-elle quelque chose à boire dans la cuisine, une canette ou une bouteille non entamée dont elle serait sûre qu'aucun vieux ne l'avait touchée.

— Il a pu le soigner, répondit Édith. Pour autant que je m'en souvienne, ce jeune homme avait été touché à la jambe, il avait perdu beaucoup de sang, et il faisait une chaleur, ce jour-là...

La vieille dame s'interrompit, son regard s'assombrit.

— Quelle époque, mon Dieu, reprit-elle pensivement et sur un ton où perçait quelque chose qui ressemblait à de la nostalgie. Les temps étaient très durs, le danger était partout, mais nous étions ensemble, nous vivions... ici, j'ai parfois le sentiment de ne plus être vivante.

— Tu devrais revenir à Guernesey, dit Maya. Grand-mère serait certainement très heureuse de t'avoir près d'elle.

— Je ne sais pas... murmura Édith sans qu'il soit possible de déterminer si son doute concernait la joie de Mae ou l'intérêt de retourner à Guernesey. Je me demande si ma place est bien là-bas.

Maya se leva.

— Tu me permets de faire un saut dans la cuisine ? Il faut absolument que je trouve quelque chose à boire...

Édith désigna la théière pleine.

— Prends donc du thé...

— Quelque chose de frais, ajouta promptement Maya. Il fait trop chaud pour boire du thé.

— C'est vrai que nous avons un printemps particulièrement ensoleillé, acquiesça Édith. Peut-être cela explique-t-il que mes souvenirs soient aussi vivaces. En 1945, nous avions exactement le même temps. Très chaud pour un mois de mai. Et nous avions eu un mois d'avril superbe...

À les écouter, tout était formidable, songea Maya en se dirigeant vers la maison. Pourtant, c'était une époque effroyable. Je n'aurais pas aimé vivre ça. La guerre, la faim, rien de correct à se mettre sur le dos... Quelle horreur !

Elle avait atteint l'arrière de la maison et découvert avec soulagement une porte de service ouverte. Ouf, elle n'aurait pas besoin de repasser devant les vieux qui l'avaient dévisagée avec leurs petits yeux concupiscents.

La porte donnait directement sur la cuisine, ainsi qu'elle le constata à la vue de grands réfrigérateurs et d'une immense cuisinière. La pièce était d'une propreté clinique, pas une petite cuillère sale ne traînait, pas la moindre poussière en vue, rien que du propre et du brillant.

L'un des réfrigérateurs était ouvert. Accroupi devant, un jeune homme fouillait parmi les clayettes. Quand il entendit les pas de Maya, il bondit sur ses pieds et se retourna. Il avait une canette de Coca-Cola à la main, tout embuée de froid avec une goutte d'eau perlant sur le côté. Lorsque son regard se posa dessus, Maya se sentit faiblir.

— Wouah ! s'exclama-t-elle. Du Coca !

— J'aimerais payer, dit le jeune homme, gêné, mais je n'ai trouvé personne. Est-ce à vous que je dois m'adresser ? Je...

— Je ne suis ici qu'en visite, l'interrompit Maya, et près de défaillir de soif.

Elle prit sa place et pêcha une deuxième canette de Coca dans le réfrigérateur.

— Je ne veux pas toucher à leur thé, ajouta-t-elle.

— Il est effectivement infâme, dit le jeune homme. À se demander s'il y a vraiment du thé dedans...

— Je ne l'ai même pas goûté…

La canette émit un léger sifflement quand elle l'ouvrit.

— La vaisselle me dégoûte. Je ne suis pas sûre qu'elle soit correctement lavée.

— Il y a de gros lave-vaisselle, là-bas, dit le jeune homme qui, probablement encouragé par Maya, ouvrit à son tour sa canette et but une première gorgée. Ça fait du bien, murmura-t-il.

Maya vida la moitié de la sienne d'un trait.

— Mmh, ça fait vraiment du bien, oui, dit Maya. Je ne sais pas si c'est la chaleur ou l'ambiance sinistre qui règne ici, mais j'avais d'urgence besoin d'un remontant.

— C'est votre grand-père ou votre grand-mère que vous venez voir ? s'enquit le jeune homme.

Il y avait dans ses yeux la fascination que Maya lisait dans les yeux de presque tous les hommes qui la regardaient.

— Mon arrière-grand-mère, dit-elle.

— Vraiment ? C'est rare. Je veux dire, c'est rare que quelqu'un ait encore son arrière-grand-mère.

— On est du genre à vivre vieux, dans notre famille, répondit-elle.

Ils se regardaient, indécis, leur canette de Coca-Cola à la main. Maya enregistrait les cheveux blond foncé, souples et brillants, les yeux topaze, la douceur séduisante du sourire.

Qu'est-ce qu'il est beau ! se dit-elle.

— Je m'appelle Frank, dit-il. Frank Langtry.

— Maya Ashworth.

— Très heureux de faire votre connaissance, Maya. Où habitez-vous ? À Londres ?

— Oui. Vous aussi ?

— Oui. Nous pourrions peut-être rentrer ensemble. Vous êtes venue en voiture ?

— Non, en bus.

— Je vous raccompagnerais avec plaisir. Ça vous tente ?

Maya était ravie. Elle détestait le bus, en outre, ce séduisant représentant de la gent masculine était exactement ce dont elle aurait besoin pour se changer les idées en sortant de cet endroit.

— Vers cinq heures, c'est possible ?

Il acquiesça avec empressement.

— C'est parfait. On se retrouve à cinq heures devant l'entrée principale.

Maya retraversa le jardin d'un pas léger. Quel temps merveilleux il faisait tout à coup. Le soleil était délicieusement agréable, l'herbe délicieusement verte, délicieusement tendre. Une douce brise de printemps caressait son visage.

Finalement, ce n'était peut-être pas une si mauvaise idée, cette visite au troisième âge...

3

Le 1er Mai tombait un lundi. La veille, pour célébrer dignement l'arrivée du mois de mai, Franca avait organisé et préparé une *bowle*[1], à laquelle Mae et Kevin avaient été conviés. Mae adressait de nouveau la parole à Béatrice, néanmoins la tension entre les deux femmes était presque palpable et, pour autant que Franca le sût, aucun mot de réconciliation n'avait été prononcé qui eût détendu l'atmosphère. Il y avait presque deux semaines que Béatrice n'avait pas de nouvelles d'Alan et Franca supposa qu'elle écoutait très attentivement quand Mae parla de Maya. Elle mettait cependant un point d'honneur à n'en rien laisser paraître. Le regard rivé au loin sur la mer, elle buvait sa *bowle* à petites gorgées, l'air égal, et pas un frémissement de ses traits ne révélait ce qu'elle pensait.

— Dieu merci, Maya a fini par rendre visite à son arrière-grand-mère, disait Mae. Maman l'a trouvée absolument ravissante et très en forme.

Elle jeta un bref regard de côté à Béatrice.

---

1. Nom d'un cocktail à la base de vin, de champagne, de fruits et d'aromates présenté dans un grand « bol » à punch et consommé traditionnellement au printemps. Par extension, nom de la réception au cours de laquelle il est servi. *(N.d.T.)*

— Elle a l'air d'aller bien.

— Tant mieux, dit Béatrice.

— Tout le monde finit un jour par devenir adulte, poursuivit Mae. Peut-être ce jour est-il arrivé pour Maya. Cela fait partie des choses possibles, non ?

Après tout ce qu'elle avait entendu sur Maya, Franca doutait qu'elle grandisse un jour, mais elle n'en dit rien. Au fond, les histoires d'Alan et Maya ne la regardaient pas, pas plus que le différend entre Mae et Béatrice. Au reste, bien qu'elle lui ait confié de grands pans de sa vie, elle éprouvait toujours une certaine timidité à s'immiscer dans l'intimité de Béatrice. En dépit de tout, une distance demeurait entre elles, dont Franca devinait que Béatrice souhaitait qu'elle soit respectée.

La douceur de l'air leur avait permis de demeurer une longue partie de la soirée dehors, à l'abri de la véranda de l'arrière de la maison, tandis que le soleil descendait lentement sur l'horizon. Toujours légèrement en retrait, Franca avait eu tout loisir d'observer la petite assemblée. Kevin était apparu nerveux et anormalement pâle, Hélène perdue dans ses pensées. Franca se souvint que le 1er mai était le jour anniversaire de la mort de son mari : sans doute songeait-elle à cet épisode dramatique de sa vie. De leur côté, Mae et Béatrice ne cessaient de s'envoyer des piques. Quand on grattait un peu, l'ensemble formait un tableau nettement moins idyllique qu'il ne le semblait à première vue.

La soirée se prolongeant, Béatrice proposa d'héberger Mae et Kevin pour la nuit. Mae refusa, prétextant qu'elle ne pouvait dormir que dans son lit et avait besoin de « toutes ses petites affaires » autour d'elle.

— Mais tu restes, Kevin, n'est-ce pas ? insista Béatrice.

Kevin déclina lui aussi l'invitation.

— Non, non, il faut que je rentre, répondit-il sans fournir d'autre explication.

Il a maigri, constata Franca pour elle-même. Il y a quelque temps, ses joues n'étaient pas aussi creuses.

Sans que ce soit flagrant, il paraissait également moins soigné qu'auparavant, moins tiré à quatre épingles. Ses cheveux étaient légèrement trop longs, comme s'il remettait toujours au lendemain sa visite chez le coiffeur, et il transpirait beaucoup. Il y avait manifestement quelque chose qui n'allait pas, mais il prenait soin de ne laisser personne aborder le sujet et bien malin qui aurait pu dire s'il s'agissait d'ennuis professionnels, d'un problème de santé ou d'une peine de cœur. Il prit hâtivement congé de ses hôtesses et se sauva.

Le lendemain, toutes dormirent tard. Quand Franca se réveilla, la maison était parfaitement silencieuse ; la lumière qui baignait sa chambre l'éblouit. Quand elle se redressa dans son lit, elle eut peine à réprimer un gémissement. Sa tête semblait peser une tonne, une barre douloureuse l'empêchait d'ouvrir complètement les yeux.

— Mon Dieu, murmura-t-elle, j'ai vraiment trop bu hier soir.

Elle se leva prudemment et se dirigea vers la fenêtre. Le soleil, déjà haut, resplendissait, le ciel était d'un bleu lumineux, l'air frais et d'une transparence exceptionnelle. On pouvait apercevoir, dans le lointain, la mer qui scintillait paisiblement. Le léger voile de brume qui le matin masquait habituellement l'horizon s'était déjà dissipé.

Une merveilleuse journée de mai, songea Franca.

Elle enfila son peignoir et descendit au rez-de-chaussée en se faisant le plus discrète possible. Sa bouche était sèche au point qu'elle avait du mal à déglutir, il fallait d'urgence qu'elle boive de l'eau fraîche.

La table de la salle à manger était encore encombrée des verres et assiettes de la veille. Dans la grande jatte en verre transparent, un reste de *bowle* rouge vif tirait l'œil. Franca gagna la cuisine. Chacun de ses mouvements résonnait douloureusement dans sa tête.

Elle buvait un verre d'eau à petites gorgées, appuyée à l'évier, en se demandant où elle pourrait trouver de l'aspirine quand elle entendit des pas dans le jardin. Il y avait quelqu'un dehors. Presque au même instant, le visage de Kevin surgit derrière la porte vitrée de la véranda. Franca fit un tel bond que son verre faillit lui échapper.

Elle se sentit ridicule d'avoir eu si peur et se hâta de lui ouvrir la porte.

Il entra précipitamment, visiblement soulagé de trouver quelqu'un.

— Ah, Franca, je suis heureux que vous soyez réveillée. Je sais qu'il est encore bien tôt, cependant…

Il laissa sa phrase en suspens. Apparemment, il ne savait pas lui-même comment expliquer pourquoi il s'était levé de si bonne heure. En admettant qu'il se soit couché, ce dont Franca doutait. Il avait la tête de quelqu'un qui n'avait pas fermé l'œil de la nuit, voire qui n'avait même pas poussé la porte de sa chambre.

— Je voulais vous demander si vous n'auriez pas envie de venir dîner à la maison ce soir ? lança-t-il soudain d'une traite. Je veux dire, vous trois : vous-même, Hélène et Béatrice. Le mari d'Hélène est mort un 1er mai, elle est toujours très déprimée ce jour-là. Je me suis dit que, si je faisais la cuisine et que nous passions la soirée ensemble, ça lui changerait les idées.

— Bien sûr, c'est très gentil à vous d'y avoir pensé, dit Franca, surprise. Je viendrai très volontiers. Béatrice et Hélène dorment encore mais je suis certaine qu'elles seront elles aussi très heureuses de venir.

— Bon, eh bien… peut-être pourriez-vous me passer un coup de fil pour confirmer ?

Kevin dansait d'un pied sur l'autre, il paraissait indécis, nerveux et très tendu. Ne pas avoir vu Hélène et Béatrice semblait le contrarier, pourtant, à une heure aussi matinale, il devait bien se douter qu'elles ne seraient pas levées, s'étonna Franca.

— Vous êtes sûre qu'elles seront d'accord ? insista-t-il.

Il paraissait attacher une grande importance à leur présence. Franca observa son visage défait et se demanda si ce n'était que des soucis d'argent qui le mettaient dans cet état.

— Je ne pense pas qu'elles aient d'autres projets, dit-elle amicalement, et de toute façon vous pouvez compter sur moi.

— Dans ce cas, c'est entendu. Je vous attends à sept heures chez moi.

D'un geste infiniment las, il releva les cheveux qui lui tombaient sur le front. Franca remarqua que son visage était couvert d'une fine pellicule de sueur.

— Kevin, tout va bien ? fit-elle. Vous n'avez pas l'air très en forme. Je peux vous offrir un café ?

— Vous auriez du cognac ? demanda-t-il en retour.

Déconcertée, Franca alla chercher la bouteille de cognac dans la salle à manger. Kevin but son verre d'un trait, répéta l'heure à laquelle il les attendait et prit congé.

Franca prépara du café, chercha vainement à dénicher un comprimé d'aspirine, puis s'installa dans un des fauteuils du salon avec un livre. Sa tête douloureuse et le manque de sommeil eurent rapidement raison des deux tasses de café fort.

Son livre lui échappa des mains et elle s'endormit.

Alan ne comprenait pas pourquoi il avait ce matin-là tant de mal à se concentrer sur sa lecture du *Times*. Devant lui, la table était dressée pour le petit déjeuner. Thé, jus d'orange, œufs à la coque, toasts grillés, confitures haut de gamme, fromage, saumon fumé : il s'était donné un mal certain pour se procurer ce que Maya aimait et disposer le tout avec goût sur une jolie nappe. Il avait organisé un authentique petit déjeuner du dimanche… un lundi matin. À huit heures, il avait appelé sa secrétaire pour la prévenir qu'il ne viendrait pas de la journée.

« Mais… vos rendez-vous… avait-elle protesté, consternée.

— Vous les annulez. Je serai là demain. »

Puis il avait raccroché.

Il avait fait les courses le samedi précédent, longuement parcouru les allées du rayon alimentation de Harrod's, pris grand soin de chercher ce qu'il y avait de mieux et de meilleur. À vrai dire, son intention première avait été de faire ces achats avec Maya mais, à peine debout, elle lui avait déclaré qu'elle filait retrouver son arrière-grand-mère et qu'elle ne serait pas là de la journée.

« Encore ! s'était-il exclamé. Tu y es déjà allée deux fois dans la semaine !

— Je sais. Mais les visites du week-end sont celles qui lui font le plus plaisir. Ça peut être long, tu sais, un samedi dans une maison de retraite.

— Tu es tout de même extraordinaire ! Depuis que tu es là, tu ne cesses de me reprocher de ne pas m'occuper assez de toi, d'être constamment retenu ailleurs, de te laisser seule dans ton coin du matin au soir. Aujourd'hui j'ai du temps, je voudrais passer ce samedi avec toi et c'est le jour que tu choisis pour t'engager ailleurs. Tu aurais pu aller voir Édith la semaine prochaine ! »

Elle l'avait regardé, l'air ennuyée.

« Je n'ai pas réfléchi. Excuse-moi, Alan. Mais si je me décommande auprès d'Édith maintenant, elle va...

— Non, non ! Ne fais pas ça. Tu ne peux bien évidemment pas te décommander au dernier moment, elle serait trop déçue. Il y aurait bien une possibilité... Si je t'accompagnais, nous pourrions... »

La proposition parut presque l'effrayer.

« Elle n'est pas très vaillante, tu sais. Je crois qu'elle préfère me voir seule. Alors si ça ne te vexe pas...

— Ça ne me vexe pas du tout ! »

Il n'était pas vexé. Seulement troublé. Très troublé. Quelque chose clochait. Il connaissait Maya depuis qu'elle était née, il la connaissait plus que bien. L'esprit de famille n'avait jamais été son fort. Elle entretenait de réels liens affectueux avec sa grand-mère Mae, mais essentiellement parce que celle-ci avait le carnet de chèques généreux. Le sort de son arrière-grand-mère ne la laissait certainement pas indifférente non plus, mais de là à lui rendre visite trois fois en l'espace d'une semaine... Il savait quelle répulsion lui inspiraient les personnes âgées. Elle se donnait d'ordinaire beaucoup de mal pour éviter d'être confrontée à cet aspect de la vie.

Et comme si cela ne suffisait pas, elle avait décidé de retourner à Henley le lendemain.

Il était en train de préparer le petit déjeuner, un brunch destiné à ressembler à celui de ce lundi, quand elle avait une nouvelle fois surgi dans la cuisine et déclaré qu'elle ne serait pas là de la journée : « Édith est vraiment trop déprimée. Je t'en prie, comprends-moi ! Je ne peux pas la laisser seule un dimanche. »

Tandis qu'il buvait son thé, seul devant sa table de fête, des questions très désagréables lui venaient à l'esprit. Se trompait-il ? Maya lui avait fait part de son désir de changer. Elle lui avait montré combien ce désir était sérieux.

Vraiment ?

Le premier soir, oui, sans aucun doute. Il versa une cuillère de sucre dans son thé, plongea sa petite cuillère dans la tasse et la tourna distraitement. Il vit Maya devant lui, élégante, réservée, discrètement maquillée – rien de comparable avec le style provocant qu'elle affectionnait habituellement. Mais ce n'était qu'extérieur, qu'une apparence. C'était facile.

Il songea néanmoins que chaque soir, en rentrant de son cabinet, il l'avait trouvée à la maison, allongée sur le canapé en train de lire ou de regarder la télévision et que toujours elle s'était réjouie de le voir.

Qu'y avait-il donc, alors, qui s'obstinait à perturber sa sérénité ? Il avait employé son samedi à déambuler dans les rues, à faire des courses, et à vainement tenter de refouler le sentiment de malaise qu'il sentait monter en lui.

Il parcourait les rayons de Harrod's quand soudain le sentiment diffus s'était mué en certitude. Il avait assurément des raisons de s'inquiéter. Quand il lui avait dit : « On va faire des courses » – faire des courses ! la formule magique ! –, elle aurait dû instantanément tout abandonner pour le traîner dans les magasins qu'elle avait repérés pendant la semaine. Au lieu de cela, voilà qu'elle décidait de rendre visite à Édith Wyatt dans sa maison de retraite !

Il avait passé son dimanche à lire sur un banc de Saint James's Park et s'était senti très seul. Il était rentré tôt, espérant que Maya serait à l'appartement et qu'ils pourraient prendre un verre ensemble quelque part et ensuite aller dîner. Mais l'appartement était vide et silencieux. Il se prépara un gin tonic, conscient que si Maya ne rentrait pas bientôt, le verre suivant serait nettement plus alcoolisé. Depuis qu'elle était là, il avait très peu bu. Il n'avait besoin de rien quand elle l'accueillait le soir avec un tendre sourire, nouait ses bras autour de son cou, l'embrassait et qu'il s'emplissait de son odeur douce et sucrée, chaude, familière, si attirante et qui n'était qu'à lui. Qu'il croyait n'être qu'à lui. Il suffisait qu'il y pense pour que quelque chose dans sa poitrine se serre. Si seulement il pouvait enfin en avoir le cœur net...

Tout le samedi et tout le dimanche, il avait brûlé de décrocher le téléphone pour appeler Édith Wyatt. Pour l'appeler et lui demander si Maya était encore près d'elle ou déjà repartie. Ainsi il aurait su si elle avait seulement mis les pieds là-bas.

Sur le point de tendre la main vers l'appareil, chaque fois l'idée de se comporter en petit fouineur minable l'avait arrêté. Il ne voulait pas espionner Maya. Peut-être aussi ne voulait-il pas savoir.

Il avait bu un premier whisky vers dix heures du soir, peu après un deuxième, puis un troisième. Il s'était senti nauséeux, avait grelotté de froid. Où diable était-elle ? À minuit, le découragement l'avait gagné. Même la veille, un samedi, elle était rentrée plus tôt. Avec son mode de vie, que le lendemain soit un jour férié ou pas revêtait une importance certes relative puisque rien ne l'obligeait à se lever, néanmoins, était-il possible de s'attarder jusqu'à une heure aussi avancée dans une maison de retraite ? C'était hautement improbable. Il s'était couché à minuit et demi, mais en dépit du whisky il avait été incapable de trouver le sommeil et n'avait cessé de se tourner et de se retourner dans son lit en épiant le tic-tac de sa montre. Puis soudain, il avait entendu la porte de l'appartement s'ouvrir et il avait soulevé une paupière pour regarder les chiffres lumineux du radio-réveil posé sur la table de nuit : deux heures et demie. Si disposé à la croire qu'il fût, elle allait avoir du mal à trouver une explication convaincante.

Mais pas tout de suite, surtout pas tout de suite. Il avait besoin de réfléchir.

Il avait fait semblant de dormir, avec l'impression que le lit tremblait tant son cœur battait fort. Maya s'était affairée un instant dans la salle de bains, puis elle était entrée dans la chambre sur la pointe des pieds et s'était glissée aussi silencieusement que possible à côté de lui dans le lit.

Pardi, ça dérangerait singulièrement ses plans que je me réveille et voie à quelle heure elle a le culot de rentrer, avait-il songé, partagé entre la rage et l'amertume.

Aux premières heures de l'aube, il avait sombré dans un bref sommeil sans rêve dont il avait émergé à six heures et demie, plus fatigué que reposé. À côté de lui, il entendait le souffle régulier de Maya. Le jour filtrait déjà à travers les lamelles des stores baissés. De Maya, étroitement pelotonnée et enfouie sous les couvertures, il ne voyait que les longs cheveux étalés sur l'oreiller. Elle ne se réveillerait pas avant plusieurs heures.

Seul avec son journal devant le thé qui refroidissait, il se demandait pourquoi il s'était obstiné à vouloir préparer un petit déjeuner de fête et pourquoi il négligeait son travail pour Maya. En même temps, il s'efforçait d'ignorer le mal de tête qui se rappelait à lui à chacun de ses mouvements. Après deux semaines de quasi-abstinence, ses excès de whisky de la veille avaient pris une ampleur à laquelle il ne s'attendait pas. Il se demanda s'il parviendrait jamais à renoncer à l'alcool pour se consoler de ses malheurs.

Une saleté de remède... pire que le mal, songea-t-il en se frottant les yeux. Ça vous bousille, vous en êtes parfaitement conscient et, malgré tout, vous ne pouvez pas arrêter.

Il fit le point sur lui-même sans complaisance, sans l'indulgence qu'il était toujours prêt à accorder aux autres. Qu'était-il ? Un homme de quarante-trois ans qui séchait le boulot pour une femme qui dormait, pour un petit déjeuner pantagruélique auquel il était incapable de toucher, un homme fatigué au visage marqué par des années d'excès d'alcool. Il avait des poches sous les yeux, le teint blême, les pores dilatés. Il était toujours séduisant, mais il avait atteint la limite au-delà de laquelle il ne pourrait plus donner le change. S'il perdait pied et basculait du mauvais côté, cinq ans plus tard il aurait les traits ravagés d'un vieil alcoolique. Il pouvait cependant inverser le cours des choses, il était encore temps. Il était encore suffisamment jeune pour retrouver sa pleine santé. Il pouvait encore faire disparaître les stigmates de l'alcoolisme. Il avait encore une chance.

Mais comment l'exploiter quand chaque jour lui apportait une nouvelle preuve de l'immense gâchis qu'il avait réussi à faire de sa vie ? Une vie amoureuse erratique, pas de relations de confiance ou d'amitié. Pourquoi n'avait-il pas une femme, deux enfants, une maison avec un jardin et un bobtail ? Pourquoi était-il empêtré dans une histoire avec une femme qui avait vingt ans de moins que lui et couchait avec tous les hommes qu'elle rencontrait ? Qui l'exploitait et l'utilisait, qui l'appâtait avec des mensonges, qui le ridiculisait, qui le manipulait comme une chiffe molle, qui le prenait et le laissait tomber comme un jouet, et depuis des années le rendait sourd et aveugle à toutes les autres femmes.

Il faut que je la mette dehors, se dit-il. Il est évident qu'elle a passé ses journées d'hier et d'avant-hier avec un type. Elle me trompe probablement depuis le début de la semaine. Et elle n'a même pas honte de me servir cette histoire de maison de retraite et de la pauvre Édith Wyatt qu'elle ne peut pas laisser seule.

Il savait que, pour mettre Maya à la porte, il lui faudrait faire montre d'agressivité et de fermeté. Cependant, pour des raisons qu'il ne parvenait pas à s'expliquer, il ne trouvait pas trace de colère en lui. Il ressentait essentiellement de la tristesse, de la résignation, et un infini désarroi.

Franca rêvait qu'elle plantait un clou dans un mur pour accrocher un tableau. Elle tapait de toutes ses forces mais le clou refusait d'entrer dans le béton.

Troublée par tant de difficulté, elle se demandait s'il était possible de planter un clou dans le béton quand elle se réveilla. Elle regarda autour d'elle et comprit rapidement qu'elle avait rêvé, mais curieusement les coups de marteau continuaient de faire trembler la maison, puis elle se rendit compte que c'était quelqu'un qui frappait violemment à la porte.

Elle s'extirpa du fauteuil dans lequel elle s'était endormie et réprima un gémissement de douleur. Tous ses membres étaient endoloris, son cou si raide qu'elle pouvait à peine le bouger. Le livre qu'elle lisait avant de sombrer dans le sommeil gisait, ouvert, sur le tapis. Elle frissonna et se dirigea comme un automate vers l'entrée.

En sortant du salon, elle tomba sur Béatrice, mal réveillée et les cheveux en bataille, qui descendait l'escalier.

— Que se passe-t-il ? Pourquoi personne ne m'a réveillée ? Il est presque midi !

— Je me suis rendormie, expliqua Franca. Je crains que nous n'ayons tous un peu trop bu hier soir.

— Oui, c'est aussi mon impression, renchérit Béatrice.

Elle resserra la ceinture de sa robe de chambre et adressa un regard courroucé à la porte.

— Non, mais quel raffut ! Je connais des façons plus aimables de s'annoncer !

Elle s'arrêta devant le miroir pour remettre de l'ordre dans ses cheveux.

— Ça ne vous ennuie pas d'aller ouvrir, Franca ?

Franca se dirigea vers la porte et l'ouvrit. Michael apparut devant elle.

— Eh bien, ce n'est pas trop tôt ! s'exclama-t-il aussitôt, indigné. J'allais finir par croire qu'il n'y avait personne !

— Michael ! souffla Franca, ébahie.

Une petite valise était posée à ses pieds. Il l'empoigna et la souleva.

— Je peux entrer ? Depuis le temps que je suis dehors…

Franca fit un pas de côté.

— Oui… naturellement.

Michael entra et ce fut d'un coup comme si la lumière s'éteignait. Franca perçut le froid imaginaire qui la faisait frissonner avec plus d'acuité, sa gorge se noua, comme toujours, depuis quelques années, en présence de Michael. Un poids sur sa poitrine ralentit sa respiration. Elle sentit une peur diffuse l'envahir. Une peur enfantine à laquelle elle n'aurait pas dû céder mais qui la prit par surprise, ne lui laissant aucune chance de se défendre.

— Bonjour, dit Michael en découvrant Béatrice. Je suis Michael Palmer.

— Béatrice Shaye, le salua amicalement Béatrice. Vous ne m'aviez pas dit que vous attendiez votre mari, ajouta-t-elle à l'intention de Franca sur un ton faussement fâché.

— Elle ne m'attendait pas, intervint Michael. Je me suis décidé au dernier moment.

— Ah… fit succinctement Béatrice.

Franca eut l'impression que la tension qui s'était installée avec l'arrivée de Michael ne lui échappait pas.

— Franca, invitez donc votre mari au salon. Et prenez dans la cuisine ce dont vous avez besoin, thé, café, eau fraîche ou que sais-je encore. Je suis en haut si vous avez besoin de moi.

Franca faillit lui demander de ne pas la laisser seule, mais elle refoula ce désir de petite fille et dit simplement :

— Au fait, Béatrice, Kevin est passé ce matin. Nous sommes invitées à dîner chez lui ce soir – vous, Hélène et moi. À sept heures.

— C'est décidément le jour des visites matinales, remarqua Béatrice. Êtes-vous bien certaine que c'était Kevin ? C'est rare qu'il organise des dîners en semaine.

— Eh bien, c'est à cause d'Hélène, il pensait que... commença Franca avant qu'un toussotement impatient de Michael ne l'interrompe. En tout cas, c'était bien Kevin, ajouta-t-elle, inutilement puisque Béatrice n'en avait naturellement jamais douté.

— Auriez-vous une chambre que vous pourriez me louer pour la nuit ? demanda Michael. Il faut sinon que je me préoccupe de trouver un hôtel.

— La chambre qu'occupe votre femme est la seule que nous louions, expliqua Béatrice.

— Tu peux déjà y déposer ta valise, proposa vivement Franca. Je te montre où c'est.

— Ensuite, j'aimerais déjeuner quelque part, dit Michael en la suivant dans l'escalier. Nous ne sommes pas obligés de discuter ici, n'est-ce pas ?

— Non... c'est comme tu préfères... Nous pouvons tout à fait déjeuner dehors...

Michael posa sa petite valise noire sur une chaise de la chambre – où elle prit instantanément l'aspect d'un intrus malfaisant – et disparut dans la salle de bains pour « se rafraîchir ». Franca essuya ses paumes moites sur son jean et s'observa, le cœur battant, dans la grande glace en pied du palier. Son tee-shirt avait-il des taches ? Son pantalon n'était-il pas avachi ? Pourquoi ne s'était-elle pas lavé les cheveux ce matin-là ? Elle tenta de redonner du gonflant à sa coiffure, se pinça les joues pour les colorer et se sentit désespérément fade et laide. L'idée lui traversa fugitivement l'esprit qu'au cours des deux semaines précédentes elle n'avait rien trouvé à redire à son apparence, que c'était l'arrivée de Michael qui la déstabilisait.

Il n'a même pas fait de remarque, se dit-elle. Il suffit qu'il soit là pour qu'en cinq minutes je me transforme en paquet de nerfs.

— Vous devriez boire un bon cognac, dit une voix à côté d'elle.

Sur le point d'entrer dans sa chambre, Béatrice s'était ravisée et était revenue sur ses pas.

— Et ensuite, souvenez-vous des atouts que vous possédez. Ne prenez pas cet air de lapin traqué par le chasseur. Ce n'est pas nécessaire.

Franca soupira.

— Ça se voit tant que ça ?

— Depuis quelques minutes, vous êtes une femme tout à fait différente, dit Béatrice. Et pour être franche, celle que vous étiez avant me plaisait beaucoup plus. À mon avis, c'était la vraie Franca. Ce que je vois devant moi est une jeune personne apeurée qui joue à la petite fille pour que le méchant papa ne la gronde pas. Une petite fille, on est attentionné avec elle, on ne la bouscule pas. Du moins est-ce ce que vous espérez.

— Je ne sais pas ce qui se passe. On dirait que…

— Montrez-lui les dents, l'encouragea Béatrice. Et arrêtez de tripoter vos cheveux. Il déboule sans prévenir, il ne peut tout de même pas espérer que vous l'attendiez sur le pas de la porte pomponnée comme la reine mère.

Franca ne put s'empêcher de rire.

— Il y a de toute façon peu de chance que je sois pomponnée un jour. Mon Dieu… Je crois que j'ai vraiment besoin d'un remontant. Kevin m'a lui aussi demandé un cognac, ce matin. Qu'avons-nous donc, tous, aujourd'hui ?

— Il y a effectivement de la nervosité dans l'air, dit Béatrice. Je ne sais pas ce que c'est, je ne sais pas à quoi ça tient, mais ça ne me plaît pas. C'est comme si trop d'émotions s'étaient accumulées…

Elle prit une longue inspiration.

— Je téléphone à Alan ?

— Pourquoi pas ? C'est le 1er Mai. Souhaitez-lui du bonheur pour l'été qui arrive.

— Hum… Je verrai cet après-midi, hésita Béatrice. J'aurai alors peut-être plus de courage.

Franca gagna le rez-de-chaussée et, pour la deuxième fois de la matinée, sortit la bouteille de cognac du placard. Elle emplit un verre et le vida d'un trait. Le liquide brûlant lui arracha la gorge mais la réconforta. Elle se sentit légèrement moins tendue. Elle se servit un second verre, le vida, respira à fond.

Ce n'était pas à faire tous les jours, mais une fois de temps en temps ça faisait vraiment du bien.

— Tu bois dès le matin ? fit une voix glaciale derrière elle. C'est un nouveau genre ?

Elle se retourna. Le regard perçant et impitoyable de Michael était rivé sur elle. L'effet bénéfique du cognac s'envola aussi vite qu'il était apparu, tous les plans qu'elle avait échafaudés s'effondrèrent. Qu'avait dit Béatrice ? « Montrez-lui les dents ! »

Elle voulait lui montrer les dents. Elle voulait se montrer forte, adulte. Elle ne voulait pas se comporter en petite fille soumise. Pas le moins du monde.

Rien à faire.

— J'ai besoin de boire, dit-elle d'une voix timide.

Michael lui prit la bouteille des mains et la rangea ostensiblement dans le placard.

— Très mauvais argument… Et à propos de besoin, j'ai regardé ta chambre d'un peu plus près. Je me demande comment tu te plais dans un endroit pareil. Je n'y resterais pas une nuit !

— Comment m'as-tu trouvée ? demanda-t-elle.

Il haussa les épaules.

— Je savais que ta propriétaire s'appelait Béatrice Shaye. L'île est un village. Je n'ai eu qu'à prononcer son nom à l'aéroport pour savoir où elle habitait. J'ai loué une voiture et je suis venu.

Elle hocha la tête. Ça ne lui avait pas donné trop de mal.

— Pourquoi es-tu venu ?

Il fit une moue impatiente.

— Sommes-nous obligés de parler de ça ici ? J'ai faim, j'aimerais déjeuner dans un endroit agréable où l'on peut discuter tranquillement. Serait-ce possible ?

— *C'est* possible, dit Franca.

Elle prit ses clés de voiture sur la table de la salle à manger. Michael secoua la tête.

— Je conduis, dit-il.

Qui conduisait était au fond insignifiant, mais la question prit soudain de l'importance aux yeux de Franca.

— Non, dit-elle, je conduis.

Quelque chose dans sa voix dut surprendre Michael. Il la regarda un moment, puis hocha la tête.

— Si tu y tiens...

Le Chalet Hotel surplombait Fermain Bay. Ses magnifiques jardins fleuris s'étageaient à flanc de colline jusqu'à la mer. Le soleil de mai était chaud, les parasols des tables disposées en terrasse avaient été ouverts. L'air n'était plus aussi transparent qu'au matin, des voiles de brume s'étaient formés au large. Un vent léger, chargé de sel et d'iode, montait de la mer.

— Il fait aussi chaud qu'en été, dit Franca.

Michael remuait son café. Ils avaient pris une quiche, une salade, but de la bière de Guernesey et en étaient maintenant au café sans avoir encore échangé autre chose que des banalités. Michael avait évoqué des problèmes au laboratoire, regretté la démission de son meilleur collaborateur, un coup dur pour lui, avait-il dit. Franca avait parlé de ses promenades sur l'île, puis du suicide, il y avait de cela cinquante-cinq ans jour pour jour, d'Erich Feldmann. Michael ne parut pas intéressé mais au moins la laissa-t-il parler.

Il n'écoute pas un mot de ce que je dis, songea Franca. Il est vrai qu'il n'est venu ni pour le paysage ni pour Erich Feldmann.

Elle avait retrouvé un peu d'assurance. Michael l'avait félicitée pour le choix du restaurant, ce qui était plus que toute la reconnaissance qu'il lui avait manifestée au cours des cinq années précédentes.

— Bien, dit-il enfin, nous devrions peut-être commencer à parler sérieusement, qu'en penses-tu ? Tu disparais du jour au lendemain, tu juges inutile de me fournir la moindre explication sur ton comportement et tu refuses de m'éclairer sur la façon dont tu envisages la suite. Du moins, je ne suis parvenu à rien t'arracher au téléphone. C'est pour ça que je suis venu.

Il paraissait considérer comme une forme d'offense qu'elle l'ait de fait obligé à faire le déplacement.

Qu'a-t-il bien pu raconter à sa maîtresse ? s'interrogea Franca. Elle a dû moyennement goûter qu'il parte aux trousses de sa femme.

— Je t'ai pourtant clairement expliqué que c'était toi qui devais prendre une décision, dit Franca. Tu as une liaison. Peut-être même est-elle sérieuse, je ne sais pas. Tu es le seul à savoir où tu en es et le seul à savoir comment tu souhaites que cette liaison évolue.

Il mélangea son café plus violemment. Le sujet le contrariait mais il devait se rendre compte qu'il ne pouvait pas l'esquiver.

— Tu as une part notable de responsabilité dans cette « liaison », comme tu l'appelles. Je te l'ai déjà expliqué.

— Evidemment, dit Franca. Comment pourrais-tu en assumer seul la responsabilité ?

— Je ne le ferai pas parce que ce serait injuste. Vu la façon dont tu t'es comportée, je ne pouvais pas faire autrement que...

Il s'interrompit, chercha une formulation satisfaisante.

— ... que d'aller te fourrer dans le lit d'une autre femme, proposa Franca. C'est ce que tu voulais dire, n'est-ce pas ?

— Tu ne peux pas le réduire à ça, protesta aussitôt Michael. Le sexe n'a jamais été ma motivation première. Ce que je recherchais était tout à fait différent. Je voulais une femme avec laquelle je puisse faire quelque chose : sortir, aller au cinéma, au théâtre, à l'opéra... voir des amis et inviter des amis... Une femme solide, sur laquelle je pouvais compter et qui pouvait aussi me redonner un peu le moral quand j'en avais besoin. Je voulais vivre, Franca, tout simplement. Est-ce si difficile à comprendre ?

Franca songea qu'elle ne lui avait effectivement pas rendu la vie facile. Une femme névrosée, qui pleure à tout bout de champ, qui a peur des gens...

— Je comprends, dit-elle. N'importe qui comprendrait. Mais la façon dont tu le racontes, et te le racontes sans doute aussi à toi-même, occulte toute une partie de la vérité. Tu n'es pas seul responsable, Michael, mais depuis le jour où je te connais, tu n'as cessé, par ton comportement, de me déstabiliser. Je ne faisais jamais rien correctement, je n'étais jamais bien telle que j'étais. Tu avais constamment quelque chose à redire. Ne penses-tu pas que la confiance qu'une personne peut avoir en elle s'en trouve à la longue affectée ? Etouffée au point, un jour, d'être toute racornie ?

— Il ne manquerait plus que tu me colles tes névroses sur le dos ! s'emporta Michael. L'origine de tout, c'est ton échec au collège et rien d'autre !

Elle tressaillit. Elle était la première à considérer ce qui s'était passé au collège comme un échec, mais l'entendre de sa bouche était autre chose.

Le problème est précisément là, songea-t-elle avec lassitude, c'est ça qui me détruit. Pourquoi, dans un cas comme celui-ci, ne peut-il pas utiliser d'autres mots ? Ne peut-il pas s'exprimer de façon moins blessante ? Pourquoi, au lieu de m'aider, faut-il qu'il me rende en permanence les choses plus difficiles ?

— J'ai échoué, c'est vrai, dit-elle.

Sa voix était douce, posée. Il lui traversa l'esprit qu'avoir toujours voulu faire bonne contenance, n'avoir jamais crié, jamais manifesté sa colère, sa peur ou sa peine avait peut-être été une erreur. Peut-être ne comprenait-il pas combien il lui faisait mal.

— Mais, poursuivit-elle, ne t'es-tu jamais demandé si cet échec n'avait pas été aussi provoqué par l'attitude d'un homme qui avant même que je passe le premier concours me répétait obstinément qu'à son avis je n'étais pas faite pour ce métier ? Qui n'avait de cesse de m'expliquer que j'étais trop timide, trop fragile et incapable de m'imposer ? Quand je me suis trouvée pour la première fois devant une classe, j'étais convaincue que ça allait mal se passer avant même d'ouvrir la bouche.

— Alors ça, c'est la meilleure ! Tu affirmes sans ciller que tout aurait formidablement bien marché si je ne t'avais pas mise quelque peu en garde, pour ton bien, évidemment ?

Ce n'était pas ce qu'elle avait dit et elle savait qu'il le savait. Les dernières années, sa façon de transformer les faits et de déformer volontairement sa pensée avait immanquablement mené leurs discussions à une impasse. Au lieu de se concentrer sur le point dont il fallait débattre, elle déployait des trésors d'énergie à essayer de dissiper ce qui paraissait des malentendus. Pour finir, elle se cantonnait à chercher à se justifier et s'enfonçait un peu plus.

— Je ne pense pas que tout aurait formidablement marché si tu ne m'avais pas influencée, dit-elle. Je pense simplement que ça se serait probablement un peu mieux passé. Si tu m'avais un tant soit peu encouragée, je me serais trouvée dans un autre état d'esprit. Cela dit...

Elle éleva la voix pour faire taire la protestation qu'il avait déjà sur les lèvres.

— ... Cela dit, répéta-t-elle, cela n'a aujourd'hui aucune importance. Nous pourrions passer des heures, des jours, des semaines à établir la liste de nos griefs respectifs, ça n'apporterait rien. Peu importe qui a fait quoi et quand. C'est à ce que nous allons faire que nous devons réfléchir.

— Notre avenir dépend de notre passé, s'entêta Michael. Nous en sommes là parce que nous avons, par le passé, commis des erreurs.

Au moins dit-il « nous », songea Franca.

Il demeura silencieux un instant. On n'entendait que le vent dans les arbres et le cri des mouettes. Puis à la table voisine, une femme éclata de rire et d'un coup toutes les conversations reprirent. L'air se mit à bruire de mille voix.

— Je me suis donné la peine de prendre l'avion pour parler avec toi, dit enfin Michael. Cela prouve que je tiens à notre couple.

Franca le regarda sans répliquer, attendant la suite.

— Si tu changeais, poursuivit-il, si tu faisais sérieusement l'effort de changer… Cette liaison, je n'y tiens pas réellement. Je serais prêt à rompre.

Elle sentit le sang battre derrière ses tempes. Ce n'était pas une douleur, plutôt une gêne.

Si tu changeais, si tu faisais sérieusement l'effort de changer…

Ça ne marchera pas, se dit-elle, surprise de reconnaître la faillite de son mariage avec une telle absence d'émotion. Ça ne peut pas marcher. Inutile de continuer… À moins de vouloir perdre du temps.

— Ah, Michael, soupira-t-elle, résignée.

Ce n'était même pas douloureux. La fin était trop évidente pour faire mal. Elle arrivait tardivement, mais il était clair qu'elle était inévitable.

— Comment ça, « Ah, Michael » ? s'emporta-t-il. C'est tout ce que tu trouves à dire ? Je te propose quelque chose, je suggère un arrangement et tu n'as rien de mieux à dire que « Ah, Michael » !

Derrière ses tempes, les pulsations s'intensifièrent, un bourdonnement envahit sa tête. Un bourdonnement qui la coupa des bruits du monde extérieur – le brouhaha des voix, le tintement des couverts sur les assiettes, le cri des mouettes. Qui la coupa des odeurs de nourriture, de l'odeur d'iode et de varech qui montait de la plage en contrebas, qui la coupa même de la couleur des fleurs, de la mer et du ciel.

Pourvu que j'aie des comprimés dans mon sac, songea-t-elle. Je n'ai pas vérifié avant de partir.

— Michael, dit-elle, je voudrais divorcer.

Maya apparut aux environs d'une heure, les traits tirés et tout engourdie. Elle était pâle, ses grands yeux de biche réduits à deux fentes. Elle faisait plus que ses vingt-deux ans. Elle n'était pas jolie en ce début d'après-midi, elle n'était ni attirante ni désirable, et elle n'avait pas non plus le charme enfantin d'une petite fille ensommeillée.

Elle a une solide gueule de bois, constata Alan pour lui-même.

Elle était vêtue d'un immense tee-shirt blanc orné d'une tête de nounours décolorée plaquée sur la poitrine, ses jambes étaient nues, de même que ses pieds. Elle se laissa choir sur une chaise et se prit la tête à deux mains en gémissant.

— Bouh... que je me sens mal ! marmonna-t-elle.

— Veux-tu manger ou boire quelque chose ? demanda Alan en posant son journal de côté.

Il fut surpris de s'entendre parler normalement, de ce ton égal. Quelque part au fond de lui, un nerf vibra. L'impudence avec laquelle elle étalait son manque de sommeil et ses excès d'alcool de la veille le choquait. Elle ne se donnait même pas la peine de faire semblant d'être rentrée un peu tard d'une petite fête impromptue à la maison de retraite.

Que suis-je pour elle ? s'interrogea-t-il. Une serpillière qu'il n'est même pas nécessaire de faire semblant de respecter un peu, un tout petit peu ?

— Oh, non, pas manger, surtout pas ! dit-elle comme si elle allait mourir. Je vomirais tout de suite. Mais je veux bien une tasse de thé.

— Le thé est froid, dit Alan.

— Eh bien, fais-m'en un autre, marmotta-t-elle.

La crispation d'Alan grandit.

— Fais-le toi-même, dit-il.

Au moins réussit-il à percer le brouillard qui l'enveloppait. Elle leva un regard stupéfait sur lui, écarquillant ses yeux aux paupières enflées.

— Qu'est-ce que tu dis ? fit-elle.

— Que tu peux le faire toi-même, répéta Alan. J'ai préparé le petit déjeuner et je t'ai attendue des heures. Etant donné que nous ne nous sommes vus ni hier ni avant-hier, j'ai décommandé tous mes rendez-vous pour toi et je ne suis pas allé au cabinet. Tu peux ne pas estimer nécessaire de te lever avant une heure de l'après-midi, mais n'espère pas que je vais me précipiter dans la cuisine pour tout préparer une deuxième fois pour toi.

— Tout ! Je ne te demande qu'une malheureuse tasse de thé et tu me la refuses !

— Tu sais où est la cuisine, tu sais où est le thé, répliqua calmement Alan. Personne ne t'empêche de te servir.

Elle lui lança un regard incrédule, puis, dans un même mouvement précipité, se leva, s'empara de la bouteille de cognac sur la desserte, emplit le verre disposé à côté de son assiette – initialement destiné au jus d'orange – et le vida à longs traits avides.

— Voilà ! fit-elle en reposant le verre sur la table. Puisque personne ne m'empêche de me servir, tu n'as certainement rien contre !

— Je n'ai rien contre, répliqua Alan. Je pense seulement que ce n'est pas ce dont tu avais besoin. Tu as déjà l'air d'avoir dix ans de plus, le cognac ne va pas arranger les choses.

Aussitôt elle se resservit avec ostentation et vida une deuxième fois son verre.

— Ça ne manque pas de sel d'entendre ça dans ta bouche, remarqua-t-elle fielleusement. Qui, de nous deux, est l'alcoolique ? J'ai l'air ce matin d'être plus vieille que je ne le suis, et alors ? Demain au plus tard, il n'y paraîtra plus. Je peux passer toutes les nuits que je veux à boire, je récupère super bien. Tout le monde ne peut pas en dire autant. Toi aussi, tu as l'air d'avoir dix ans de plus. Sauf que demain tu auras toujours la même tête, et après-demain aussi. C'est fini, pour toi, Alan. Tu auras beau faire, tes quarante-trois ans, tu ne les retrouveras pas !

Les coups pleuvaient. Il prenait sur lui pour ne pas tressaillir. Le pire était qu'elle avait raison. Elle ne crachait pas son venin sans réfléchir, dans le seul but de le blesser. Elle l'attaquait sur des points auxquels il ne pouvait rien objecter.

— Ce n'est pas une raison pour m'imiter, dit-il, conscient de devoir répondre quelque chose mais incapable de trouver mieux.

Elle sourit. Si elle n'avait pas retrouvé sa forme, elle était désormais complètement réveillée. Et prête à descendre dans l'arène. Il méprisait sa faiblesse, mais, quand elle sortait ses griffes, Alan redoutait Maya.

— Rassure-toi, je n'ai aucune intention de rivaliser avec toi, dit-elle. Je ne serai jamais comme toi. J'ai une force de caractère que tu n'as pas. Je sais quand il faut appuyer sur la pédale de frein.

— Il y en a beaucoup qui ont cru ça avant toi. Et qui ont freiné trop tard.

Elle haussa les épaules.

— Ce que tu penses m'est égal. Tu peux prédire toutes les catastrophes que tu veux. Tu me fais du thé, maintenant ?

— Non.

Elle se rassit et le regarda dans les yeux.

— OK, Alan, qu'est-ce qu'il y a ? Tu fais dès le matin une tête de quatre pieds de long, tu n'es pas à prendre avec des pincettes et tu ne dis que des choses désagréables. On peut connaître la raison de ta mauvaise humeur ?

Il renonça à sa réserve, aux précautions oratoires, aux piques peu acérées et aux allusions polies.

— Où étais-tu, hier ? demanda-t-il.

Maya resta de marbre.

— À la maison de retraite. Tu le sais bien.

— Jusqu'à deux heures et demie du matin ? Je ne pense pas que les visites soient autorisées jusqu'à une heure aussi avancée. Tu n'es pas rentrée tôt samedi non plus, mais voyons déjà ce que tu as comme bonne explication pour hier.

— Je ne suis bien évidemment pas restée aussi longtemps avec Édith.

— Ah. Tu le reconnais. Et où étais-tu ?

Elle émit un discret soupir très étudié.

— Sais-tu que c'est dégoûtant ce que tu demandes ? Sais-tu que tu es laid quand tu es comme ça ? Sais-tu que je trouve révoltant d'être interrogée de cette façon ?

— Si tu n'as rien contre, poursuivons néanmoins l'interrogatoire. J'aimerais savoir où tu étais.

— De quel droit ?

— Tu vis chez moi. À mes frais. Nous tentons, à ta demande, de construire quelque chose ensemble. Il me semble que cela va de pair avec une certaine transparence.

Il était toujours aussi surpris de s'entendre parler sur ce ton uni. Il s'exprimait posément, argumentait sans élever la voix, pesait ses mots avant qu'ils ne franchissent ses lèvres.

Faux, archifaux, dit une petite voix au fond de lui : tu expliques, tu justifies. Crie après elle, hurle ! Perds ton sang-froid ! Traite cette garce comme tu aurais dû le faire depuis des années ! Elle ne mérite rien d'autre. Et c'est la seule langue qu'elle comprenne.

Certes, malheureusement, pour la connaître, ce n'était pas une langue qu'il maîtrisait. Avocat, il maniait l'art de la menace avec un talent consommé, mais dès qu'il sortait de sa sphère professionnelle et se défaisait de l'armure qu'il revêtait pour exercer son métier, il en était incapable.

— J'attends ta réponse, dit-il. Où étais-tu ?

— C'est à peine croyable d'être infect à ce point, mais passons. J'ai quitté Édith vers sept heures, tu es content ? Seulement, manque de chance, je suis partie dans la mauvaise direction. J'ai atterri je ne sais où dans le trou du cul du monde. Il y a de ces bleds paumés... Bref, j'ai tout de même fini par capter que je n'étais pas dans le bon bus et je suis descendue. C'était le bout du monde. J'ai attendu des heures qu'un bus me ramène à la maison de retraite, et de là j'ai encore dû attendre des heures que le bus qui remontait sur Londres daigne arriver et...

Elle prit une longue inspiration et le regarda d'un air accusateur.

— ... c'était abominable. Il faisait nuit, j'avais froid, j'avais peur et maintenant il faut en plus que tu m'engueules !

— Il y a trois choses qui m'échappent, dit Alan. La première : comment as-tu réussi le tour de force de partir dans la mauvaise direction quand c'était la quatrième fois en une semaine que tu faisais très exactement le même trajet ? Deuxièmement : comment se fait-il que tu n'aies nulle part été capable de trouver un téléphone pour me prévenir que tu rentrerais tard, ou pour me demander de venir te chercher, ce que j'aurais fait immédiatement, comme tu le sais ? Et troisièmement : comment as-tu fait pour boire à tel point, au cours de tes pérégrinations nocturnes, que tu es ce matin à peine capable de regarder droit devant toi ?

— Il n'y avait pas de téléphone, dit Maya. Que veux-tu que je dise d'autre ? La maison de retraite est au milieu de nulle part. C'est la campagne ! J'aurais dû en plus me taper des kilomètres à pied pour dénicher une cabine ?

— Tu n'avais pas ton portable, par hasard ?

— Je l'avais oublié.

Elle mentait, il s'en rendit immédiatement compte, mais comme il ne pourrait pas le prouver, il renonça à insister.

— Admettons. Restent les questions concernant le mauvais bus et l'alcool.

— Ça ne t'est jamais arrivé de te tromper de bus ou de train ? Jamais de toute ta vie ? Tu n'es jamais parti dans la mauvaise direction ? Tu ne t'es jamais perdu ? Tu n'as jamais…

— Ça va, ça va ! l'interrompit-il. Tu t'es trompée, ça peut effectivement arriver à tout le monde. Le hasard, la malchance… Que sais-je…

Il se pencha vers elle, riva ses yeux sur elle et ne la lâcha pas du regard.

— Et en ce qui concerne l'alcool ? Quand as-tu réussi à boire au point d'avoir cette mine de déterrée ?

Cette fois, elle était acculée. En un éclair elle se transforma en tigresse.

— Tu es vraiment infâme, Alan Shaye ! feula-t-elle. Infâme et minable ! Tu joues ton rôle répugnant d'avocat, tu essayes de m'interroger, de me démolir, de me coller je ne sais quoi sur le dos. Tu n'y arriveras pas. Tu n'y arriveras pas pour la bonne raison que je ne vais plus répondre à tes questions. Tu n'as aucun droit de me mettre cette pression ! Tu n'as aucun droit d'insister de cette façon. Ce que je bois, où et avec qui, c'est mon problème !

Il baissa les armes. Son objectif était atteint. Il savait à quels signes on reconnaissait qu'un accusé est prêt à dire la vérité parce qu'il en a assez de mentir. Maya était arrivée à ce stade-là.

— Arrêtons, dit-il. Nous savons tous les deux à quoi nous en tenir. Si tu t'es rendue hier à la maison de retraite, tu en es partie très tôt ; m'est avis cependant que tu n'y es pas allée du tout. Tu as retrouvé un type, tu as écumé les bars avec lui, et vous avez très probablement fini au lit. Je me trompe ?

Il avait misé juste. Maya se sentait trop acculée pour être encore prudente. Elle ne voulait plus se défendre, elle voulait rendre les coups.

— Non ! dit-elle avec véhémence, tu as parfaitement raison, Alan. J'ai couché avec un autre homme. Et c'était sacrément mieux que ça ne l'a jamais été avec toi !

Il avait beau savoir qu'elle l'avait trompé, il accusa le coup. C'était si violent qu'il en eut un instant le souffle coupé. D'une voix qui lui parut venir de très loin, il s'entendit demander :

— Pourquoi es-tu encore ici, dans ce cas ?

— Pardon ? Tu veux dire quoi, au juste ?

— Il y a un autre homme dans ta vie, et c'est un amant fantastique. Je souhaite donc savoir ce que tu fais encore ici.

Elle rit, mais d'un rire qui ne sonnait pas complètement juste.

— Mais enfin, Alan, cette histoire avec Frank n'est pas sérieuse ! Tu m'as constamment laissée seule, je me suis un peu consolée. C'est tout !

— C'est également ainsi que Frank voit les choses ?

Elle haussa les épaules.

— Comment veux-tu que je le sache ?

— Vous êtes relativement intimes. Il a pu vous arriver de parler de ce que vous éprouviez l'un pour l'autre.

Elle eut un geste impatient des mains. Elle était visiblement furieuse d'avoir lâché le nom de Frank. Elle aurait bien voulu revenir sur ses aveux, elle aurait bien voulu ne pas avoir foncé tête baissée dans le piège qu'Alan lui avait tendu. Faute de pouvoir rattraper le coup, il était clair qu'elle s'efforçait à présent de minimiser son histoire avec Frank.

— Frank n'a vraiment pas d'importance. Il est gentil, d'accord, mais ce n'est pas du tout un homme pour moi, tu comprends ? Si je n'avais pas été aussi seule, jamais il ne se serait passé quelque chose entre nous.

L'aplomb avec lequel elle lui servait son histoire le laissa à nouveau perplexe.

— Ah, fit-il. Dois-je comprendre qu'à l'avenir, lorsque tu t'ennuieras ou te sentiras seule, tu t'estimeras autorisée à avoir une brève liaison avec un autre homme ? Pour te distraire ? Il y en a qui prennent des cours de langue, d'autres qui font du sport. Toi, ce sont les amants. J'en conclus que c'est pour toi une distraction comme une autre.

— Tu as une façon de présenter les choses…

— Je les présente telles qu'elles sont. Je ne les embellis pas.

Il fit une courte pause. La souffrance le ravageait. Il souffrait de ce qui s'était passé, mais peut-être plus encore d'avoir conscience de devoir rompre avec Maya s'il voulait conserver une petite étincelle d'estime de lui-même. Ils avaient atteint un point de non-retour. S'il ne rompait pas maintenant, il ne pourrait plus jamais se regarder dans une glace.

— Je t'ai dit que je voulais t'épouser, reprit-il, mais, mariée, tu ne verrais pas les choses différemment, n'est-ce pas ?

— Est-ce que je sais ! Alan, vraiment, tu voudrais aujourd'hui que je jure que jamais – jamais de ma vie entière – je ne ferai je ne sais quoi ? Personne, ni toi ni moi, ne sait ce que l'avenir lui réserve ! Personne ne sait si…

— Arrête avec ces généralités, Maya !

Quitte enfin cette femme, Alan !

— Arrête de tourner autour du pot ! Nous savons tous les deux ce qu'il en est. Tu es incapable d'être fidèle. Même si tu le voulais vraiment, même si ta vie en dépendait, tu ne pourrais pas être fidèle. Tu es faite comme ça, et je ne suis même pas certain que l'on puisse t'en rendre responsable…

Il la regarda. En dépit de la détestable image qu'elle offrait ce matin-là, il ne put s'empêcher d'éprouver un élan de tendresse pour elle.

La peur le gagna à l'idée des longues heures, des jours tristes et solitaires, des mois qu'il passerait à essayer de se l'arracher du cœur et de la tête. Il lui faudrait du temps pour l'oublier, si même il y parvenait un jour.

— Mais je ne peux pas accepter ton comportement, reprit-il. J'ai essayé pendant presque cinq ans. J'ai espéré que tu changerais, ou que je trouverais un moyen d'accepter la façon que tu as de mener ta vie. Ça n'a pas marché. Au reste, j'ai sans doute été stupide de croire que ça pouvait marcher. Je me serais épargné beaucoup de temps et d'énergie si j'avais reconnu l'inanité de mes espoirs.

Alan vit une expression inquiète passer dans les yeux de Maya. Apparemment, elle se rendait compte que ce n'était pas tout à fait comme d'habitude. Il lui était déjà arrivé de lui parler dans les mêmes termes, jusque-là, pas une seule seconde elle ne l'avait pris au sérieux, il en avait eu parfaitement conscience.

— Alan, nous devrions… commença-t-elle, mais à nouveau il lui coupa la parole.

— Nous ne devrions rien du tout, Maya. Seulement nous séparer. C'est ce que nous avons de plus raisonnable à faire.

Elle se pencha en travers de la table, voulut lui prendre la main, mais il la retira d'un geste prompt, refusant tout contact.

Elle plissa les yeux.

— Tu parles sérieusement ?

Il lui rendit son regard. Il savait qu'elle devait y lire beaucoup de souffrance, mais aussi beaucoup de détermination.

— Je parle sérieusement, oui. Et je ne veux pas remettre ça à plus tard. Prends ton petit déjeuner, ensuite fais tes bagages et quitte cet appartement.

— Mais où vais-je aller ?

— Chez Frank.

— Chez Frank ? Frank vit dans une minuscule chambre meublée ! Il n'y a aucune place pour moi chez lui !

— Apparemment, il y en avait suffisamment pour que tu l'y retrouves et que tu y couches avec lui. Je pense que tu vas comprendre. Tu vas simplement vivre quelque temps dans « une minuscule chambre meublée ». C'est possible. Tu verras.

Le poing de Maya se crispa sur la serviette en papier posée à côté de son assiette, la serra et l'écrasa.

— Oh, Alan, tu es loin de t'imaginer avec quel plaisir je m'en vais ! dit-elle à mi-voix. Si tu savais combien j'en ai par-dessus la tête d'être avec toi ! Tu es ennuyeux, triste, borné, et en plus tu as l'air vieux. Et tu as une tête d'ivrogne !

Sans cesser de décocher ses flèches, elle recula sa chaise et se leva lentement.

— Oui, Alan, faut que tu le saches, tu n'es même plus beau. Tu as été plutôt sexy, comme mec, mais ta beauté, tu l'as noyée dans le whisky. Comment ai-je pu être assez bête pour passer plus d'une journée avec toi ? Et plus d'une nuit !

Elle baissa le ton et poursuivit d'une voix plus mauvaise encore :

— Tu es tellement nul au lit, mon pauvre Alan. Tellement nul ! Pas une seconde qui en ait valu la peine ! Mais écoute bien ce que je vais te dire...

Elle se pencha légèrement en avant, ses yeux étincelaient.

— Tu vas me regretter, Alan ! À un point que tu n'imagines pas. Tu vas pleurnicher, tu vas me supplier de revenir. Parce que tu ne trouveras plus personne qui veuille de toi. Personne ! Tu vas être tellement seul et paumé que tu vas boire encore plus pour te supporter. Tu seras tellement mal que tu me courras après en claquant des dents. Tu me fais pitié, tiens !

Elle jeta la serviette chiffonnée sur la table et quitta la pièce.

4

Le temps était calme, le vent faible, pourtant la mer était grosse, les vagues déferlaient avec une force impressionnante vers la côte, se brisaient sur les rochers en projetant de grandes gerbes d'écume, refluaient, puis remontaient à l'assaut de l'obstacle avec une puissance égale. Au pied de la falaise, le mugissement du ressac couvrait tout autre bruit, mais en haut, il n'était plus qu'une rumeur régulière, un froissement à peine plus marqué que le souffle d'un vent léger dans le feuillage.

Le soleil, bas sur l'horizon, était une boule incandescente au contour parfait dont le reflet s'étirait sur la mer jusqu'au rivage comme une grande route d'or liquide. Ses rayons de feu baignaient les rochers et l'herbe brune et rase du plateau d'une lumière cuivrée qui semblait irréelle. Sans l'âpreté du paysage, sa beauté austère et rude, le tableau eût été d'un mauvais goût provocant.

Là, à la pointe de Pleinmont, au sud-ouest de l'île, Béatrice pouvait rester des heures assise à regarder la mer ou à marcher les cheveux au vent. Elle aimait le charme sauvage de la côte, la puissance de la mer. Elle aimait la solitude qui émanait des lieux. Elle retrouvait quelque chose d'elle-même dans cette sévérité, ce caractère farouche. Face à l'ouest, Pleinmont défiait inlassablement le large. Jamais la mer n'y était calme. Il n'y poussait ni fleurs ni palmiers et, quand le crépuscule n'incendiait pas la côte, il n'y avait d'autres couleurs que le gris-brun des rochers et le gris-vert de l'herbe. L'ancienne tour d'observation allemande, hideuse et froide, dressait sa silhouette de pierre dans le ciel. L'endroit offrait un mélange de force, de détermination et de mélancolie alliées à une beauté que peu savaient percevoir.

En tout cas, songea Béatrice, je me sens ici dans mon élément, que ça plaise aux autres ou pas.

Elle était dans sa voiture sur le parking poussiéreux et cahoteux situé à dix minutes de Pleinmont Tower et fumait une cigarette en regardant la mer. L'autoradio jouait en sourdine.

Depuis presque une heure qu'elle était là, elle n'avait vu passer que deux promeneurs. En dépit de ses merveilleux couchers de soleil, l'endroit n'attirait guère les vacanciers, pourtant nombreux. Béatrice se dit qu'ils devaient être à table – il était huit heures et demie passées – ou occupés à allumer des feux de camp sur les plages de sable du sud et de l'est de l'île ou encore en train de rêver sur les sentiers qui longeaient la côte. Tant mieux. Elle était heureuse de ne pas être dérangée.

Hélène était chez Kevin, mais elle-même s'était excusée.

« Je suis désolée, Kevin. Je sais que c'est impoli de se décommander au dernier moment, mais je ne peux rien manger. C'est impossible. Je... »

Elle l'avait prié du regard, espérant sa compréhension.

« J'ai besoin d'être seule.

— Elle a eu Alan au téléphone, était intervenue Hélène en haussant un sourcil qui en disait long, et c'était, une fois de plus… désagréable. »

Kevin était effroyablement pâle, Béatrice remarqua que ses mains tremblaient.

« Je suis désolé, dit-il gentiment. Était-il à nouveau… ? »

Béatrice hocha la tête, incapable sur l'instant de proférer un son.

« Oh, non, fit Kevin. Je suis désolé. »

Il passa ses doigts dans ses cheveux qui étaient déjà passablement décoiffés et qui lui donnaient, à lui d'ordinaire si soigné, une apparence déconcertante.

« Où est Franca ? demanda-t-il. Elle arrive toute seule plus tard ?

— Kevin, je suis désolée, mais Franca ne vient pas non plus », répondit Béatrice.

Elle se mordit les lèvres. Franca lui avait demandé en début d'après-midi de l'excuser auprès de Kevin, mais elle avait eu Alan au téléphone et la requête lui était complètement sortie de l'esprit.

Nous sommes tous terriblement incorrects, se dit-elle. Kevin prépare un dîner pour trois personnes et une seule vient.

« Son mari est arrivé ce matin alors qu'elle ne l'attendait pas, expliqua Hélène. Il semble qu'ils aient d'importantes décisions à prendre. Elle doit passer la soirée avec lui. »

La pâleur de Kevin sembla s'accentuer encore.

« Nous ne sommes donc que tous les deux, dit-il à Hélène. Et moi qui croyais… J'ai cuisiné pour un régiment et…

— Je suis sincèrement désolée, répéta Béatrice. Ça tombe mal, aujourd'hui, à tous points de vue. Et pour tout le monde. Ce n'est pas un bon jour.

— Pas pour moi », dit Hélène avec un sourire.

Elle était toute vêtue de soie bleu ciel, sa robe bouffait sur un jupon de tulle froncé à la taille très années cinquante. Béatrice la trouvait un peu grotesque mais elle-même paraissait tout à fait satisfaite de son image.

« Je suis enchantée de passer la soirée avec toi, Kevin, poursuivit-elle. Nous allons avoir de délicieuses conversations, n'est-ce pas ? Tout est toujours si agréable et si réussi, chez toi. Et le dîner sent une fois de plus merveilleusement bon ! »

Kevin avait raccompagné Béatrice à sa voiture et en avait profité pour lui demander si elle était certaine de ne pas vouloir rester. Elle lui avait répondu sèchement, ce qu'elle avait immédiatement regretté, consciente que c'était elle qui se comportait impoliment, pas lui. Néanmoins, son insistance à la voir rester la troubla. Jusque-là, Kevin s'était plutôt montré enclin à encourager les tête-à-tête avec Hélène, toujours plus commodes pour lui emprunter de l'argent.

Après tout, ce n'est pas mon problème, s'était-elle dit. J'en ai bien assez comme ça sans m'occuper de ceux de Kevin.

Elle écrasa sa cigarette à demi consumée dans le cendrier de bord, ouvrit sa portière et descendit. Il fallait qu'elle marche, elle avait besoin de respirer. Le vent avait fraîchi, elle serra sa veste contre elle. Elle descendit le chemin sur quelques mètres puis obliqua sur sa gauche et s'avança sur la grande étendue herbeuse qui s'arrêtait aux premiers rochers. Il n'y avait plus de chemin, le sol était caillouteux et accidenté, mais devant elle c'était la mer à perte de vue et autour d'elle les rochers tumultueux, la prairie et la solitude. Aussitôt, le sentiment d'extrême liberté qu'elle éprouvait toujours quand elle foulait cette prairie fut là, mais elle se sentait trop oppressée par ses soucis pour s'y abandonner.

Elle avait lutté la moitié de la journée avec elle-même avant de se décider à téléphoner à Alan. Un sixième sens le lui déconseillait, puis, Franca, à qui elle avait fait part de ses hésitations, paraissant n'y voir rien que de très naturel, elle avait fini par se convaincre que rien, effectivement, n'était plus normal que le geste d'une mère téléphonant à son fils.

À seize heures, elle avait essayé de le joindre à son cabinet et appris qu'il avait décommandé tous ses rendez-vous et ne s'était pas montré de la journée. Inquiète, elle avait alors composé le numéro de son domicile et laissé sonner une éternité. Personne. Elle était sur le point de raccrocher quand soudain elle avait entendu un déclic, puis une voix. Il lui avait fallu une longue seconde pour comprendre que c'était lui, alors elle s'était figée.

Elle sentait encore le froid glacial qui l'avait saisie, la souffrance qui l'avait submergée. Et elle avait encore dans l'oreille chaque mot, chaque silence, chacune des respirations de cette conversation.

« Qui… là ? avait ânonné une voix lointaine.

— Allô ? avait-elle fait en retour.

— Qui… là ? » répéta la voix à l'autre bout de la ligne.

C'est à cet instant qu'elle comprit.

« Alan ?

— Oui… Qui… là ?

— C'est moi, Béatrice. Maman. Alan, tu es malade ? Tu as une drôle de voix. »

Elle savait qu'il n'était pas malade, mais elle se raccrochait à la minuscule miette d'espoir qui restait encore.

Plusieurs secondes s'écoulèrent avant qu'il réponde. Il paraissait avoir des difficultés à rassembler ses idées et à se concentrer.

« Maman ?

— Oui. Alan, comment vas-tu ? Tout va bien ?

— Oh… très bien… tout… v… très bien. »

Il parlait de façon hachée, avalait certaines syllabes.

« Com… ment… as… tu… ?

— Alan… »

La voix de Béatrice était claire comme du cristal.

« Alan, reprit-elle, tu as bu quelque chose ?

— Mon Dieu… Mam… man… tu ap… pelles pour ça ? »

Il parlait si indistinctement qu'elle le comprenait à peine.

« Alan ! » l'interpella-t-elle.

Elle avait l'impression de devoir le soutenir avec sa voix.

« Pourquoi as-tu bu ? On est au milieu de la journée ! Pourquoi n'es-tu pas à ton bureau ?

— Un… un whisky, dit-il péniblement. Je le jure… un… petit… whisky…

— Ce n'était pas un petit whisky mais plusieurs doubles ! Au moins. Tu es complètement ivre.

— Rid… Ridicule. Maman… tu es… vrai… ment… hys… hyst… hystérique, lui reprocha-t-il, non sans mal. Ne te fais… pas… de souci. Mmm… je vais, bien… sincèrement.

— Tu ne vas pas bien du tout, sinon tu ne serais pas ivre au milieu de la journée. Où est Maya ?

— Maya ?

— Oui, Maya ! Elle vit chez toi depuis quelques jours, il me semble. Où est-elle ?

— Elle... est... as là.

— Où est-elle, alors ?

— Je... sais pas.

— Tu ne sais pas ? Tu dois pourtant le savoir puisque vous vivez ensemble. Alan, concentre-toi ! »

Elle cherchait désespérément à arracher quelques bribes de souvenirs à son cerveau embrumé par l'alcool.

« Que se passe-t-il avec Maya ? Vous vous êtes disputés ? »

Il ne comprenait pas ce qu'elle lui demandait, aussi tenta-t-il de satisfaire sa curiosité en lui donnant des informations sans queue ni tête, puis en bégayant quelque chose sur un dossier qu'il avait plaidé six mois auparavant. Il faisait des pauses si longues entre ses phrases que plusieurs fois Béatrice crut qu'il n'était plus à l'appareil, puis soudain il recommençait à ânonner et à lâcher des bribes de phrases sans suite. À un moment, il partit d'un rire strident et désespéré qui lui fendit le cœur. À force de patiemment l'interroger, d'insister, de revenir sur ses réponses, au cours de l'heure qui suivit, elle réussit à apprendre que Maya était partie pour toujours ou, plus exactement, qu'il l'avait définitivement mise à la porte.

« Elle est main... nant... chez... Frank, expliqua-t-il après avoir longuement fouillé dans sa mémoire pour retrouver le prénom de son rival. Je... lui ai dit... qu'elle... n'avait qu'à... res... ter chez lui.

— C'est une sage décision, Alan. La meilleure que tu pouvais prendre. Alan, écoute-moi… commença-t-elle en s'efforçant, malgré son désarroi, d'adopter un ton ferme. Alan, il ne faut plus que tu revoies cette fille. As-tu compris ? Maya te fait du mal. C'est chaque fois la même chose. Vous ne vous entendez pas et, quand ça casse, tu as toujours plus de mal à t'en remettre. M'entends-tu ? Comprends-tu ce que je te dis ? »

Il finit par lui assurer qu'il ne reverrait plus jamais Maya, mais Béatrice avait la tenace impression qu'il n'avait pas compris de quoi il était question. Elle l'exhorta à faire disparaître de sa vue toutes les bouteilles, puis à se mettre au lit et à ne plus boire une goutte d'alcool de la journée. Ça aussi, il le lui promit, mais elle douta qu'il tienne sa promesse. Il boirait tout ce qu'il pourrait dénicher dans ses placards, et ce ne serait pas la moitié de rien.

Elle avait raccroché, profondément déprimée par son impuissance, erré quelque temps sans but dans la maison, puis était sortie dans l'idée de désherber une plate-bande de rosiers. Mais ses mains tremblaient, ses genoux flageolaient et elle ne sentait aucune force dans ses bras. Elle travaillait, la tête ailleurs, quand Franca était revenue, pâle et défaite.

« Qu'avez-vous fait de votre mari ? avait demandé Béatrice, pour la forme car elle ne s'en souciait pas réellement.

— Nous sommes allés déjeuner au Chalet Hotel, à Fermain Bay. Ils avaient encore une chambre, il l'a prise. »

Elle paraissait nerveuse, inquiète.

Ce n'est pas un bon jour, songea Béatrice.

« Je ne pourrai pas venir avec vous chez Kevin, ce soir, dit Franca. Je dois revoir Michael. C'est… il y a beaucoup de choses dont nous devons parler. Je dîne avec lui. Si vous pouviez me donner le numéro de téléphone de Kevin…

— Laissez donc ! De toute façon, je rentre, je vais l'appeler », dit Béatrice en se relevant péniblement.

Continuer à jardiner n'était pas raisonnable, elle ne se sentait pas bien, ce n'était pas la peine de risquer de tomber le nez dans ses rosiers. Elle rentra dans la maison, mais soudain elle manqua de courage pour parler avec Kevin ; elle remit l'appel à plus tard et monta dans sa chambre où elle resta jusqu'au soir. Puis elle entendit Hélène se préparer dans la salle de bains. Fidèle à son habitude, la vieille dame chantonnait, donnant l'impression d'être contente d'elle-même, ce qui eut pour effet immédiat d'éveiller l'agressivité de Béatrice.

Elle doit être sourde et aveugle, pensa-t-elle avec colère. Franca ne va pas bien, je ne vais pas bien, et elle se pomponne et chantonne comme si tout allait pour le mieux !

En début de soirée, Franca était partie retrouver son mari. Elle portait la petite robe qu'Hélène lui avait achetée à Saint Peter Port. Malgré son air grave et triste, avec sa peau légèrement hâlée, ses cheveux fraîchement lavés et une touche de rouge sur les lèvres, elle était plus jolie que jamais.

Son mari ne va pas la laisser partir comme ça, se dit Béatrice, mais ça m'étonnerait qu'il réussisse à la reconquérir.

À présent, elle marchait sur les rochers parce qu'elle s'était sentie incapable de supporter Hélène. Si elle s'était trouvée seule avec Kevin, elle lui aurait parlé de sa conversation téléphonique avec Alan, elle lui aurait fait part de ses inquiétudes. Mais elle n'avait rien envie de raconter à Hélène, et elle ne voulait pas l'entendre faire la moindre remarque. L'état épouvantable d'Alan ne la regardait pas. Qu'elle se doute de quelque chose était déjà suffisamment pénible. Elle avait entendu Béatrice téléphoner et, vu la teneur de ses propos, il n'était pas difficile d'imaginer ce qui se passait à l'autre bout du fil. Elle connaissait le problème d'Alan. Tout Guernesey le connaissait. Et sans doute une bonne partie de Londres également.

Je le savais, se dit-elle. Je le savais, je le savais. Dès que j'ai appris que Maya était chez lui, j'ai su que ça se terminerait comme ça.

Elle avait marché d'un bon pas et était essoufflée. Elle escalada le rocher qui se dressait devant elle. Ses mains se posèrent sur la pierre rugueuse, encore tiède du soleil emmagasiné au cours de la journée, et ce fut comme si la pierre lui transmettait une partie de sa force. Jamais la magie ne manquait d'opérer, le contact familier l'apaisa. Elle s'assit au point culminant du rocher et posa son menton dans ses mains.

Chienne de vie, il ne va jamais s'en sortir, songea-t-elle. Il n'y arrivera pas. Il se produit toujours des événements qui le ramènent en arrière.

Quand avait-elle pour la première fois découvert Alan ivre au point de ne pouvoir ni se tenir debout ni parler distinctement ? Elle fouilla dans sa mémoire. C'était il y a plus de vingt ans. Il était encore étudiant, à l'époque, il était revenu à Guernesey pour les vacances. Elle se souvenait d'une histoire d'examen raté. Il avait eu beaucoup de mal à avouer son échec, puis il n'avait cessé d'en parler, l'affaire le rendait littéralement malade. Ni Hélène ni Béatrice n'avait donné à l'événement le caractère catastrophique que lui-même lui attribuait, mais aujourd'hui Béatrice pensait qu'elle aurait dû se montrer plus perspicace.

On ne parlait pas constamment d'une chose qui ne vous tenait pas profondément à cœur. Une nuit, elle l'avait entendu rentrer et tomber lourdement dans l'escalier. Elle s'était précipitée. L'odeur d'alcool l'avait fait reculer. Alan était affalé sur les premières marches. Sa chemise sortait de son pantalon, sa veste gisait au milieu du couloir. Il était rouge, ses cheveux retombaient en désordre sur son visage.

« Sa… salut, m'man… » fit-il en essayant de se relever.

À peine debout, il s'était à nouveau effondré.

« Mon Dieu, Alan, mais qu'est-ce qui t'arrive ? » s'était écriée Béatrice.

Elle s'était penchée vers lui, lui avait relevé la tête et avait passé un doigt sur ses joues en feu.

« Je… me sens mal », avait marmonné Alan.

Naturellement, le vacarme avait réveillé Hélène qui était accourue en poussant des exclamations quasi hystériques.

« Que se passe-t-il ? Il est blessé ? Dieu tout-puissant, il n'est pas ivre, au moins ? Il sent épouvantablement l'alcool ! Penses-tu qu'il s'est… ?

— Je le pense, avait sèchement répondu Béatrice. À son âge, ce sont des choses qui arrivent, il n'y a pas de quoi en faire un drame. Aide-moi plutôt à le monter dans sa chambre. »

Elles l'avaient tant bien que mal traîné jusqu'à sa chambre… Sur le trajet, il avait vomi, déclenchant à nouveau des cris d'orfraie chez Hélène. À l'époque, Béatrice avait jugé ridicule le catastrophisme outré d'Hélène. Si elle avait su…

Une fois sur son lit, Alan avait parlé sans discontinuer et essentiellement de son examen raté. Béatrice l'avait déshabillé, lavé et lui avait patiemment expliqué qu'il devait cesser de penser à ce stupide examen, qu'il le repasserait, le réussirait et que tout serait oublié. Elle se disait qu'il avait bu parce qu'il avait eu un passage à vide, voilà tout. À qui n'était-ce jamais arrivé ?

Cela arriva à Alan tous les soirs suivants jusqu'à la fin de ses vacances. Il sortait avec des amis et rentrait complètement ivre. Certains soirs, il ne rentrait même pas, alors Béatrice partait à sa recherche. Elle le trouvait sur les quais de Saint Peter Port, étendu sur un banc ou allongé de tout son long sur un trottoir, souvent dans son vomi. Ce n'était plus normal. C'était trop fréquent, et sa consommation d'alcool était trop importante. Il ne buvait pas simplement pour se saouler. On aurait dit qu'il voulait se détruire, s'anéantir – se tuer –, comme si la vie était devenue si insupportable qu'il n'y avait d'autre solution que la mort. Béatrice s'accrocha à l'espoir que cela ne se produisait que pendant les vacances, ne se produirait que pendant ces vacances-là. Quand ses cours reprendraient, il ne pourrait plus se permettre ces extravagances. Sa vie reprendrait son cours normal.

Sa vie ne reprit jamais son cours normal, du moins jamais durablement. Il lui arrivait certes de paraître sobre, mais cela signifiait seulement que sa consommation se tenait dans des limites qui lui permettaient de donner le change. Chaque jour, il lui fallait sa dose pour être « bien » – pour travailler, pour être ouvert et agréable, pour avoir confiance en lui. S'il ne l'avait pas, il était nerveux et tremblait. S'il la dépassait, il restait prostré dans un coin et il n'y avait rien à attendre de lui. Il réussit un bon moment à faire croire à son entourage, à commencer par Béatrice, que tout allait bien. Quiconque ne connaissait pas les signes physiques caractéristiques d'une consommation excessive d'alcool – les pores dilatés, le nez couperosé, les joues blêmes, les poches marquées sous les yeux – l'aurait pris pour un jeune homme solide et en bonne santé dont la fatigue et la dépression occasionnelles pouvaient être mises, très naturellement, sur le compte du stress et du surmenage. Béatrice avait mis des années à comprendre, ou plutôt à accepter l'idée, que son fils buvait continuellement, qu'il n'affrontait aucun problème quotidien sans boire au préalable, aucun défi professionnel, aucun rendez-vous difficile avec un client ou un confrère, aucune déception sentimentale, aucune frustration. Le processus avait été lent, mais un jour était arrivé où il ne lui avait plus été possible de se cacher la vérité. Son fils était alcoolique. Et il ne semblait y avoir aucun moyen de lui venir en aide. Elle pouvait seulement lui dire qu'elle serait toujours là, quoi qu'il arrive, qu'il ne devait jamais hésiter à sonner à sa porte.

Assise sur son rocher, elle regardait le soleil s'enfoncer dans la mer en songeant avec amertume que la situation s'était réellement détériorée quand il avait commencé à fréquenter Maya. Bon Dieu, mais qu'est-ce qu'il trouvait à cette gamine effrontée qui ne lui arrivait pas à la cheville ? Maya était très jolie, mais il y avait des tas d'autres filles très jolies et beaucoup qui en plus avaient de la classe et une conscience morale. Alan était beau, il avait une profession intéressante. Béatrice savait que bien des femmes auraient donné cher pour attirer son attention. Pourquoi fallait-il qu'il se soit amouraché de la pire de Guernesey ?

Et bien évidemment, une fois de plus, les retrouvailles s'étaient mal terminées. Elles se terminaient toujours mal, tout le monde l'avait déjà compris sauf lui. Apparemment, Maya avait tenu deux semaines avant de reprendre ses bonnes habitudes. Pour être plus précis, elle ne les avait jamais abandonnées. Il avait seulement fallu deux semaines à Alan pour la démasquer.

Cette stupide et naïve Mae était la seule avec Alan à croire encore que Maya pouvait changer.

Comme elle m'en a voulu d'exprimer des inquiétudes sur les bonnes intentions de sa petite chérie. Elle n'accepte pas que l'on en dise du mal. Jusqu'à sa mort, elle sera aveugle.

Elle frissonna. Dès que le soleil avait disparu dans la mer, la température avait baissé. À l'ouest, le ciel était encore teinté de rouge, mais l'obscurité commençait déjà à gagner les rochers et les prairies.

Elle connaissait la suite. Alan s'abrutirait d'alcool, boirait jusqu'à l'inconscience non seulement ce lundi, mais également le lendemain, le surlendemain et tous les jours de la semaine et de la suivante. Il s'enfermerait chez lui, n'existerait plus pour personne, n'honorerait plus aucun rendez-vous professionnel. Sa fidèle et remarquablement dévouée secrétaire s'arracherait les cheveux et mettrait tout en œuvre pour éviter les conséquences fâcheuses, inventerait des prétextes et des explications pour au moins sauver les apparences et lui conserver la confiance de ses clients. Béatrice imaginait que la tâche devait s'avérer à chaque crise plus ardue. Il y avait longtemps, dans son milieu, que l'on savait de quoi souffrait Alan Shaye. Quel intérêt ses confrères auraient-ils eu à le protéger, à se montrer discrets ? Le temps qu'il mettrait à perdre ses clients dépendait du nombre de rendez-vous qu'il ferait capoter. Personne n'acceptait longtemps d'être constamment obligé de modifier des rendez-vous. Ses clients ne tarderaient pas à se chercher un autre avocat, peut-être même avaient-ils déjà commencé à le faire, sauf qu'Alan n'en parlait pas. Non seulement Maya était en passe de ruiner sa santé, mais elle se donnait également un mal certain pour faire disparaître sa clientèle.

Béatrice avait la longue et triste expérience de ce qui allait dès lors se passer entre Alan et Maya. Maya continuerait à vivre tranquillement sa vie et attendrait, le cœur confiant. Elle savait très bien qu'Alan la reprendrait, qu'il la supplierait de revenir. Il boirait pendant deux semaines environ, puis il retournerait travailler. Il aurait l'air d'un fantôme rescapé de l'enfer, d'un fantôme malade et misérable momentanément venu hanter les vivants. Il appartenait désormais à l'enfer, au moindre choc il le regagnerait. Il rouvrirait péniblement ses dossiers, retrouverait un niveau d'alcoolisation quotidien « normal », légèrement supérieur au niveau précédent, comme toujours après pareille crise. Il serait malheureux, souffrirait, ressentirait sa solitude dans chaque fibre de son corps et de son cœur, il serait désespéré, déprimé, malade. Dans ses périodes sans Maya, sa solitude intérieure était son pire ennemi – et pour Maya, la clé de son retour. À force de tristesse et de désespoir, il finissait un jour par baisser les armes. Il avait tellement envie de la croire quand elle disait qu'elle allait changer qu'il la croyait et, toute honte bue, se précipitait au-devant d'un nouvel échec. La descente aux enfers reprenait.

Béatrice se leva, serra sa veste plus étroitement contre elle, mais elle ne lui offrait qu'une mince protection contre le vent glacé qui soufflait maintenant de la mer. Au reste, elle ressentait un tel froid intérieur que rien n'aurait pu la réchauffer.

Si seulement Maya pouvait mourir, songea-t-elle en regagnant sa voiture. Son désespoir s'était mué en une douleur lancinante ; la violence de son souhait ne la fit même pas tressaillir. Je voudrais qu'elle disparaisse de la surface de la terre, qu'elle n'existe plus.

Elle déverrouilla sa portière et s'assit derrière le volant. Elle se sentait petite, perdue. Et coupable. Elle avait en effet le sentiment aigu de porter une part de responsabilité. Alan était son fils. À l'évidence, elle n'avait pas été suffisamment vigilante.

Elle n'avait pas envie de rentrer chez elle. Elle resta assise dans sa voiture et regarda la nuit descendre lentement sur l'île.

Ils avaient dîné à l'Old Bordello, un restaurant aussi rouge et pelucheux que son nom l'indiquait, et ignoraient les bâillements et toussotements du serveur qui tournait autour de leur table, attendant qu'ils réclament l'addition et s'en aillent. Ils étaient les seuls clients encore présents dans l'établissement. D'autres couples avaient dîné aux tables voisines, mais ils ne s'étaient pas attardés. Franca avait l'impression que quelques minutes auparavant quelqu'un avait monté le son de la musique d'ambiance de manière à ce qu'ils ne puissent plus se parler sans forcer la voix.

De toute façon, ils ne se parlaient plus, depuis déjà une demi-heure. Michael avait commandé un cognac. Il faisait tourner son verre entre ses mains comme s'il voulait en casser le pied. Le verre contenait un infime reste de liquide ambré, un fond coloré.

Pourquoi le conserve-t-il ? se demanda Franca. Pour justifier le fait de rester alors que tout le monde voudrait nous voir partir ? Ou bien cherche-t-il à me retenir ? Il sait combien je peux être absurdement polie. Jamais je ne me lèverais de table avant que quelqu'un n'ait fini de manger ou de boire.

Elle avait avalé un comprimé pour affronter la soirée, puis elle était passée prendre Michael à son hôtel. Elle lui avait laissé le choix du restaurant mais il n'avait pas séjourné à Guernesey depuis longtemps et aucun nom ne lui était venu à l'esprit. Ils avaient pris la direction du port, s'étaient garés, puis avaient remonté South Esplanade, en bordure des quais.

« Regarde le nom de ce restaurant, Old Bordello ! s'était soudain exclamé Michael. On dirait une farce ! Viens, essayons-le, ça risque d'être drôle ! »

Franca n'avait pas du tout le sentiment que la soirée risquait d'être drôle, quel que soit le nom du restaurant, mais comme le choix lui importait peu, elle suivit Michael. Au moins leur proposa-t-on une table près d'une fenêtre offrant une jolie vue sur Castle Cornet. Quoique sur le fond elle n'y attachât guère d'importance non plus. Le but du dîner était de parler de leur divorce ; compte tenu de ce contexte, le cadre lui paraissait bien secondaire.

Pour rompre le silence qui commençait à peser, Michael avait lancé la conversation sur des sujets anodins, le temps, l'île, la mentalité des Guernesiais…

« Une dame de l'hôtel m'a parlé des fêtes du 9 Mai, dit-il. Il paraît que c'est formidable, les défilés, la parade, les chars fleuris… Si nous restions la semaine prochaine pour en profiter ? Avec le travail que j'ai, ce n'est pas vraiment le moment de prendre des vacances, mais pour une fois... Qu'en penses-tu ? »

C'était l'occasion d'aborder pour la seconde fois le sujet qui lui tenait à cœur.

« Je n'ai pas envie de passer des vacances avec toi, dit-elle. Je veux que nous parlions de notre divorce. »

À cet instant, le serveur apporta les plats qu'ils avaient commandés et Michael attendit qu'il reparte avant de répondre, bien qu'il fût peu probable qu'il comprît l'allemand.

« Tu es énervée, dit-il alors, et je crois que tu t'es un peu monté la tête. C'est pour ça que je pense que c'était une erreur de t'enfuir comme tu l'as fait. Je comprends bien que ma... liaison t'ait mise en colère. »

Il baissa la tête, l'air un peu gêné, et fourragea distraitement dans son assiette du bout de sa fourchette.

« Je suis désolé », dit-il enfin.

Pour qui le connaissait, c'était là un moment tout à fait exceptionnel. Franca ne se souvenait pas d'avoir jamais entendu Michael s'excuser auprès de quiconque.

« Ce n'était pas correct de ma part. Je t'ai blessée. Je vais rompre avec cette femme, et ça ne se reproduira plus.

— Michael... »

Il leva la main.

« Attends. Je voulais ajouter que je considère néanmoins que c'est réellement une erreur de s'enfuir dans une situation comme celle-là. »

Naturellement, se dit Franca. Comment aurais-je pu, ne serait-ce qu'une fois, faire quelque chose de bien ?

« C'est une erreur de se replier sur soi et de remuer des idées noires. Je peux comprendre que tu aies voulu prendre de la distance, que tu aies voulu être seule. Mais tourner en rond dans sa tête comme dans une prison mène surtout à perdre de vue la réalité, la juste mesure des choses. Regarde, dans ton cas. Tu parles aujourd'hui de divorcer, tu surréagis. C'est typique. »

Franca repoussa son assiette, elle se sentait soudainement incapable d'avaler quoi que ce soit.

« Je ne surréagis pas, dit-elle, et je n'ai pas non plus imaginé ce plan en tournant en rond dans ma tête comme dans une prison, ainsi que tu le dis. Le fait est que je n'y avais pas pensé avant ce matin. C'est à la seconde où tu es entré dans la maison que... »

Elle s'interrompit, cherchant comment exprimer ce qu'elle ressentait.

«... à la seconde où je t'ai vu, j'ai su que nous devions nous séparer, reprit-elle. Ce n'était pas le résultat d'une réflexion... je le *sentais*. Tu comprends ? Je n'ai pas eu – je n'ai pas – besoin d'y réfléchir. Nous ne pouvons plus rester ensemble. Ce n'est plus possible.

— Mais ce que tu dis est encore pire ! »

À son tour, il repoussa son assiette et alluma une cigarette.

« C'est une réaction complètement extravagante ! Une idée soudain te traverse l'esprit – une idée lourde, très lourde de conséquences. Tu décrètes que c'est quelque chose que tu *sens* et vlan ! tu me balances une demande de divorce et tu refuses même que nous en discutions ? !

— Si je refusais que nous en discutions, je ne serais pas là ce soir. Je n'ai pas l'intention de partir après

près de dix ans de vie commune sans que nous parlions. Nous pouvons parler, mais ça ne me fera pas revenir sur ma décision. Pour la simple et bonne raison que, même si je le souhaitais, je ne pourrais pas. Je ne peux plus ! Ça ne marche plus. Essaye au moins de le comprendre. Physiquement, déjà, je ne peux plus. »

Il l'observa d'un air inquiet.

« Tu ne veux plus coucher avec moi ? C'était déjà tellement rare que je...

— Ça n'a rien à voir avec le sexe ! protesta-t-elle, consciente qu'il ne comprendrait pas ce qu'elle ressentait. J'ai eu une vraie réaction physique de peur, ce matin. Les mains moites, l'impression que mes jambes ne me portaient plus, des difficultés à respirer. Je me suis rendu compte que... Mon Dieu, Michael, ce n'est tout de même pas normal ! Aucune femme ne devrait réagir ainsi quand elle retrouve son mari.

— C'est vrai, mais ce n'est pas rare, chez toi, ce type de réaction, non ? Je veux bien prendre une large part des responsabilités sur moi... »

C'est justement ce que tu ne veux pas faire, songea Franca.

«... mais je ne peux pas te laisser dire que c'est moi qui provoque ça. Tu réagis à tout de cette façon. Tu es comme ça, Franca. Tu paniques, tu es anxieuse, nerveuse, et – ne m'en veux pas – au surplus hystérique. C'est même la raison de ton échec professionnel.

— En admettant que ce soit vrai, tu ne penses pas que je devrais au moins me sentir en sécurité auprès de toi ?

— Si, bien sûr. Je me suis d'ailleurs donné beaucoup de mal pour ça. »

Il la regarda en prenant l'air offensé de celui dont on n'a pas reconnu les mérites.

« Apparemment, ça n'a servi à rien. Tu as toujours refusé mon aide. J'ai essayé de te soutenir, je t'ai expliqué ce que je ferais à ta place, ce que je ne ferais pas... Résultat : tu m'as reproché de t'infantiliser et d'entraver ta liberté. Quoi que je dise, jamais ça ne te convenait. »

Le mal de tête familier était à nouveau là, encore ténu, léger comme un souffle, mais Franca savait qu'il allait s'accentuer de minute en minute. Elle ne laissait pas d'être étonnée par la capacité de Michael à refuser de voir qu'il ne servait à rien d'essayer de recoller les morceaux de leur couple en miettes.

Puis elle se rendit compte qu'il ne pouvait pas ressentir les mêmes choses qu'elle parce que jamais il n'avait souffert comme elle. Jamais il n'avait été rabaissé. Jamais il ne s'était senti en butte à la critique. Il n'avait pas été contraint, jour après jour, de se remettre en question. Et il n'avait probablement jamais souffert de migraines récurrentes. Il n'était pas dans les mêmes dispositions qu'elle.

Le serveur, remarquant que tous deux avaient repoussé leur assiette, accourut.

« Quelque chose ne vous convient pas ?

— Nous n'avons pas faim, grommela Michael. Vous pouvez débarrasser.

— Mais...

— Emportez tout ça ! Et apportez-moi un cognac ! »

Le serveur disparut avec les assiettes intactes. Michael tirait nerveusement sur sa cigarette.

« Je ne sais pas ce qui s'est passé, dit-il, mais j'ai l'impression que depuis que tu es ici, tu souffres de folie des grandeurs. Je veux dire, tu sais bien comment tu es, pourtant ! Tu es complètement dépendante. Il t'arrive des semaines durant de ne pas pouvoir entrer dans un supermarché sans être prise de panique, alors tu n'y vas pas. Tu te serais laissée mourir de faim si je n'avais pas fait les courses. Réfléchis une seconde : comment une femme qui n'est pas capable de mettre le nez dehors sans se bourrer de tranquillisants pourrait-elle vivre seule ?

— J'ai tout de même fait le voyage jusqu'à Guernesey sans l'aide de personne, observa Franca. Et que tu le croies ou pas, j'entre également dans les supermarchés de l'île. Je suis en ce moment avec toi dans un restaurant. Ai-je l'air d'être en proie à la panique ?

— Tu as sûrement pris des médicaments.

— Oui, mais j'en prenais aussi avant, et il y avait tout de même beaucoup de choses que je ne pouvais pas faire. »

Il faudrait que je mange un peu, songea-t-elle, sinon, je vais avoir encore plus mal à la tête. Mais elle se sentait incapable d'avaler ne serait-ce que du pain.

« Guernesey est un petit monde fermé sur lui-même qui te donne un sentiment de sécurité, dit Michael. C'est trompeur. Il faudra bien un jour que tu retournes dans la vie normale. Tu découvriras alors que tes vieux problèmes sont toujours là.

— Il est possible que je reste ici. »

Michael la dévisagea, consterné.

« À Guernesey ? Qu'est-ce que tu veux faire ici ?

— Vivre.

— Vivre ? Et puis-je savoir de quoi ?

— Je devrais pouvoir tenir assez longtemps avec ce que nous aurons partagé. Ensuite, je verrai.

— Nous y voilà. Au moins les choses sont claires. Tu veux de l'argent.

— La moitié de ce que nous possédons en commun me revient. C'est ainsi.

— C'est donc ça que tu veux ! Me mettre sur la paille et ficher le camp. Tu espères certainement obtenir plus que la moitié, mais je... »

Soudain la douleur fut là. Elle l'avait rarement assaillie avec une telle soudaineté et aussi violemment. C'était comme si un animal plongeait ses griffes dans sa tête.

« Je ne veux rien de plus que ce qui me revient, dit-elle avec effort. Mais nous pourrons en discuter plus tard. Nous trouverons bien un accord. J'aimerais que nous essayions de nous séparer en bonne intelligence, sans nous déchirer. »

Michael alluma une nouvelle cigarette. Ses traits altérés témoignaient de son extrême tension.

« C'est invraisemblable, dit-il. C'est tout simplement invraisemblable ! J'arrive sur cette fichue île et nous voilà un soir de 1er Mai à discuter de notre divorce ! Je n'arrive pas à le croire !

— Un jour, nous n'éprouverons plus que du soulagement. »

Elle chercha un comprimé d'aspirine dans son sac et le jeta dans son verre d'eau.

« Excuse-moi, j'ai un mal de tête épouvantable. »

À compter de cet instant, un silence amer s'était installé, que Michael entrecoupait sporadiquement de reproches, de plaintes, de protestations ou encore de sombres descriptions de ce qui attendait Franca. Entre-temps, il commanda à nouveau du vin, un second cognac et se fit apporter des cigarettes. Franca s'en tint à l'eau minérale et eut le soulagement de constater que sa migraine commençait à se dissiper. Essentiellement animée du besoin quasi viscéral de s'éloigner de Michael, elle avait hâte que la soirée se termine mais s'efforçait, par politesse, de ne pas le laisser paraître. Elle avait l'impression qu'elle se devait de supporter cette soirée, qu'elle se devait de donner à Michael la possibilité de dire ce qu'il avait sur le cœur, même si elle devait en souffrir. Elle avait pris l'initiative de la séparation, il lui semblait juste, en contrepartie, de rester assise en face de lui et de l'écouter distiller son fiel. Elle était déterminée à tenir. Au besoin, elle prendrait un second comprimé d'aspirine.

Ce sera bientôt fini, songeait-elle, très bientôt. Nous ne nous reverrons plus. Il ira son chemin, moi le mien, nous n'aurons plus rien en commun.

Elle chercha si au fond d'elle-même elle en éprouvait de la tristesse, du regret ou même un simple serrement de cœur. Elle ne trouva rien de la sorte. Ce qu'elle perçut, encore enfoui derrière la peur et le désarroi accumulés au fil des années, ce fut même, bien vivant et prêt à jaillir, un sentiment de joie, un bonheur dont l'intensité et la vigueur avaient presque quelque chose d'effrayant. En même temps qu'une petite voix intérieure lui recommandait la prudence, une autre clamait qu'elle n'avait plus besoin d'être prudente. Quelque chose avait changé, continuerait à changer, mais elle éprouvait encore beaucoup de méfiance à l'égard de ce que la vie lui offrait. Elle avait été si longtemps sevrée de toute sensation de joie et de confiance qu'elle ignorait comment s'y prendre avec le bonheur.

Il était près de minuit quand le serveur, mal à l'aise, s'approcha de leur table.

— Nous fermons à minuit, bredouilla-t-il. Pouvons-nous vous apporter l'addition et encaisser ?

— C'est moi qui décide de l'heure à laquelle je pars ! aboya Michael qui commençait à être sérieusement ivre et de surcroît ne demandait qu'à décharger son agressivité sur quelqu'un.

Franca voyait déjà le moment où il allait sauter à la gorge du malheureux homme. Elle sortit promptement son portefeuille.

— Je vous en prie, apportez-moi l'addition, dit-elle.

— Tu laisses ce type te donner des ordres ? fit Michael, la voix pâteuse. Ma femme se laisse mettre à la porte comme un vulgaire importun ? Tu…

— Nous nous sommes bien assez attardés comme ça, l'interrompit Franca. Ces gens doivent fermer. Il y a longtemps que nous aurions dû…

— Il n'y a rien que nous aurions dû faire il y a *longtemps* ! C'est bien de toi, ça ! Il suffit que quelqu'un dise quelque chose pour que tu files, la queue entre les jambes ! Tu t'écrases dès que quelqu'un ouvre la bouche. Ce n'est pas pensable d'être aussi soumise et servile et…

— Michael ! protesta Franca à voix basse, voyant les regards inquiets que lançait le serveur dans leur direction en entendant le ton monter.

— Ce n'est pas toi qui vas m'empêcher de parler ! riposta aussitôt Michael d'une voix forte.

— Je suis fatiguée, dit Franca. Je voudrais rentrer.

— Tu veux rentrer ? Tu souhaites mettre fin à la conversation ? Et tu penses que tu vas t'en tirer comme ça ? Tu me lances le divorce à la figure et tu déclares ensuite que tu es fatiguée et que tu veux te coucher ?

— Il n'y a rien de plus à discuter, dit Franca. Ça ne sert à rien de rester plus longtemps ici.

Le serveur revint avec l'addition. Franca déposa quelques billets sur la table.

— Nous n'avons pas encore fini, dit Michael.

Elle se leva. Ses genoux tremblaient. La journée l'avait nerveusement épuisée, mais elle avait le sentiment de s'être, dans l'ensemble, plutôt bien battue.

— Si, Michael, nous avons fini, dit-elle.

Qu'il se débrouille pour rentrer à son hôtel. Il y avait des taxis. Ce n'était pas son problème. Elle quitta le restaurant, consciente qu'il la suivait des yeux, ébahi, et gagna sa voiture. Il ne fit pas un geste, ne dit pas un mot. Il devait avoir compris qu'il était inutile d'essayer de la retenir. L'affaire était close.

Elle ouvrit sa portière et se laissa choir derrière le volant. Face à elle, Castle Cornet illuminée dominait le port endormi. Un murmure régulier montait de la masse sombre de la mer.

Je suis libre.

C'était un sentiment presque violent qui la submergea comme une vague et lui fit fermer les yeux quelques secondes. Je suis libre. Et j'ai moi-même conquis ma liberté. Personne ne me l'a donnée, personne ne me l'a imposée ou généreusement accordée. *Je l'ai prise.*

Elle ouvrit les yeux. Elle savait que le lendemain, le surlendemain, ses angoisses se réveilleraient et la rongeraient, que le doute la tarauderait. Mais à cet instant, elle sentait en elle une force d'une puissance et d'une étendue telles qu'elle en avait presque le souffle coupé.

Je ne dois jamais oublier ces instants, se dit-elle, jamais aussi longtemps que je vivrai. Je dois me souvenir que cette force existe. Je ne pourrais pas la sentir si elle n'existait pas. Elle est en moi. Elle y sera toujours. Je le sais, je ne dois jamais l'oublier.

Elle attendit, le temps que son rythme cardiaque s'apaise, puis elle démarra et sortit du parking.

Il était exactement minuit.

5

Elle traversa Le Variouf endormi et s'engagea sur la route sinueuse qui montait en pente raide vers le haut du village. C'était une nuit sans lune d'un noir d'encre. Elle songea que le ciel devait être couvert d'étoiles.

Elle franchit le portail du jardin, remonta l'allée et s'arrêta derrière une voiture garée devant la maison. C'était celle de Béatrice. En passant à hauteur de la voiture, elle remarqua que Béatrice était toujours au volant.

Elle frappa à la vitre. Béatrice sursauta puis ouvrit sa portière.

— Ah, Franca, c'est vous, dit-elle. Je n'ai pas vu le temps passer. Quelle heure est-il ?

— Pas loin de minuit et demi. Que faites-vous dans votre voiture ?

— Je réfléchissais…

Elle descendit de voiture et s'ébroua comme pour chasser toutes les idées qu'elle avait retournées dans sa tête.

— … Alan ne va pas bien, vous savez. Je ne parviens pas à penser à autre chose.

— Le dîner chez Kevin vous a-t-il un peu distraite ?

— Je n'y suis pas allée. J'ai déposé Hélène et je suis partie à la pointe de Pleinmont. Je suis restée des heures assise sur un rocher… Un rhume, c'est tout ce que je vais tirer de cette soirée, ajouta-t-elle dans un rire forcé.

Elles se dirigèrent côte à côte vers la maison et entrèrent.

— Hélène doit certainement déjà dormir, dit Béatrice. Et vous, Franca ? Comment ça s'est passé, avec votre mari ?

Franca haussa les épaules.

— Ce n'était pas très agréable. Mais je crois que c'est fini, maintenant.

Béatrice l'observa avec attention.

— Vous n'avez pas l'air triste, dit-elle.

— Je ne le suis pas, confirma Franca en suspendant la veste qu'elle portait sur le bras au portemanteau. Je suis soulagée.

— Je monte rapidement m'assurer qu'Hélène est bien rentrée et je redescends. Nous ouvrirons une bouteille et vous me raconterez un peu, d'accord ?

Franca effleura le bras de Béatrice pour la retenir brièvement.

— Que se passe-t-il avec Alan ? demanda-t-elle doucement.

— Je vous raconterai ça tout à l'heure, répondit Béatrice qui déjà montait au premier.

Franca resta en bas devant la glace de l'entrée, à côté du portemanteau.

À quoi ressemble une femme libre ? s'interrogea-t-elle. Elle sourit à son image. La jeune femme en robe rouge lui sourit en retour. Elle est jolie, décida-t-elle. On dirait bien que la liberté embellit.

Au premier, Béatrice se pencha sur la rambarde.

— Hélène n'est pas là ! lança-t-elle d'un ton inquiet. Elle n'est pas dans son lit.

— Elle est peut-être autre part dans la maison, suggéra Franca.

Béatrice plissa le front.

— Ça m'étonnerait. Tout est éteint partout. Et il n'y a pas un bruit… Non, elle n'est pas là.

— Sans doute la soirée chez Kevin s'est-elle prolongée. Elle va rentrer d'un instant à l'autre.

Béatrice regagna le rez-de-chaussée. Elle paraissait presque en colère.

— Hélène ne supporte pas de se coucher aussi tard, expliqua-t-elle. Passé dix heures et demie, elle s'effondre. C'est la première fois qu'elle n'est pas rentrée à cette heure-là.

Elle semblait réellement troublée.

— C'est très étrange, dit-elle.

Elles fouillèrent la maison de fond en comble. De l'avis de Béatrice, Hélène pouvait avoir eu besoin de se rendre à la cave et être tombée dans l'escalier.

Rien. Nulle part elles ne trouvèrent trace d'Hélène.

— Son manteau n'est pas accroché dans l'entrée, constata Franca, elle n'est donc pas rentrée.

Béatrice s'empara de la grosse lampe torche qui demeurait toujours à portée de main sur une étagère de la cuisine.

— Elle a peut-être oublié sa clé et pourrait se trouver quelque part dans le jardin. Dans les serres ou dans l'appentis. Mais si je ne la découvre pas là, j'appelle Kevin, et tant pis si je le réveille.

— Je viens avec vous, déclara Franca.

Les deux femmes s'enfoncèrent dans le jardin enténébré. Devant elles, le pinceau lumineux de la lampe perçait l'obscurité. Dans le ciel, la lune était un mince croissant brillant, le vent bruissait mystérieusement dans les arbres. Franca se prit les pieds dans la terre molle et légère de taupinières fraîches.

— C'est un peu inquiétant, ici, la nuit, dit-elle en frissonnant.

Béatrice appela Hélène à plusieurs reprises. Pas un bruit ne lui répondit. Elle éclaira chaque recoin des deux serres, fouilla le vieil appentis, à présent essentiellement encombré de meubles inutilisés, de bicyclettes et de caisses de livres. Franca grimpa dans l'ancien petit logement qui se trouvait au-dessus. Elle entendit quelques souris effrayées s'enfuir et se prit dans une toile d'araignée collante.

— Il n'y a personne ! lança-t-elle à l'intention de Béatrice restée au pied de l'échelle.

— J'appelle Kevin ! déclara Béatrice d'un ton ferme.

Kevin mit une éternité à décrocher. Béatrice avait refait trois fois son numéro et trois fois laissé sonner un temps infini. Quand enfin il répondit, il n'avait pas du tout l'air d'avoir été tiré d'un profond sommeil.

— Allô ? fit-il d'une voix claire.

— Kevin ! Je craignais déjà que tu aies débranché ton téléphone pour ne pas être dérangé. C'est Béatrice à l'appareil. Hélène est-elle encore chez toi ?

— Non. Ça fait longtemps qu'elle n'est plus là.

— Ah ? Vers quelle heure est-elle partie ?

Il réfléchit.

— Environ dix heures et demie.

— Dix heures et demie ? Il est bientôt une heure et demie du matin. Elle n'est pas à la maison !

— C'est curieux, dit Kevin.

— Curieux ? Je trouve ça extrêmement inquiétant. L'as-tu vue entrer dans la maison ?

— Je ne l'ai pas raccompagnée.

— Comment est-elle rentrée, alors ?

— En taxi. Elle en a appelé un vers dix heures, dix heures et demie.

— Mais pourquoi ne l'as-tu pas raccompagnée ? Tu le fais toujours d'habitude.

— Oui, mais pas cette fois. J'avais trop bu.

— Ça ne t'arrive jamais !

— Il faut croire que si. Et puis, ce n'est pas un crime d'arroser un peu trop un dîner !

Béatrice sentait la colère la gagner. Kevin avait du culot de faire comme si tout était normal. Il n'avait pas respecté les règles du jeu, à présent Hélène était introuvable et cela n'avait même pas l'air de l'émouvoir.

— Bon sang, Kevin, cette vieille dame était chez toi, tu en avais la responsabilité. Qui était le chauffeur de taxi ?

— Je ne sais pas. C'est elle qui l'a appelé.

— Tu as bien dû lui donner le numéro.

— Non, mais il y a un numéro de taxi au-dessus de mon téléphone, c'est sans doute celui qu'elle a appelé.

— Comment se fait-il qu'elle ait dû l'appeler elle-même ?

— Ciel, Béatrice, j'étais ivre ! Je n'avais plus du tout les idées claires… elle voulait partir… Ne viens pas me chercher des poux dans la tête pour ça !

— Donne-moi le numéro de ton taxi. Il y a quelque chose qui cloche. Hélène ne s'est pas brusquement volatilisée !

— Elle est peut-être allée quelque part avant de rentrer, suggéra Kevin.

Béatrice eut un soupir impatient.

— Kevin, je t'en prie ! Nous connaissons tous les deux Hélène. Ce n'est pas vraiment le genre à décider sur un coup de tête de faire la tournée des bars de Saint Peter Port au milieu de la nuit ! S'il te plaît, donne-moi maintenant le numéro de téléphone de ton entreprise de taxi. Ils ont peut-être entendu parler d'un accident.

Elle nota le numéro.

— Je te tiens au courant, Kevin, lança-t-elle, puis elle coupa la communication et composa en hâte le numéro de l'entreprise de taxi.

Elle dut à nouveau laisser sonner un temps infini avant qu'une femme ne décroche. Elle avait la voix endormie et peu aimable de quelqu'un très fâché d'avoir été réveillé.

— Excusez-moi de vous déranger, commença Béatrice, mais nous sommes sans nouvelles d'une dame qui a pris un de vos taxis hier soir. Il ne semble pas qu'elle soit arrivée chez elle.

À l'autre bout de la ligne, on bâilla bruyamment.

— Ça ne peut pas attendre demain ? demanda la femme, d'un ton excédé.

— Bien sûr que non, dit Béatrice. C'est une dame âgée, il lui est peut-être arrivé quelque chose.

— C'est mon mari lui-même qui était de service hier soir. Je vais le réveiller. Il va rouspéter, je peux vous le dire.

Béatrice l'entendit s'éloigner en traînant les pieds. La menace d'un malheur se précisait, lentement la peur faisait son chemin. C'était le patron qui avait assuré les courses. Apparemment, il dormait paisiblement dans son lit. Il n'avait donc pas eu d'accident et personne n'avait été blessé. L'absence d'Hélène devenait incompréhensible.

Je vais bientôt en savoir plus, se disait-elle en patientant, le téléphone collé à l'oreille, mais en même temps elle ne pouvait se défendre du sentiment diffus de l'imminence d'une catastrophe.

Après avoir mis une éternité à daigner venir, le chauffeur de taxi raconta en bougonnant que, son unique employé étant actuellement en vacances en France, c'était lui qui assurait toutes les courses. Il se souvenait d'avoir été appelé à Torteval, il se souvenait d'Hélène qu'il avait été prendre là-bas pour la conduire au Variouf.

— Une dame bien timide, dit-il. C'est moi-même qui ai pris la communication, je la comprenais à peine. Elle chuchotait. Fallait que je tende l'oreille pour comprendre où elle était et ce qu'elle voulait. Je lui ai demandé de parler plus fort, mais apparemment elle ne pouvait pas.

— Elle *chuchotait* ?

— Comme je vous le dis. Elle m'a paru très excitée. Quand je suis arrivé à Torteval, elle était déjà au croisement avec la route principale et c'est tout juste si elle ne s'est pas jetée sur mon taxi. Une fois à l'intérieur, elle a eu l'air de se calmer. Elle m'a demandé de la conduire au Variouf et de me dépêcher.

Béatrice fut définitivement alarmée.

— Vous l'avez déposée à l'entrée du jardin ? demanda-t-elle. Ou bien êtes-vous monté jusqu'à la maison ?

Le chauffeur sembla vouloir tergiverser mais en définitive dut juger plus raisonnable de dire la vérité.

— Je ne suis pas allé jusqu'à la maison, hésita-t-il. Je veux dire, jusqu'à l'entrée de la propriété. Je... Ecoutez, est-ce que je pouvais me douter que ma cliente allait disparaître dans la nature ? Je l'ai déposée un peu avant la maison, en contrebas, à une centaine de mètres environ.

— Mais pourquoi ? s'exclama Béatrice, consternée.

— Eh bien, à cet endroit, il y a un embranchement…

À l'évidence, le chauffeur se maudissait d'avoir pris, par commodité, une décision qui risquait à présent de lui attirer de sérieux ennuis.

— Je pensais que, plus haut, je ne pourrais peut-être pas faire demi-tour facilement. Il y avait une voiture derrière moi qui me collait depuis un bout de temps, et… euh… la route est extrêmement étroite, là-bas, vous savez…

— Toutes les routes de l'île sont extrêmement étroites, l'interrompit Béatrice, et vous auriez eu toute la place que vous vouliez pour tourner dans notre jardin !

— Oui, mais la petite dame pensait que le portail était fermé et le temps qu'elle l'ouvre… Et puis, il y avait ce type qui me collait au train. Bref, je lui ai demandé si ça ne l'ennuyait pas que je la dépose à l'embranchement. Elle m'a répondu qu'elle n'y voyait pas d'inconvénient, que même ça lui ferait du bien de marcher un peu. Alors…

— Alors vous avez laissé une vieille dame de quatre-vingts ans rentrer seule chez elle en pleine nuit ! Je trouve cela inad…

— Cent mètres ! Sûrement pas plus ! riposta le chauffeur, à présent complètement réveillé et nerveux. Ce n'est tout de même pas la mer à boire !

— Mais ça a suffi pour qu'il se passe quelque chose parce qu'apparemment votre cliente n'est jamais arrivée chez elle ! Vous allez devoir vous en expliquer, j'espère que vous en êtes conscient !

Elle raccrocha brutalement et se tourna vers Franca qui se tenait à côté d'elle.

— Quel imbécile ! Il a laissé Hélène en bas, à l'embranchement, parce qu'il avait la flemme de faire une manœuvre ! Une vieille dame de cet âge... Il aurait dû monter jusqu'à la maison, et même attendre qu'elle entre et allume la lumière ! Mais monsieur était pressé d'aller se coucher.

— Je me demande tout de même ce qui a pu se passer sur une aussi petite distance, observa pensivement Franca. Guernesey n'est pas New York, on ne risque pas de se faire agresser à tous les coins de rue. C'est tellement calme, cette île.

— Je ne comprends pas, dit Béatrice en secouant lentement la tête. Mais j'ai un mauvais pressentiment.

— Elle est peut-être allée chez un voisin...

— Pas aussi tard. De toute façon, il n'y a de lumière nulle part. Tout le monde dort.

— Mais alors...

— Peut-être a-t-elle eu une sorte d'absence ? Si au lieu de monter vers la maison, elle était partie dans la direction opposée, vers la falaise...

— Mon Dieu, souffla Franca, et dans le noir. Déjà qu'elle ne marche pas très bien.

— Allez, décida Béatrice, il faut en avoir le cœur net. Et cette fois, nous y allons avec les chiens.

Franca la retint.

— Ne devrions-nous pas appeler la police ?

— Si dans une heure nous ne l'avons pas trouvée, nous le ferons, répondit Béatrice.

Les chiens, la fougueuse Misty en tête, couraient et sautaient autour d'elles en aboyant, enthousiasmés par cette sortie nocturne inespérée. Ils reniflaient furieusement les bas-côtés du chemin comme si en l'espace des quelques heures depuis leur dernier passage des centaines d'odeurs excitantes étaient apparues. Le pinceau lumineux de la lampe torche faisait surgir des images fantasmagoriques sur le muret de pierre qui bordait le chemin, les haies touffues, le lierre, les arbres. Des nuages s'amoncelaient dans le ciel.

— Il va pleuvoir, dit Béatrice.

Franca remarqua que le vent avait tourné, l'air était à présent saturé d'humidité.

— Vous pensez qu'elle aurait pu aller jusqu'à Petit Bôt ? demanda-t-elle.

— Je ne vois pas ce qu'elle aurait été y faire, répondit Béatrice. L'endroit ne l'a jamais attirée.

Misty, qui gambadait loin devant, stoppa net sa course et leva la tête, truffe au vent. Ses oreilles se dressèrent, son corps se raidit. Les deux autres chiens arrivés derrière se figèrent à leur tour. Tous trois demeurèrent immobiles comme des statues au milieu du chemin, à l'arrêt.

— Ils ont flairé quelque chose, dit Béatrice. Pourvu que…

Misty gémit doucement. Les chiens paraissaient inquiets.

— Je n'aime pas ça…

L'espace d'un instant, Béatrice et Franca semblèrent elles aussi incapables de bouger, puis tout le groupe se remit en mouvement, les chiens devant, les deux femmes derrière.

À nouveau les chiens s'arrêtèrent.

— Mon Dieu, je crois que ça y est, dit Béatrice.

— Pourquoi dites-vous ce… commença Franca, puis elle découvrit la masse sombre autour de laquelle les chiens faisaient cercle.

Misty couinait, les deux autres chiens grognaient en retroussant les babines. Lentement, Béatrice dirigea le faisceau hésitant de la lampe torche sur la forme qui gisait au milieu du chemin. Elles reconnurent le visage étroit d'Hélène. Sa barrette s'était ouverte, ses cheveux gris étaient répandus en désordre autour de sa tête sur la terre. Puis elles virent la tache sombre qui formait une auréole.

— Je crois que c'est du sang, dit Franca d'une voix blanche.

Béatrice eut un mouvement involontaire de la main, le faisceau de la lampe se déplaça légèrement vers le cou.

Hélène gisait, la gorge béante. Elle s'était vidée de son sang sur le sentier qui menait à Petit Bôt.

6

Pour Guernesey, où hormis les vols de bateaux de plaisance la criminalité était pour ainsi dire inexistante, les forces de police qui se déployèrent en quelques heures dans Le Variouf et les environs furent impressionnantes. Des officiers de la brigade criminelle relevèrent les empreintes de pneus, de semelles et délimitèrent un vaste périmètre interdit autour du lieu du crime. Le village, tiré de son sommeil, s'anima, des curieux avides de sensationnel vinrent se masser derrière le cordon de sécurité. Il en arriva même de Saint Martin décidés à ne rien manquer du spectacle. La nouvelle de la mort brutale d'Hélène Feldmann s'était inexplicablement déjà répandue. « Il paraît qu'elle a été égorgée ! murmuraient les gens, horrifiés, à leurs voisins. Égorgée, vous vous rendez compte ? »

Au début, Franca avait pensé que Béatrice avait été violemment choquée. C'était la première fois qu'elle la voyait incapable de faire un mouvement ou de prendre une décision. Elle s'était figée sur place et avait commencé à trembler. La lampe lui avait échappé des mains. Franca l'avait ramassée et avait pris Béatrice par le bras. À son étonnement, elle-même ne tremblait absolument pas. Cela viendrait peut-être plus tard.

— Nous devons appeler la police, dit-elle. Venez, Béatrice, retournons à la maison.

Béatrice la laissa l'entraîner vers la maison sans résister. Franca appela les chiens ; ils la suivirent, nerveux, les poils de l'échine hérissés, la tête basse.

Lorsqu'elles furent arrivées à la maison, Franca assit Béatrice dans un fauteuil, posa un verre de cognac devant elle, puis elle téléphona à la police et raconta ce qu'elles venaient de découvrir à un officier stupéfait qu'elle avait probablement interrompu au milieu d'une grille de mots croisés. Il crut à une mauvaise plaisanterie.

— Vous êtes sûre que c'est bien vrai, ce que vous me racontez ? demanda-t-il.

— Je vous en prie, venez tout de suite ! insista Franca qui sentait qu'elle n'aurait pas le courage de discuter longtemps avec cet homme.

— Avez-vous bu quelque chose, madame ? voulut-il encore savoir.

— Non. Envoyez quelqu'un immédiatement, s'il vous plaît !

L'officier de police parut enfin redescendre sur terre.

— Tout de suite, dit-il. Et ne touchez à rien sur le lieu du crime !

Franca retourna dans le salon. Béatrice, le visage décomposé, n'avait ni bougé ni touché à son cognac.

— Béatrice, je vous en prie, buvez ne serait-ce qu'une petite gorgée, la pressa Franca. Vous n'allez pas tenir le coup, sinon.

Béatrice leva les yeux et posa sur elle un regard vide de toute expression.

— Ils lui ont ouvert la gorge, murmura-t-elle. C'est épouvantable. Absolument épouvantable.

— Essayons de ne pas y penser. Pas maintenant, dit Franca.

Elle sentait qu'elle s'effondrerait si elle commençait à réfléchir aux détails de ce qui s'était passé. Déjà, quand elle songeait que quelque part un fou rôdait qui attaquait les gens et leur coupait la gorge, un fou qui avait attendu, tapi dans l'ombre d'une haie, puis s'était précipité sur la malheureuse Hélène… Cela aurait pu arriver à n'importe qui, cela aurait pu lui arriver. Combien de promenades solitaires sur le sentier de la falaise n'avait-elle pas faites ces derniers jours…

Son estomac se révulsa. Elle prit sur elle-même pour penser à autre chose. Ce n'était pas le moment de perdre ses moyens.

Deux policiers se présentèrent, méfiants et manifestement toujours convaincus que quelqu'un soit souffrait d'hallucinations, soit se permettait de se moquer d'eux. Franca les envoya sur le chemin de Petit Bôt en leur indiquant où ils trouveraient le corps de la femme qui avait été égorgée. Peu après qu'ils furent partis, l'un d'eux revint, essoufflé et blanc comme un linge.

— Jésus, Marie, Joseph, haleta-t-il. Je n'ai encore jamais rien vu de pareil.

En un éclair, Le Variouf grouilla de policiers, des projecteurs éclairèrent la scène du crime a giorno, les curieux affluèrent et une ambulance fendit la nuit, toutes sirènes hurlantes. Franca pria le médecin qui lui proposait ses soins de s'occuper de Béatrice qui paraissait en état de choc ; elle-même, expliqua-t-elle, n'avait besoin d'aucune aide. Le médecin la regarda attentivement.

— Je vous crois, mais je crains que vous ne réagissiez après coup. Tenez, dit-il en lui mettant dans la main un flacon contenant de petites boules blanches, c'est une préparation homéopathique. Si vous sentez vos nerfs flancher, prenez cinq granules.

Elle promit de suivre ses conseils et regarda Béatrice se prêter docilement à son examen.

— C'est un simple calmant, dit-il en remplissant une seringue de liquide transparent.

Peu après, Béatrice reprit quelques couleurs puis émergea de l'état d'hébétude dans lequel la découverte du corps d'Hélène l'avait plongée.

— Interrogez-moi, dit-elle à l'officier de police qui hésitait à s'approcher d'elle. Je répondrai à toutes vos questions.

Sa voix avait retrouvé un peu de fermeté. Elle réagit avec un calme surprenant aux questions que lui posait l'officier. Elle expliqua posément qu'Hélène avait dîné chez Kevin à Torteval puis était rentrée en taxi vers vingt-deux heures trente. Le policier, qui notait avec empressement ses réponses, se montra très intéressé lorsqu'il apprit que le chauffeur de taxi l'avait déposée en contrebas de la maison.

— Il est possible que ce soit sur ces cent mètres qu'elle a rencontré son meurtrier.

— Pour regagner la maison, elle devait passer devant le chemin qui longe le mur est de notre propriété et mène au sentier de la falaise, dit Béatrice. C'est-à-dire le chemin où elle a...

— J'ai compris. Le lieu du crime.

— Pensez-vous qu'elle a été tuée à l'endroit où nous l'avons trouvée ? Elle a peut-être été agressée sur la route. Et...

Le policier secoua la tête.

— Nos collègues des empreintes n'ont pas terminé leur travail, cependant, d'après ce que j'ai vu, je pense qu'elle a été tuée là où elle a été découverte. Nous n'avons relevé aucune trace indiquant que le corps aurait été tiré ou déplacé.

— Bien sûr, fit Béatrice qui pâlit à nouveau d'un cran.

— J'aimerais maintenant savoir où vous étiez ce soir, dit le policier en regardant Franca. Étiez-vous ensemble ?

— Non, répondit Franca qui parla alors de son dîner à l'Old Bordello.

— Votre mari n'habite pas ici ? s'étonna le policier.

— Non, il loge au Chalet Hotel de Fermain Bay.

— Ah. Et il ne vous a pas raccompagnée ?

— Non. Je suis rentrée seule en voiture.

— Mme Shaye était-elle là lorsque vous êtes rentrée ?

— Elle était dans sa voiture, dans l'allée.

Le policier se tourna vers Béatrice.

— Vous êtes donc rentrée au même moment ? Ou bien vous apprêtiez-vous à vous rendre quelque part ?

— J'étais là depuis une demi-heure, répondit Béatrice. Je suis restée dans ma voiture. Je réfléchissais.

Le policier la regarda sans dissimuler son étonnement.

— Vous êtes restée une demi-heure dans votre voiture à *réfléchir* ? Pourquoi n'êtes-vous pas entrée dans la maison ?

Elle haussa les épaules.

— Je n'en avais pas envie. Ça ne m'est même pas venu à l'esprit. Je ne me suis pas rendu compte que le temps passait. Si Franca n'était pas arrivée, j'y serais sans doute encore.

— Extraordinaire, marmonna le policier qui secouait la tête tout en écrivant.

Franca pensait qu'il n'y avait vraiment rien d'extraordinaire à rester seule à réfléchir dans sa voiture quand quelque chose vous préoccupait et ainsi d'oublier l'heure, mais sans doute était-ce trop subtil pour l'âme simple et sans détour d'un policier de base.

— Est-il possible que vous vous soyez déjà trouvée là à l'heure du crime ? demanda-t-il.

Franca s'interposa avant qu'elle n'eût le temps de répondre.

— Non. Je suis arrivée vers minuit vingt. Si Béatrice se trouvait là depuis déjà une demi-heure, elle a dû arriver vers minuit moins le quart. Hélène est partie de Torteval à vingt-deux heures trente... Quand le taxi l'a déposée en bas de la côte, il ne devait pas être vingt-trois heures, dit-elle après un bref calcul. Béatrice est arrivée au plus tôt trois quarts d'heure après.

— Le chauffeur de taxi nous en dira sans doute plus sur l'heure précise, observa le policier. Toutefois, dans la mesure où elle-même dit avoir oublié l'heure, je ne pense pas que Mme Shaye puisse affirmer être restée une demi-heure dans sa voiture devant la maison. Elle peut y être restée une heure comme une heure et demie.

— Je suis partie de la pointe de Pleinmont peu avant vingt-trois heures trente, dit Béatrice. Mais naturellement, je peux me tromper.

— Ah ? Qu'êtes-vous allée faire en pleine nuit à la pointe de Pleinmont ? fit le policier, de plus en plus surpris par un comportement qui dépassait son entendement.

— J'y étais depuis plusieurs heures, expliqua Béatrice. Je me suis promenée. J'ai regardé le soleil se coucher. Et je suis restée là aussi assise dans ma voiture.

Le policier la dévisagea en haussant les sourcils.

— Pour l'essentiel, vous avez donc passé la soirée et la moitié de la nuit assise dans votre voiture ? D'abord à la pointe de Pleinmont, puis ici devant chez vous ? C'est pour le moins étrange. Les problèmes qui vous préoccupent sont si graves que cela ?

— Oui, répondit Béatrice sur un ton qui signifiait qu'il n'en saurait pas plus.

— Il est donc possible que vous vous soyez déjà trouvée là à l'heure du crime ?

— Si l'heure du crime est fixée à vingt-trois heures, je ne peux pas m'être trouvée là. Je ne suis en aucun cas partie de la pointe de Pleinmont avant vingt-trois heures.

Le policier griffonna quelque chose sur son calepin et regarda Béatrice. Il parut soudain plus raide, plus distant.

— Y aurait-il quelqu'un susceptible de confirmer vos dires ?

Béatrice secoua la tête.

— Non.

Le policier referma son calepin.

— Je n'ai pas d'autres questions pour le moment.

Mais veuillez rester à notre disposition, ajouta mentalement Franca.

— Mais veuillez rester à notre disposition, dit-il.

Alan reposa lentement le combiné et regarda fixement l'appareil comme s'il le voyait pour la première fois. Il se sentait littéralement assommé.

— Mon Dieu, murmura-t-il.

Il se dirigea vers le bar, déboucha le sherry, se servit un verre, le vida d'un trait. Puis il ouvrit la bouteille de whisky. Après un choc pareil, le sherry était bien trop doux. Et à six heures du soir, on pouvait se permettre de passer à des alcools plus forts. Il avalait la première gorgée de whisky, saluant la brûlure bienfaisante qui se répandait dans ses veines, quand la sonnette de la porte d'entrée retentit.

Il réfléchit un bref instant. Il n'avait envie de voir personne. Il voulait être seul. Seul pour accuser le coup, seul avec son whisky.

Je ne suis pas là, décida-t-il. Sa journée avait été difficile et fatigante, une succession de rendez-vous pénibles. Un gin et un whisky l'avaient aidé à tenir le coup. Depuis son effondrement dans l'alcool, trois jours auparavant, il était complètement épuisé. Il avait bu toute la journée du lundi, toute celle du mardi et tout le mercredi matin. Le mercredi après-midi, il avait vomi, vomi pendant des heures, et découvert, horrifié, l'image que le miroir de la salle de bains lui renvoyait. Ses mains tremblaient.

Un clochard. J'ai l'air d'un clochard !

Le téléphone n'avait pas cessé de sonner mais il s'était gardé de décrocher. Il ne se sentait pas capable de prononcer une phrase intelligible, il craignait même de ne parvenir qu'à ânonner des syllabes sans suite. Il avait été près d'essayer de s'adresser quelques mots, dans la solitude de sa salle de bains, en manière de test, mais même de cela il avait eu peur. Voir sa tête dans la glace l'avait singulièrement ébranlé. Être en plus confronté au son de sa voix lui paraissait au-dessus de ses forces.

Tard le soir, un dernier spasme nauséeux l'avait précipité dans la salle de bains. Après avoir vomi tripes et boyaux, épuisé au point de ne plus pouvoir se mettre debout, il s'était traîné hors de la salle de bains à quatre pattes, en grelottant. Dans le séjour, le téléphone sonnait. Quelqu'un semblait très désireux de lui parler. Probablement Béatrice. Il se souvenait confusément de l'avoir eue au téléphone l'avant-veille, à un moment où il était passablement ivre. Elle devait être dans tous ses états. Il n'avait pas la moindre envie d'écouter ses remontrances, et il ne se sentait pas non plus la force de riposter.

Il se coucha en croyant qu'il allait sombrer instantanément dans le sommeil tant la fatigue l'accablait mais, à son propre étonnement, il se sentit tout à coup parfaitement réveillé et dans un état de nervosité extrême. Il se retournait dans son lit, obsédé par l'idée de la gorgée de whisky qui mettrait fin à ses tremblements, qui ralentirait son rythme cardiaque, qui l'apaiserait... Sauf qu'il ne s'en tiendrait pas à une gorgée, il le savait, c'était trop dangereux. Si je veux retourner travailler demain, il ne faut pas... Ça recommence, songea-t-il, au bord du désespoir. La solitude, le whisky... C'est reparti.

Ce matin-là, au réveil, il avait toujours une mine épouvantable, cependant, après s'être longuement douché, lavé les cheveux, rasé et avoir bu deux tasses de café fort, il se sentit prêt à prendre le risque de retourner parmi les hommes. Il enfila un de ses meilleurs costumes et avala deux cachets d'aspirine.

Au bureau, sa secrétaire l'informa des problèmes créés par l'annulation, trois jours de suite, de ses rendez-vous. Il hocha la tête. Il s'y attendait. Chaque fois qu'il avait un passage à vide, c'était la même chose.

Jusqu'à présent, il s'en était sorti sans dommage, mais il savait que professionnellement non plus, il ne pouvait pas continuer comme ça.

— Si ma mère appelle, dit-il à sa secrétaire, s'il vous plaît, ne me la passez pas. Dites-lui que j'enchaîne rendez-vous sur rendez-vous.

La secrétaire acquiesça. Elle avait l'habitude. Quand son patron émergeait après avoir craqué, jamais il ne voulait lui parler. La vieille dame ne devait pas savoir trouver les mots qu'il aurait accepté d'entendre.

— Votre mère a téléphoné deux fois, lui dit-elle à midi.

Il s'y attendait. Eh bien, maintenant qu'elle sait que je suis en vie, songea-t-il avec hargne, qu'elle me fiche la paix. Elle n'a pas besoin d'en savoir plus.

Toute la journée il s'était accroché à l'idée qu'il s'accorderait un whisky en rentrant le soir.

Un whisky ne peut pas faire de mal, n'est-ce pas ? se disait-il. Un whisky, peut-être, mais il en était déjà à son deuxième et il succédait à un sherry. Oui, mais un sherry, ça ne compte pas vraiment, surtout après une nouvelle pareille.

La sonnette de la porte d'entrée ne se taisait pas. Pour insister de cette façon, le visiteur devait être un démarcheur ou un représentant qui voulait à tout prix vendre sa marchandise.

Je ne suis pas là, se répéta Alan en avalant une gorgée de whisky. À cet instant, il entendit une clé tourner dans la serrure. Quand il ouvrit la porte donnant sur l'entrée, il se trouva nez à nez avec Maya.

— Excuse-moi, dit-elle en guise de bonjour, mais comme tu ne répondais pas…

— Tu ne peux pas rentrer ici comme ça !

— J'avais encore la clé. Je m'inquiétais. Depuis avant-hier, je n'arrête pas d'essayer de te joindre. J'ai téléphoné à ton bureau, tu n'y étais pas. J'ai téléphoné cent fois ici, pas de réponse. Je suis venue voir.

Il tendit la main.

— Tu sais maintenant que je vais bien, alors tu me rends ma clé et tu t'en vas.

Son petit nez – ce petit nez qu'il trouvait si délicat – frémit comme celui d'un ravissant animal.

— Tu as bu, dit-elle.

Il acquiesça.

— Un whisky. Ce n'est pas interdit, que je sache. S'il te plaît, rends-moi ma clé.

Elle passa devant lui sans faire mine de lui rendre quoi que ce soit et se dirigea vers le séjour. La pièce était encore jonchée de bouteilles vides et de verres.

Il la suivit, furieux qu'elle découvre ce à quoi il s'était occupé depuis son départ.

Elle se tourna vers lui. Elle paraissait bouleversée, ses yeux étaient plus grands que d'habitude.

— Tu as appris, pour Hélène ? fit-elle.

Il prit une longue inspiration.

— À l'instant. Béatrice vient de m'appeler.

— Grand-mère me l'a appris mardi matin. Elle pleurait tellement que je ne comprenais pas ce qu'elle disait. En fait, je l'appelais seulement pour lui demander qu'elle m'envoie un peu d'argent... et elle m'a dit ça. Depuis je n'arrête pas d'essayer de te joindre. Je voulais parler avec quelqu'un qui connaissait Hélène, qui... qui ressentait la même chose que moi...

Elle s'interrompit. Ses yeux reflétaient un réel désarroi.

Quel moment étrange, songea Alan. Depuis qu'il connaissait Maya, c'était la première fois qu'elle était naturelle. Son émotion était sincère. Comme si le masque qu'elle portait en permanence était tombé et qu'apparaissait la jeune fille normale et gentille qu'elle était en réalité.

— C'est affreux, dit Alan. Je n'arrive pas à y croire. Un crime pareil à Guernesey...

Hélène...

Hélène faisait partie de sa vie, comme une tante qui aurait toujours été là. Hélène veillait sur lui quand Béatrice n'était pas à la maison, elle lui racontait des histoires, lui faisait des gâteaux, lui lisait des contes allemands, le consolait quand la nuit des cauchemars le réveillaient. Quelque chose n'allait pas ? Aussitôt il courait se réfugier dans les jupons d'Hélène. Béatrice pouvait être dure, parfois elle ne comprenait pas et elle était souvent énervée. Hélène était toujours d'humeur égale, toujours tendre, douce, disponible et heureuse de lui ouvrir les bras. Il lui avouait ses mauvaises notes, lui confiait ses déboires avec un professeur ou un camarade.

Il ne pouvait pas concevoir qu'Hélène puisse ne plus être là. Et encore moins qu'elle ait pu mourir d'une façon aussi abominable. Comment imaginer une telle horreur, une telle souffrance ? Une nausée le submergea.

— Grand-mère dit que son sac à main était près d'elle, reprit pensivement Maya, et qu'apparemment on n'avait touché ni à son argent ni à sa carte de crédit... Ce n'est donc pas pour la voler qu'elle a été agressée.

— Le crime sexuel est exclu ? demanda Alan.

Il n'avait pas parlé longtemps avec Béatrice et, sous le coup de l'émotion, il n'avait pu poser aucune question.

— Bien sûr, répondit Maya. Qui attaquerait une femme de cet âge ?

— Ça arrive, dit Alan. Il arrive même des choses encore plus surprenantes.

— D'après grand-mère, la police ne comprend pas du tout pour quelles raisons elle a été tuée, dit Maya. En tout cas, il ne semble pas qu'un crime sexuel ait été envisagé.

— Je n'arrive pas à imaginer autre chose que le geste d'un déséquilibré, dit Alan. Un malade mental qui tue pour le plaisir de tuer. Hélène a eu la malchance de se trouver au mauvais moment au mauvais endroit. Au fait, que faisait-elle en pleine nuit dehors ?

— Elle revenait de chez Kevin. Le chauffeur de taxi n'est pas monté jusqu'à la maison, il l'a déposée en bas, à l'embranchement, pour pouvoir faire plus facilement demi-tour. C'est sur cette dernière portion de chemin que…

Maya s'interrompit et soupira en secouant lentement la tête.

— Je pourrais avoir un peu de whisky ? demanda-t-elle à mi-voix.

Alan lui tendit silencieusement son verre. Elle le vida comme s'il s'agissait d'un verre d'eau.

— Quelle chierie ! s'exclama-t-elle brusquement. J'ai l'impression que plus jamais je ne pourrai être insouciante. Tu sais le sentiment que j'ai ? Jusque-là, tout allait bien, on ne se posait pas de questions, maintenant, plus rien ne pourra être comme avant.

Il comprit ce qu'elle voulait dire. Jamais cette forme de violence ne l'avait touché ni n'avait touché Maya. La presse, la télévision en parlaient, ils savaient l'un et l'autre qu'elle existait, mais elle ne les concernait pas et conservait dès lors un caractère abstrait. À présent qu'elle était entrée dans leur vie, elle était là, palpable, à portée de main. La blessure dont Hélène était morte avait également affecté son entourage.

Peut-être a-t-elle raison, songea Alan, peut-être que rien ne sera plus comme avant.

— Ma mère dit qu'ils vont rendre le…

Il se mordit les lèvres. Il était sur le point de dire « corps » mais, associé au nom d'Hélène, le mot avait une résonance si implacable qu'il ne put le prononcer.

— … La police nous autorise à reprendre Hélène au début de la semaine prochaine, dit-il. L'enterrement aura lieu mercredi.

— Tu vas y aller ?

— Bien sûr. Hélène est… était pour moi comme une deuxième mère. Et puis il faut que je m'occupe de Béatrice. Elle va avoir besoin de soutien.

— J'en suis moins sûre que toi, dit Maya. Béatrice est assurément choquée, comme nous tous, mais sa peine ne va pas être démesurée.

Alan, surpris, la regarda.

— Elle a pratiquement vécu toute sa vie avec Hélène. Pour elle, c'est tout un monde qui vient de s'effondrer.

— Elle n'a jamais aimé Hélène. Il n'y a personne dont elle ait autant souhaité se débarrasser.

— Tu exagères. Il y avait parfois des frictions entre elles, mais c'est normal. Sur le fond…

— Sur le fond, Hélène s'est collée à Béatrice comme une sangsue et Béatrice lui en a voulu à mort, insista Maya qui pour être bouleversée n'avait rien perdu ni de sa faculté de jugement ni de sa capacité à s'exprimer sans détour.

— Tu devrais faire un peu attention aux mots que tu emploies, dit Alan avec agressivité. Je ne pense pas que tu...

Maya rit doucement, non de son rire gai ou enjôleur habituel, mais d'un rire aigu légèrement hystérique.

— Alan, tu es vraiment trop mignon. Tu as grandi entre ces deux femmes, tu as passé la moitié de ta vie avec elles. Et pourtant tu ignores ce que toute l'île, toi excepté, sait : cela fait cinquante ans qu'elles vivaient ensemble et cinquante ans qu'elles ne se supportaient pas, qu'elles étaient incapables de s'entendre. Hélène ne pouvait pas quitter Béatrice parce qu'elle dépendait complètement d'elle et Béatrice ne pouvait pas mettre Hélène dehors, probablement parce qu'elle avait pitié d'elle ou...

— Ma mère n'a jamais eu pitié de personne, rectifia Alan. Ce n'est certainement pas par pitié qu'elle aurait toléré dans sa maison quelqu'un qu'elle ne voulait pas y voir. Béatrice n'est pas comme ça. Il se trouve que je la connais plutôt bien. Quand elle ne veut pas de quelqu'un, elle le dit clairement et distinctement.

— Eh bien, avec Hélène, de toute évidence elle ne l'a pas fait.

— Probablement parce qu'elle aimait Hélène.

— Mae dit...

— Mae ! s'exclama Alan en levant les yeux au ciel. Ne le prends pas mal, Maya, mais ta grand-mère raconte beaucoup de bêtises. Tu ne devrais pas croire tout ce qu'elle dit.

— Non, pas tout, tu as raison. Mais ce qu'elle dit d'Hélène et Béatrice est vrai. Parce qu'à part elle, il y a des dizaines de gens qui disent la même chose. De plus, moi aussi, c'est toujours l'impression que j'ai eue.

— Ça ne sert à rien de parler de ça, dit Alan. Hélène est morte et... mon Dieu !

Il s'effondra dans un fauteuil et cacha son visage dans ses mains. Quand il releva la tête, ses yeux étaient rouges de chagrin sans qu'il ait pleuré.

— Au fait, qu'est-ce que tu fais ici ? demanda-t-il d'une voix sans timbre.

— Je te l'ai dit, répondit Maya qui se tenait debout au milieu de la pièce, son verre vide à la main. J'avais besoin de parler à quelqu'un qui connaissait Hélène.

— Tu aurais pu aller voir Édith.

— On ne veut pas le lui dire. Elle est si âgée, elle serait trop perturbée.

— Bien. Tu es donc venue ici. Tu m'as vu, tu as parlé avec moi. Tu pourrais repartir, maintenant, non ?

— Oui, je pourrais repartir.

— Mais encore ?

— Souhaites-tu que je parte ?

— Si tu as des problèmes, Maya, c'est avec ton ami que tu dois en parler. C'est à lui de te consoler.

— Ah, il...

Son menton trembla.

— Oui ?

— C'est fini avec lui. Je n'ai plus rien, pas d'argent, pas d'appartement, personne...

Elle fondit en larmes.

— Je vais devoir retourner dans cette fichue île.

7

— Je ne comprends pas comment un policier peut avoir aussi peu de compassion, dit Franca. Interroger Béatrice le jour de l'enterrement d'Hélène... Ils auraient pu lui accorder un peu de temps.

— Ce n'est pas un interrogatoire, dit doucement Alan. Le policier souhaitait s'entretenir brièvement avec elle. Il lui a laissé le choix du moment. Elle s'est tout de suite proposée, elle a même refusé mon assistance. Je ne pense pas qu'elle y ait vu un inconvénient.

C'était une magnifique journée de mai, pas un nuage ne troublait le bleu immaculé du ciel. Le soleil était presque aussi chaud qu'en plein été, l'air immobile. Les prairies et les haies du sentier de la falaise étaient en fleurs. La mer, turquoise, scintillait paisiblement. Quelques voiliers longeaient la côte au large, d'autres se balançaient paresseusement dans les baies. Une belle journée d'été, chaude, calme, lente.

— Il faut que je marche, déclara Franca après que l'officier de police eut disparu avec Béatrice dans le salon. Sinon, ma tête va éclater.

— Ça ne vous ennuie pas que je vous accompagne ? demanda Alan qui se tenait, désemparé, au milieu de l'entrée et fixait la porte derrière laquelle sa mère avait disparu. Me dégourdir un peu les jambes ne devrait pas me faire de mal.

La cérémonie funèbre l'avait affecté ; s'il n'avait pas bu deux cognacs juste avant, il se serait effondré. Après l'enterrement, Béatrice avait servi un buffet froid et proposé de la bière et du vin. Alan avait bu de manière à conserver un calme relatif. Il s'était parfaitement rendu compte que Béatrice ne cessait de l'observer du coin de l'œil et comptait les verres qu'il vidait mais, comme elle ne pouvait rien lui dire en présence des invités, il avait pris soin de ne se trouver à aucun moment seul avec elle. Puis, les invités à peine partis, l'officier de police s'était présenté, si bien que là non plus elle n'avait pu lui faire la leçon.

À présent, il marchait à côté de Franca sur le sentier de la falaise. Sans se concerter, ils avaient évité le chemin où le corps d'Hélène avait été découvert. Ils étaient descendus jusqu'au village et avaient emprunté le chemin qui prenait juste derrière l'ancienne maison des Wyatt, puis descendait à couvert vers Petit Bôt Bay. Une ombre épaisse y régnait, l'herbe grasse des bas-côtés répandait une fraîcheur humide. Puis le toit de feuilles s'ouvrait et le soleil dardait ses rayons.

— Nous aurions peut-être dû nous changer, remarqua Alan.

Il portait toujours le costume noir qu'il avait mis pour l'enterrement ; Franca avait un ensemble noir et des escarpins à petits talons.

— Pouvez-vous marcher, avec ces chaussures ?

— Tant que nous ne courons pas…

La mer apparut devant eux, miroir bleu baigné de soleil. Même en un jour comme celui-ci, la beauté du paysage émut Franca.

— C'est un enchantement, murmura-t-elle.

— N'est-ce pas ?

Alan suivit son regard. Elle avait raison, c'était réellement beau. Lui qui connaissait ce paysage depuis sa plus tendre enfance avait toujours considéré son exceptionnelle beauté comme allant de soi. En le regardant avec les yeux de Franca, il eut l'impression de le voir pour la première fois et y puisa une sorte de réconfort. Hélène avait appartenu à ces paysages, à cette île, elle avait été liée à cette mer et à ces rochers.

Elle est certainement dans un endroit qui ressemble à celui-ci, se dit-il, sans être dupe d'être d'une certaine puérilité.

— Avez-vous remarqué la façon dont on nous regardait, dans le village ? demanda Franca.

Il avait été trop absorbé par ses pensées pour remarquer que des regards le suivaient.

— Non. Qui nous regardait ?

— Des gens du village. J'ai vu des rideaux bouger et, dans les jardins, plusieurs personnes se sont arrêtées de travailler pour nous dévisager.

— Ça ne m'étonne pas. Quelqu'un de ma famille a été assassiné dans des circonstances abominables. C'est normal qu'on me regarde. Et vous avez la malchance de vivre depuis quelque temps dans la maison de ma mère, c'est normal qu'on vous regarde. Les gens sont ainsi.

Elle secoua la tête.

— Il y a des bruits détestables qui courent, des soupçons.

— Des soupçons ?

— Béatrice ne peut pas expliquer ce qu'elle a fait, ce soir-là. Plus exactement, elle peut l'expliquer, naturellement, mais la plupart des gens trouvent ça un peu extraordinaire. Elle est restée des heures à regarder la mer à la pointe de Pleinmont, puis encore une demi-heure assise dans sa voiture devant la maison. Des gens disent que c'est bizarre.

— D'où savez-vous ce que disent *des gens ?*

— C'est Mae qui le raconte.

— Mae ! Encore Mae !

Il eut un geste irrité de la main.

— Tout le monde ici prend donc pour argent comptant ce que raconte cette incorrigible commère.

— Qui vous en a déjà parlé ?

— Maya. Elle aussi s'en réfère à ce que dit sa grand-mère, comme si elle avait la science infuse.

Franca haussa les épaules.

— Je ne peux parler que de ce que j'ai entendu. Et de ce que je ressens. Les gens flairent du sensationnel et, bien sûr, ils en rajoutent.

Alan s'arrêta.

— Il y a des gens qui pensent *sérieusement* que Béatrice a assassiné Hélène ?

— Je ne crois pas qu'en réalité cela aille jusque-là, dit Franca. Mais on chuchote que la façon dont elle prétend avoir passé la soirée est très étrange. Et quand on connaît la haine qu'elle…

— Oh, non, ne vous y mettez pas, vous aussi ! Ma mère ne détestait pas Hélène.

Franca le regarda. Alan ne lut dans ses yeux ni intérêt malsain pour le sensationnel, ni plaisir à colporter des ragots. Il vit de la sincérité, de la compassion et une grande honnêteté.

— Je ne pense pas non plus que « haine » soit le mot exact, dit-elle. Mais votre mère a souhaité ardemment qu'Hélène ne se mêle plus de sa vie. Et personne à Guernesey ne l'ignore.

Étrange, songeait Béatrice, étrange d'aller et venir dans cette maison et de savoir qu'Hélène n'est plus là. Qu'elle ne sera plus jamais là.

Le policier était parti un quart d'heure plus tôt. Il lui avait à nouveau posé des questions sur le déroulement de la soirée, sur ce qu'elle avait fait, quand et pourquoi.

« Vous étiez également invitée chez Kevin Hammond. Pourquoi n'y êtes-vous pas allée ?

— Je l'ai déjà dit. J'avais des soucis. Je voulais être seule. »

Il avait patiemment hoché la tête.

« Des soucis à propos de votre fils, je sais. De quelle sorte de soucis s'agissait-il ?

— Ça me regarde. »

Il n'avait pas insisté.

« Avez-vous, ce jour-là, remarqué quelque chose de particulier chez Hélène Feldmann ? Vous a-t-elle paru différente ?

— Elle était comme d'habitude. Elle se réjouissait d'être invitée. Je n'ai rien remarqué de particulier, non.

— Dînait-elle souvent chez M. Hammond ?

— À peu près toutes les quatre à cinq semaines. En moyenne. C'était parfois plus, parfois moins. Ils s'entendaient bien.

— C'est un peu inhabituel, non ? Ce jeune homme et une vieille dame… un étrange assortiment.

— Elle était sa confidente. Une sorte de figure maternelle. Et lui était pour elle le fils qu'elle n'avait jamais eu.

— Ils se voyaient souvent seuls ?

— Oui. Lundi soir, ainsi que vous le savez déjà, Mme Palmer et moi-même devions cependant être là. C'est un hasard qu'ils se soient retrouvés à deux.

— D'après nos informations, Mme Palmer avait convenu de dîner ce soir-là avec son mari qui venait d'arriver à l'improviste d'Allemagne.

— Effectivement.

— Pourquoi M. Hammond n'a-t-il pas remis son dîner à un autre jour ? Quand deux des trois invitées ne peuvent venir...

— Nous n'avons pas été très correctes. Nous avons oublié de prévenir Kevin. C'est seulement lorsque j'ai déposé Hélène chez lui qu'il a appris que ni Franca ni moi-même ne dînerions avec lui.

— En a-t-il été contrarié ?

— Il n'était pas très content. Tout était déjà prêt, il s'était donné du mal pour nous recevoir.

— Avez-vous convenu qu'il raccompagnerait Hélène Feldmann ?

— Pas expressément. Mais c'était pour ainsi dire implicite. Il la raccompagnait toujours quand elle dînait chez lui.

— Habituellement, elle ne rentrait donc pas en taxi ?

— Non. Ça ne lui était jamais arrivé.

— M. Hammond dit qu'il ne l'a pas raccompagnée parce qu'il était ivre. Cela ne s'était jamais produit ?

— Pour autant que je m'en souvienne, non, jamais.

— Pourquoi a-t-il beaucoup bu ce soir-là ?

— C'est à lui qu'il faut le demander. Je l'ignore.

— Nous le lui avons demandé. Il prétend avoir depuis quelque temps de gros problèmes financiers. Il aurait présumé de ses capacités à rembourser un emprunt contracté pour l'achat de deux serres. Il boit en ce moment plus que de raison pour ne plus penser à ses problèmes, dit-il.

— S'il vous le dit, ce doit être vrai.

— Apparemment, il n'était même pas en état de téléphoner pour commander un taxi pour Mme Feldmann. C'est surprenant de laisser une invitée appeler elle-même un taxi, n'est-ce pas ? Quand vous lui avez parlé, quelque temps plus tard, était-il encore fortement en état d'ébriété ? Il devait, à tout le moins, avoir des difficultés d'élocution. »

Béatrice réfléchit brièvement.

« Non... non, à vrai dire, je n'ai pas eu l'impression qu'il était ivre. Il m'a paru normal, et plutôt clair dans ses explications.

— Hum... Vous avouerez que c'est contradictoire, non ? Entre dix heures et dix heures et demie du soir, un homme est ivre au point de ne pas pouvoir appeler lui-même un taxi pour son invitée et, peu après une heure du matin, il est tout à fait bien et discute normalement au téléphone. Nous allons creuser la question... »

Il feuilleta son carnet, parcourut ses notes et reprit :

« Le chauffeur du taxi dit qu'Hélène Feldmann lui a semblé en proie à une grande agitation. Au téléphone, elle parlait si bas qu'il la comprenait à peine. Était-ce habituel, chez elle, de parler très bas au téléphone ?

— Non. Elle ne parlait pas fort, mais on la comprenait toujours parfaitement.

— Par ailleurs, lorsque le taxi est arrivé, elle se tenait déjà au carrefour. Elle ne l'a pas attendu à l'intérieur. N'est-ce pas également un comportement étrange pour une dame de cet âge ? »

Béatrice n'avait pas su quoi répondre.

« Je ne peux pas vous dire pourquoi elle s'est comportée ainsi. Je sais seulement que dans la journée elle était comme d'habitude. Un peu mélancolique, oui. Mais elle l'était toujours le 1er mai. Son mari est mort un 1er mai, il y a cinquante-cinq ans.

— Serait-ce possible que le soir, après avoir bu un verre ou deux au cours du dîner, compte tenu de ces circonstances un peu particulières, elle ait sombré dans une sorte de dépression ? Qu'elle ait été affectée au point de ne pouvoir parler que très bas et de ne pas pouvoir attendre son taxi dans la maison ?

— C'est possible. Hélène n'a jamais réellement accepté la mort de son mari.

— Le chauffeur du taxi dit qu'une voiture le suivait. De très près d'après lui, ce qui l'aurait incité à déposer Mme Feldmann en contrebas de la maison, là où il pouvait faire demi-tour facilement. Le témoignage de la ou les personnes qui se trouvaient dans cette voiture nous intéresse vivement et nous aimerions beaucoup la retrouver. Le chauffeur de taxi n'a pas relevé le numéro d'immatriculation – le contraire eût été étonnant –, il est même incapable de nous dire de quel type de véhicule il s'agissait. Nous avons fait diffuser des messages d'appel à témoins à la radio et dans les journaux, pour l'instant sans résultat… »

Le policier s'était levé et avait fourré son calepin dans sa poche avant d'ajouter : « Bien. C'est à peu près tout ce que je voulais savoir. Ah, si, une dernière question : comment vous entendiez-vous avec Mme Feldmann ? »

Elle avait eu l'impression que le regard du policier s'était fait plus aigu.

Tandis qu'elle parcourait la maison vide, recherchant la présence de quelqu'un qui n'y était plus, elle repensa à ce qu'elle avait répondu : « Nous nous connaissions depuis près de soixante ans. »

Sa réaction ne l'avait pas surprise.

« Ça ne répond pas à ma question », avait-il observé.

Elle n'avait pas ressenti la moindre envie de confier à cet officier de police quoi que ce fût de la complexité des relations qui l'unissaient à Hélène.

« Nous vivions depuis près de soixante ans sous le même toit. Cela répond parfaitement à votre question. Nous formions une sorte de famille. On ne choisit pas sa famille, et on ne s'interroge pas constamment sur la nature des rapports que l'on entretient avec elle. On ne peut pas la changer et on ne peut pas en changer. On est obligé de s'accepter les uns les autres. »

Il n'avait pas lâché.

« Vous arrivait-il fréquemment de vous disputer ?

— Non. Nous nous disputions très rarement.

— Y avait-il, de votre côté, des réserves ? Mme Feldmann était tout de même la femme de l'officier allemand qui avait réquisitionné votre maison.

— Mon Dieu, mais j'étais une enfant, à l'époque ! Il y avait longtemps que cela n'avait plus d'importance.

— Qu'est-ce qui avait de l'importance, alors ?

— Nous nous respections. Et nous nous étions habituées l'une à l'autre. »

Il avait soupiré. À l'évidence, il ne voyait pas ce qu'il pouvait tirer de ces informations.

Pourtant, songeait à présent Béatrice, je ne pouvais pas lui faire de réponse plus juste. Un respect mutuel et l'habitude. Ces dernières années, c'est de cela qu'étaient faites nos relations.

Vraiment ?

Elle monta au premier, ouvrit la porte de la chambre d'Hélène et s'arrêta sur le seuil. Rien n'avait changé dans la pièce, comme si Hélène allait revenir d'un instant à l'autre. L'odeur du talc parfumé qu'elle utilisait flottait encore dans l'air. Des papiers couverts de son écriture s'empilaient sur le gracile bonheur-du-jour placé près de la fenêtre. Un amoncellement de petites feuilles volantes, de lettres, de coupures de presse.

Mon Dieu, c'est à croire qu'elle conservait tout ce qui lui tombait sous la main, songea Béatrice. Ça ne va pas être simple de trier tous ces documents...

Elle devrait également faire l'inventaire du linge et des vêtements, en jeter une partie, donner le reste à une organisation caritative, vérifier ses papiers, payer les factures en souffrance, contrôler les relevés de banque.

Qui hérite de son argent ? se demanda-t-elle. Existe-t-il un testament ?

Cette chambre devait-elle rester la chambre d'Hélène, même après sa mort ? Dans un sens, cela reviendrait à ce qu'Hélène soit encore là.

Je vais débarrasser la chambre, décida Béatrice. De même que je vais donner les vêtements et jeter les papiers. Elle pourra devenir une deuxième chambre à louer.

La rapidité avec laquelle elle décidait de se séparer des maigres biens de la malheureuse Hélène l'effraya un peu.

« Comment vous entendiez-vous avec Mme Feldmann ? » avait demandé le policier.

Elle parcourut la chambre des yeux.

— Elle m'a bien pourri la vie. J'aurais plus d'une fois donné cher pour qu'elle disparaisse de mon existence, aurait-elle pu répondre.

— Et ces jours-ci, souhaitiez-vous toujours qu'elle disparaisse de votre existence ? aurait aussitôt demandé le policier.

Elle réfléchit.

— Je ne pense pas que ça ait jamais cessé. Oui, je crois qu'hier encore je souhaitais l'envoyer au diable. Peut-être même l'ai-je souhaité chaque jour de ma vie.

— Êtes-vous soulagée qu'elle soit morte ? aurait-il poursuivi.

— Je ne sais pas... Je ne lui ai pas souhaité cette fin. Mais, le premier choc passé, peut-être éprouverai-je du soulagement.

J'ai tout à fait le profil de la coupable idéale, songea-t-elle.

Qui avait pu commettre un meurtre aussi horrible ?

Elle et Franca s'étaient accordées à penser qu'il s'agissait du geste d'un déséquilibré. C'était pour l'une et l'autre la version avec laquelle il était le plus facile de vivre. L'idée qu'un fou dangereux rôdait dans l'île était difficile à accepter, mais moins que celle de quelqu'un nourrissant tant de haine pour Hélène qu'il l'avait égorgée de ses mains et abandonnée dans un chemin creux où elle était morte lentement en se vidant de son sang.

Un bruit dans l'escalier la fit sursauter. Elle eut tout d'abord l'idée absurde que, après avoir pris congé, le policier était revenu, s'était faufilé dans la maison, était monté au premier et l'avait écoutée soliloquer. Puis elle se ressaisit, c'était stupide, aucun policier anglais ne ferait une chose pareille.

Elle s'avança vers la rambarde de l'escalier et appela :

— Oui ? Il y a quelqu'un ?

Au même instant, elle aperçut Kevin qui avait déjà gravi quelques marches. En l'entendant, il fit un véritable bond et pâlit comme s'il avait eu la peur de sa vie.

— Béatrice ! Je croyais qu'il n'y avait personne ! J'ai frappé à la porte de devant, puis j'ai fait le tour de la maison et suis entré par la cuisine, j'ai appelé… Personne n'a répondu.

Il paraissait à fois gêné et nerveux.

— Je suis désolé d'être entré comme ça…

— Penses-tu ! Tu fais partie de la famille, Kevin.

En descendant l'escalier pour le rejoindre, elle se rendit compte que, lorsqu'elle l'avait surpris, il était en train de monter au premier. Elle avait beau lui avoir dit qu'il faisait partie de la famille, elle en fut troublée. C'était tout de même un peu étrange.

— Qu'est-ce que tu voulais là-haut ? fit-elle d'un ton aussi dégagé que possible en l'embrassant sur les deux joues.

Il l'embrassa en retour, ses lèvres étaient glacées.

— Je… je sais que ça ne se fait pas. Mais j'avais envie de revoir sa chambre.

— Vas-y. Tu as besoin comme moi de cet adieu. Pendant ce temps, je vais préparer du café.

Tandis qu'elle s'affairait dans la cuisine, elle l'entendit marcher au-dessus de sa tête.

J'ai peut-être été injuste avec lui en pensant qu'il ne la fréquentait que pour son argent, songea-t-elle. Peut-être y avait-il entre eux de réels liens d'affection. Peut-être était-elle pour lui précisément la figure maternelle dont je parlais tout à l'heure à l'officier de police.

Elle posa la cafetière, le lait, le sucrier et les tasses sur un plateau et se dirigea vers la véranda qui jouxtait la cuisine. Il lui revint en mémoire la nuit de Saint-Sylvestre où Erich l'avait entraînée à cet endroit. L'heure n'était plus à la « victoire finale ». Il avait peur. Il avait compris qu'Hitler avait précipité l'Allemagne dans la catastrophe et que tous sombreraient avec lui. Cette nuit-là, il l'avait chargée de veiller sur Hélène.

Le plateau trembla, les cuillères à café tintèrent dans les soucoupes. Elle le déposa précipitamment sur la table.

Fichus souvenirs. Quelle idée de penser à ça ! Cette nuit était si loin dans le temps, elle appartenait à l'autre versant de sa vie. Une nuit opaque, humide et glacée, puis cette mauvaise pneumonie...

Mais on était au mois de mai, il faisait beau. Dans le jardin, un vent chaud faisait bruire les feuilles des arbres.

Béatrice prit une profonde inspiration. Avec Hélène, un nouveau morceau d'un passé accablant s'en était allé. Bien tard, si tard !

— Je ne me pardonnerai jamais la façon dont cette soirée s'est déroulée, dit Kevin. Ma dernière soirée avec Hélène.

Il se tenait à côté d'elle, elle ne l'avait pas entendu arriver.

— Tu n'y es pour rien, Kevin. C'est tout à fait normal de laisser un invité partir en taxi. Même au chauffeur, on ne peut pas reprocher grand-chose. Comment aurait-il pu imaginer ce qui allait se produire ?

Béatrice ouvrit les mains dans un geste d'impuissance.

— Non… c'était le destin. Il devait en être ainsi. Personne n'aurait pu changer le cours des choses.

Kevin sortit une cigarette et tenta de l'allumer. Il cassa trois allumettes avant d'y parvenir.

— Mais qu'est-ce qui t'arrive, Kevin ? fit Béatrice. Depuis quand as-tu recommencé à fumer ?

— Depuis que je me suis mis à boire.

Il tira hâtivement quelques bouffées.

— Béatrice, j'ai de gros ennuis. Je sais que ce n'est pas le jour d'en parler, alors que nous venons à peine de mettre Hélène en terre et…

— Si tu as des ennuis aujourd'hui, c'est aujourd'hui qu'il faut en parler. Ces temps-ci, tu ne vas pas bien, il faudrait être aveugle pour ne pas le voir.

— Oui… eh bien…

Il hésitait, fumait pour gagner du temps. Il était aussi pâle que s'il avait été gravement malade.

— Béatrice, j'ai besoin d'argent. D'une très grosse somme. C'est… l'enjeu est très important. Ma vie, tout ce que je possède en dépend.

— Tu as besoin de combien. Et pour quoi ?

— Cinquante mille livres.

— Cinquante mille livres ! Dieu tout-puissant, c'est une fortune !

— Je sais ! dit-il d'un ton désespéré en relevant d'un geste saccadé les cheveux qui lui tombaient sur le front. Je sais que c'est énormément d'argent. Jamais je n'aurais dû laisser la situation se dégrader comme ça, mais... ce qui est fait est fait. Et j'ai besoin de cet argent tout de suite.

— À qui le dois-tu ?

— À la banque. J'ai hypothéqué ma maison, mes terrains, tout. Il n'y a pas une petite cuillère qui ne soit hypothéquée.

— Mais pour quoi as-tu besoin de tant d'argent ? On ne dépense pas cinquante mille livres comme ça !

— Ça s'est fait sur plusieurs années. À la longue. La vie est chère, et... euh, avec mes roses, je n'ai jamais gagné des sommes astronomiques.

— Tu n'as pas mal gagné ta vie du tout, objecta Béatrice, seulement tu as un peu vécu sur un grand pied. Ton mode de vie a toujours été au-dessus de tes moyens.

— Oui. Tu as sans doute raison, concéda Kevin. C'est ce qui m'a perdu.

— La banque te fait à présent des difficultés ?

— Les intérêts m'étranglent. Ça fait des mois que je ne peux plus les payer. Je ne parle même pas du remboursement de la dette, elle est intacte. Mais pour les intérêts, ils sont intraitables.

Il écrasa sa cigarette. Son geste était empreint à la fois de colère et de désespoir.

— Béatrice, je vais tout perdre. Tout.

— Dans l'immédiat, ce qui t'aiderait, c'est que quelqu'un prenne les intérêts en charge pour que tu ne sois pas saisi, hasarda prudemment Béatrice.

— Oui, mais à long terme ça me servira à quoi ? Le mois prochain j'en serai exactement au même point, et le mois suivant également. Il faudrait que je puisse au moins rembourser la majeure partie de ma dette afin de faire baisser le montant des intérêts. Tu comprends ?

— J'aimerais t'aider, Kevin, mais je ne possède pas une telle somme. Même avec la meilleure volonté du monde. Allez…

Elle servit le café, s'assit et l'invita à prendre la seconde chaise.

— Assieds-toi, bois ton café et discutons calmement de ce que l'on peut faire.

Quand il porta la tasse à ses lèvres, sa main tremblait si fort qu'il renversa du café sur son pantalon.

— Hélène t'a toujours aidé, n'est-ce pas ? interrogea doucement Béatrice.

Il hocha la tête.

— Oui. Sans elle, il y a longtemps que je ne serais plus là. Elle m'a donné beaucoup plus d'argent que tu ne t'en es rendu compte.

— D'où le tenait-elle ?

— Elle l'avait.

— Elle percevait une rente, mais elle n'était pas bien conséquente. J'ai du mal à croire qu'elle ait pu en mettre une partie importante de côté.

— Le soir où elle est morte, dit Kevin, je lui ai pour la première fois parlé franchement de la gravité de la situation dans laquelle je me trouvais. Je lui ai dit à combien s'élevaient vraiment mes dettes.

— Jusque-là, elle n'en savait rien ?

— Je n'ai jamais été très explicite. Je lui disais que j'avais besoin d'une somme ou d'une autre.

— Elle ne te demandait jamais pourquoi ?

— Si, bien sûr, mais j'ai toujours eu l'impression qu'elle posait la question parce que ça se faisait, par politesse somme toute. Au fond, ça ne l'intéressait pas. Je lui ai toujours dit la vérité, toujours dit que j'avais des problèmes avec la banque. Seulement, je ne lui avais jamais parlé du montant réel de ce que je devais.

— Et lundi soir…

— … j'ai craché le morceau.

— Comment Hélène a-t-elle réagi ?

— Contrairement à ce que je craignais, elle n'a paru nullement horrifiée. Elle m'a simplement reproché de ne pas avoir d'emblée joué cartes sur table, elle s'est plainte que je n'avais pas confiance en elle, des choses comme ça… Je me suis détendu, j'étais rassuré.

Il porta sa tasse à ses lèvres et à nouveau renversa du café sur son pantalon.

— Elle était là, dans cette invraisemblable robe bleu ciel, pathétique avec son maquillage excessif et ses cheveux trop longs… Une vieille dame qui cherche vainement à se rajeunir… Puis d'un coup elle a eu quelque chose d'une grand-mère généreuse et bienveillante. Elle m'est apparue brusquement si mûre. Tu sais comme habituellement elle jouait de son côté femme-enfant…

Béatrice acquiesça. Combien de fois s'était-elle agacée du comportement immature d'Hélène !

— Elle disait que tout allait s'arranger, poursuivit Kevin, au bord des larmes et en évitant le regard de Béatrice. Elle disait qu'elle m'aiderait, que je devais arrêter de me faire du souci.

— C'était gentil de sa part de te dire ça, observa Béatrice, mais peu réaliste. Tes dettes dépassaient de très loin ses possibilités de financement.

Il saisit l'anse de sa tasse, la souleva mais cette fois renonça presque aussitôt et la reposa, conscient qu'il ne parviendrait pas à la porter à ses lèvres sans renverser de café.

— Elle m'a dit qu'elle me donnerait ce dont j'avais besoin, insista Kevin.

Sa voix se brisa, il avait été si près du but. La disparition dramatique d'Hélène le frappait doublement.

— Elle voulait aller à la banque dès le lendemain. Je devais passer la prendre en voiture pour l'y conduire. Elle voulait me prêter cinquante mille livres.

Béatrice se pencha en avant. Elle plissa le front.

— Où aurait-elle trouvé une somme pareille ?

Kevin se tourna vers elle, son regard fatigué était presque inexpressif.

— Il y a des choses sur Hélène que tu ignores, dit-il. Elle clamait haut et fort que tu étais sa meilleure amie, sa grande confidente, cependant, elle ne t'en cachait pas moins et très habilement quelques détails essentiels de sa vie… Béatrice, Hélène était richissime. Elle possédait une fortune. La modeste rente qu'elle invoquait pour que tu ne cesses jamais de t'occuper d'elle était une plaisanterie. Les cinquante mille livres dont j'avais besoin étaient pour elle une goutte d'eau, elle aurait pu me signer un chèque sans même vérifier ses comptes.

Béatrice sentit le sang se retirer de son visage.

— D'où tenait-elle cet argent ?

— C'est une longue histoire, dit Kevin.

Il n'y avait rien dans son ton monocorde d'une recherche d'effets, de vantardise. Se faire le porteur d'une nouvelle fracassante, dévoiler la secrète complicité qui des années durant l'avait lié à une vieille dame qui venait de trouver la mort dans ces circonstances épouvantables ne lui procurait aucune jouissance. Il était trop épuisé pour songer à autre chose qu'à sa propre fatigue.

— Si tu veux, je te la raconte.

— Oui, Kevin, raconte-la-moi, dit Béatrice.

QUATRIÈME PARTIE

1

Si faire la connaissance de quelqu'un pouvait bouleverser le cours d'une vie, Alan songeait que bien souvent la perte d'un être cher le bouleversait tout autant.

Attablé à une terrasse écrasée de soleil qui dominait le port, il essayait de se faire à l'idée qu'Hélène n'était plus en vie.

Une grande animation régnait autour de lui, le café était plein de touristes qui se disputaient les parasols et leur ombre bienfaisante. L'air sentait les frites, les hamburgers et les saucisses grillées, des plateaux chargés de bouteilles embuées et de coupes de crème glacée géantes circulaient entre les tables. En bas, dans la marina, les propriétaires de yachts procédaient aux derniers préparatifs avant de lever l'ancre. En l'absence quasi totale de vent, les embarcations à moteur tenaient l'avantage ; elles remontaient le chenal vers la haute mer à la queue leu leu puis mettaient les gaz et filaient sur les vagues ; à la barre, des gens bronzés, lunettes de soleil sur le nez, cheveux au vent, prêts à mordre la vie à pleines dents. Ils jetteraient l'ancre pour la journée à l'entrée d'une baie, plongeraient du bateau, nageraient, bronzeraient sur le pont, puis, le soir venu, de retour à terre, fourbus et affamés, ivres de grand air, ils envahiraient les petits restaurants de Saint Peter Port et riraient et s'amuseraient jusqu'à l'aube. Comme ils sont gais, pensa Alan.

Son regard s'arrêta sur une jeune fille adossée à un mur de pierre du port, en contrebas. Elle portait un jean coupé en bermuda dont les franges se détachaient sur ses cuisses bronzées et un haut de maillot de bain dont elle avait fait glisser les bretelles sur ses épaules. Les yeux clos, elle tendait son visage au soleil. Une bouteille d'eau était posée à côté d'elle.

Autant de choses qu'Hélène ne peut plus faire, se dit Alan. Il avait à peine formulé cette idée dans sa tête qu'il se rendit compte de son absurdité. Jamais Hélène n'avait fait ce genre de choses. Jamais elle n'avait fait de voile, jamais elle n'avait tenu la barre d'un hors-bord et jamais elle ne se serait offerte au soleil, et au regard des passants, adossée à un mur du port. Hélène n'était pas capable de l'abandon qui allait de pair avec cette façon de jouir de la vie. Si tant est qu'elle ait eu un jour l'intention de s'asseoir au soleil sur le port, elle ne l'aurait assurément pas fait simplement vêtue d'un short et d'un soutien-gorge, et elle aurait encore moins fermé les yeux, ne serait-ce que pour ne pas se laisser surprendre par tous les dangers qui, elle en était certaine, l'environnaient. Hélène observait, analysait, surveillait constamment ce qui se passait autour d'elle. Alan l'avait rarement connue autrement que se plaignant et gémissant sur son sort ou bien s'adonnant à de sombres prédictions concernant leur avenir à tous. En fait, il n'y avait qu'en présence de Kevin qu'elle manifestait une certaine gaîté. Lui seul avait trouvé l'accès à cette facette de sa personnalité. Auprès de Kevin, la jeune fille insouciante qu'elle avait peut-être été un jour reprenait vie. C'était comme si une porte s'entrouvrait et révélait brièvement une part inconnue de son passé. Alan en avait toujours été étrangement ému.

Il sirotait son deuxième verre de vin en se demandant pourquoi il avait une seconde fois commandé ce breuvage « entre deux » – ce vin trop doux qui collait aux papilles et lui faisait l'effet d'un sirop alcoolisé était détestable. Il avait néanmoins réussi à tenir sans boire jusqu'à midi, ce n'était pas si mal, quoique l'œil omniprésent de Béatrice y soit pour beaucoup. Boire une seule goutte d'alcool dans la maison du Variouf relevait désormais de l'exploit. Elle était constamment pendue à ses basques, surgissait telle la statue du commandeur dès qu'il s'apprêtait à s'accorder discrètement un verre de sherry ou une gorgée de porto. Il avait fini par lui chiper sa voiture – ce qui présentait en outre l'avantage de l'empêcher de le suivre – et, pied au plancher, avait mis le cap sur Saint Peter Port. La première gorgée de vin lui avait instantanément procuré un sentiment de bien-être. La première gorgée de la journée était toujours la meilleure.

Cela faisait désormais deux jours qu'Hélène avait été inhumée, il aurait dû être à Londres depuis longtemps. Une montagne de travail l'attendait, d'autant qu'il n'avait pu rattraper le retard pris les jours précédents. Lorsqu'il lui avait expliqué qu'il ne reviendrait pas avant le lundi suivant, sa secrétaire s'était effondrée.

« Mais comment vais-je pouvoir… » avait-elle commencé, au bord de la panique.

Il ne l'avait pas laissée poursuivre.

« Vous savez bien que l'amie la plus proche de ma mère, celle qui vivait sous son toit, a été sauvagement assassinée. Je ne peux pas la laisser seule dans des circonstances pareilles. »

Qu'aurait-elle pu objecter ? Et comment aurait-elle pu savoir qu'il lui mentait effrontément, que Béatrice n'avait pas besoin d'être consolée ? Elle affichait certes un visage fermé, elle donnait certes plus souvent qu'à son tour l'impression de tomber de la lune quand on lui adressait la parole, pourtant elle ne paraissait pas avoir réellement besoin d'aide. Il était possible que la mort cruelle d'Hélène l'affectât plus qu'elle ne pouvait l'exprimer, mais si c'était le cas elle gérerait son problème seule. Comme elle l'avait toujours fait. Alan se demandait parfois si sa mère savait ce qu'accepter aide et assistance d'autrui voulait dire.

Il n'avait aucune raison de rester à Guernesey, mais quelque chose l'empêchait de monter dans le premier avion pour Londres. Se mentir à soi-même n'était pas dans ses habitudes, parfois il se disait même que, s'il n'avait pas été alcoolique, il aurait sensiblement mieux maîtrisé l'art de l'auto-mensonge. Face au port devant son verre de mauvais vin, il s'avoua donc sans fausse honte que ce qui le retenait à Guernesey était sa peur de rentrer dans un appartement vide, sa peur de se retrouver devant le vide de sa vie.

Rentrer chez lui et n'être attendu par personne l'avait toujours mis mal à l'aise. Un homme de son âge aurait dû avoir une femme à embrasser, deux enfants adolescents ou pré-adolescents prompts à se rebeller, un gros chien tout fou, un chat hautain ou ronronnant, selon les jours. Il aurait dû être accueilli à grand renfort de cris, d'aboiements, d'explications et de protestations parce que la prof de maths était une peau de vache et décidément trop injuste, parce que la femme de ménage avait donné ses huit jours ou parce que « ma meilleure copine ne veut plus me parler et je ne sais pas pourquoi ».

« Une minute, une minute, aurait-il dit. Laissez-moi au moins le temps de me laver les mains et de m'asseoir. »

Ils l'auraient suivi dans la salle de bains, ils auraient continué à l'abreuver de nouvelles et il n'aurait pas pu se servir un whisky parce qu'il n'aurait pas trouvé une seule minute pour le faire. Il est vrai qu'il n'y aurait pas eu ce vide dans sa vie et qu'il n'aurait pas ressenti le besoin de boire pour le combler.

Quel gâchis, songea-t-il et il crut sentir les doigts glacés du désespoir lui serrer le cœur. Du gâchis, une vie ratée, fichue...

Peut-être était-ce pour cette raison que la mort d'Hélène l'affectait autant. À ce stade de sa vie, la disparition de n'importe quel proche l'aurait peut-être touché avec la même violence. La fin brutale d'une existence lui rappelait avec une cruelle précision que son temps, comme celui de tout être sous le soleil, était compté. Même s'il était peu probable qu'il finisse la gorge tranchée sur un chemin de terre, son heure viendrait, avec la même certitude qu'elle était venue pour Hélène. Hélène, qui avait si souvent regretté d'être passée à côté de sa vie. Comme lui. Quelle tristesse de mourir avec ce sentiment.

Il se demandait s'il aurait le courage de faire une troisième fois la queue au comptoir pour un verre de vin et commençait à se lever quand il aperçut Maya qui venait vers lui.

À sa façon déterminée d'avancer entre les tables, il comprit qu'elle l'avait vu depuis un moment et qu'il était inutile qu'il se détourne ou s'esquive. Il n'y a pas si longtemps, quand il considérait encore que toute rencontre était en soi une possibilité de renouer avec elle, il aurait été trop heureux de tomber sur elle fortuitement ; souhaiter disparaître sous terre pour ne pas avoir à lui parler était nouveau.

Sans doute est-ce ainsi lorsqu'une page est définitivement tournée, songea-t-il, presque surpris de découvrir que son histoire avec Maya était finie.

Il se leva pour l'embrasser. Ses lèvres étaient fraîches. Elle n'était pas maquillée, ses yeux étaient rouges et brillants, ses paupières légèrement gonflées.

— Bonjour, Maya, dit-il.

— J'étais en face, près de l'église, quand je t'ai vu à la terrasse. J'ai traversé pour en avoir le cœur net. Je te croyais reparti depuis longtemps.

— Je suis toujours là, répondit-il d'un ton morne en lui désignant la chaise en face de lui. Tu ne veux pas t'asseoir ? Je m'apprêtais à aller chercher un verre de vin au comptoir. Je t'en apporte un ?

— Apporte-moi plutôt de l'eau, dit-elle, puis après une hésitation à peine perceptible, elle ajouta : s'il te plaît. Je ne supporte pas l'alcool quand il fait cette chaleur.

Il entra à l'intérieur du café et prit sa place dans la file qui avançait lentement. C'était le coup de feu de midi, la plupart des clients souhaitaient déjeuner et mettaient des heures à choisir leurs plats. Alan se tourna vers l'extérieur et observa Maya de loin. Elle fouilla dans son sac et en sortit une paire de lunettes de soleil qu'elle posa sur son nez. D'ordinaire, elle aurait profité de ce geste pour se mettre en scène, elle aurait rejeté ses longs cheveux en arrière, croisé les jambes l'une sur l'autre et balayé la terrasse d'un regard aguicheur avant de masquer ses yeux derrière ses verres fumés.

Elle ne se livra à aucune exhibition. Elle ne regarda même pas autour d'elle pour s'assurer qu'elle avait été repérée par quelque séduisant représentant de la gent masculine. Les yeux baissés, elle fixait la table en mordillant l'ongle de son pouce.

Ce fut enfin au tour d'Alan de se faire servir et il regagna la table avec ses boissons.

— Si tu veux un peu de vin… proposa-t-il. Tu as l'air d'en avoir besoin.

— Non, je te remercie.

Elle but son eau à petites gorgées. Quand elle reposa son verre, aucune trace de rouge à lèvres n'en maculait le bord. Alan en croyait à peine ses yeux.

— Tu devrais peut-être toi aussi te mettre à l'eau minérale, dit-elle.

— Le vin me réussit mieux.

— Après tout, ça te regarde… Pourquoi n'es-tu pas à Londres ? demanda-t-elle après avoir bu une nouvelle gorgée d'eau.

Il lui servit le même mensonge qu'à sa secrétaire.

— Il faut que je m'occupe de ma mère. On ne peut pas la laisser seule du jour au lendemain.

Maya n'était pas du genre à s'en laisser conter.

— Tu vas avoir du mal à me le faire croire. S'il y a sur terre quelqu'un qu'on peut laisser seul, c'est ta mère ! Ce n'est sûrement pas elle qui t'oblige à rester.

— Je connais ma mère un peu mieux que toi.

Elle sourit, mais c'était un sourire triste.

— Eh bien, crois-le. Si tu as besoin d'un prétexte pour rester, pourquoi pas celui de ta pauvre vieille mère.

— Et toi, tu restes aussi ? Je veux dire, tu renonces effectivement à retourner à Londres ?

— Où voudrais-tu que j'aille ? De quoi veux-tu que je vive ? Je n'ai même pas de quoi me payer un billet d'avion ou la traversée en bateau.

Elle leva légèrement la tête. Alan se rendit compte qu'elle tentait par ce geste de retenir les larmes qui lui étaient montées aux yeux.

— J'ai tout gâché. J'ai gâché ma vie, ajouta-t-elle à voix basse.

Il fut étrangement touché d'entendre ces mots dans sa bouche. Quelques minutes plus tôt, il se disait la même chose, et il se souvenait qu'Hélène avait souvent éprouvé cette amertume quand elle regardait derrière elle. Combien étaient-ils, sur terre, à souffrir de désenchantement ? Les gens avaient tous tellement d'espoirs, de rêves, de désirs, et en fin de compte si peu de temps pour les réaliser, et surtout si peu de force. On s'épuisait à courir derrière ses rêves, quête incessante et vaine qui laissait au cœur un sentiment d'échec et de vacuité.

Il se pencha vers elle et posa brièvement la main sur la sienne. C'était un geste affectueux et paternel, dénué de l'arrière-pensée érotique qui avait jusque-là marqué leurs relations.

— Tu es si jeune, Maya, tu vas rectifier le tir et tout ira bien.

— Mais regarde-moi ! s'exclama-t-elle en enlevant ses lunettes. Ça se voit déjà sur mon visage, n'est-ce pas ? En tout cas, tu m'as toujours dit que ça commençait à se voir !

Il la regarda, avec objectivité, simplement. Elle paraissait très jeune, presque une enfant, avec son visage triste et buté, ses joues pâles, son nez rouge. Mais ce qu'elle disait était juste, il y avait aussi quelque chose de dur et de commun dans ses traits. Son corps supportait peut-être bien l'alcool et les nuits blanches, elle n'avait pas la peau de quelqu'un qui boit et fume trop. Mais sa réputation de fille facile n'était pas usurpée. Cela faisait des années qu'elle se jetait à la tête des dockers de Saint Peter Port aussi bien que des touristes ou des surfeurs qui arpentaient les plages, leur planche sous le bras. Sa vie dissolue avait marqué ses traits. Le mot qui lui vint à l'esprit l'effraya par sa cruauté. Vulgaire. Maya était vulgaire.

Elle ne fut pas dupe de ce qui se passait dans sa tête.

— Oui, dit-elle. Tu le vois aussi, n'est-ce pas ?

— Écoute, Maya, fit-il d'un ton las, nous en avons déjà tellement parlé. Il n'y a rien à dire de plus sur le sujet.

— Nous reverrons-nous ?

— Bien sûr. Je vais continuer à venir. Nous nous rencontrerons forcément.

— Tant mieux. Comment appelle-t-on ce que nous sommes désormais ? Des bons amis ? Nous serons très bons amis.

— C'est toujours mieux que de s'obstiner à essayer de former un couple. Nous aurions fini par nous haïr. Je préfère encore cette variante.

— Il y aura d'autres hommes dans ma vie, déclara-t-elle sans transition.

Quelque chose, dans son intonation, s'était modifié. L'espoir paraissait renaître en elle. Déprimée, bouleversée par la mort d'Hélène, déstabilisée par la rupture que lui imposait Alan, elle n'en conservait pas moins une forte capacité de résistance. Elle ne s'était pas épargnée, elle avait brûlé la chandelle par les deux bouts, mais sa puissance de régénérescence était intacte.

Elle va se reprendre en main, songea Alan, elle est déjà en train de le faire.

Puis il vit ce qui avait attiré son attention, ce qui lui avait redonné un peu d'assurance. Un homme sortait de la salle du café et s'avançait sur la terrasse. C'était le type gominé avec lequel il l'avait vue nonchalamment remonter Hauteville Road, en septembre dernier, puis disparaître derrière la porte de son appartement. Le visage hostile et déplaisant, qu'il n'aurait jamais pu décrire de mémoire, apparut, net et précis, devant ses yeux, de même que cet horrible après-midi passé à guetter les fenêtres aveugles de l'appartement de Maya.

Un verre de bière à la main, l'homme avançait lentement entre les tables en cherchant une place des yeux. Il était accompagné d'un homme qui aurait pu être son père mais qui était encore plus brun que lui et en outre sensiblement plus distingué. Lui aussi avait un verre de bière à la main et cherchait une table libre des yeux. Apparemment, ni l'un ni l'autre n'avait encore remarqué Maya.

— N'est-ce pas… ? fit Alan.

Maya remit prestement ses lunettes de soleil pour dissimuler sa mine défaite.

— Tu connais Gérard ? s'étonna-t-elle.

— Gérard ? Je ne savais pas qu'il s'appelait comme ça. Et je ne peux pas dire non plus que je le connaisse. Je t'ai vue une fois avec lui, il y a environ six mois, devant chez toi.

Étrange, comme il enchaînait un mot après l'autre avec calme. Jamais jusque-là il n'y était parvenu. Ça ne lui faisait plus mal. À vrai dire, il ne ressentait rien, rien que du vide. Il s'aperçut alors que la souffrance l'avait complètement habité et lentement, timidement, il commença à comprendre que si parfois on ne parvenait pas à mettre un terme à une souffrance, sans doute était-ce parce qu'elle apparaissait plus supportable que le néant qu'elle dissimulait. Ces mécanismes complexes de l'âme humaine recelaient quelque chose du mystère de ses années de passion destructrice pour Maya.

— Ce type a l'air d'un truand, dit-il, en même temps que les prémices d'un soulagement inédit l'envahissaient parce qu'il sentait qu'il se détachait du monde de Maya et que plus jamais il ne devrait partager une femme avec des hommes auxquels en temps normal il n'aurait même pas serré la main. Es-tu toujours avec lui ?

Elle eut un haussement d'épaules désabusé.

— Il y a longtemps que je ne l'ai pas vu. Entre autres parce que j'étais à Londres, comme tu le sais. Mais je n'ai jamais été vraiment avec lui. J'ai seulement…

— Tu as seulement couché de temps en temps avec lui. Je sais.

Il la considéra pensivement puis reprit :

— Maya, je suis conscient que ça ne me regarde pas, et j'espère que tu ne vas pas me traiter de vieux moralisateur, mais sois un peu prudente dans le choix de tes amants. Il est arrivé quelque chose de terrible à Hélène. Le monde n'est pas rose et gentil. Et ton… ami, là-bas, franchement, il a l'air d'un…

— … d'un truand, tu viens de le dire.

Elle détourna son regard de Gérard et se tourna vers lui. Derrière ses lunettes noires, ses yeux étaient invisibles.

— *C'est* un truand, Alan. Un fieffé escroc, pas un arnaqueur à la petite semaine. D'ailleurs, le type qui est avec lui, aussi. J'ai couché avec un criminel et j'ai trouvé ça super. Jamais je n'avais fait un truc pareil, tu comprends ? Quand on mène la vie que je mène, il faut un peu de piment, sinon, ça devient vite lassant. Ça m'excitait de penser que...

Elle laissa sa phrase en suspens mais Alan devina la suite.

— Ce qui était excitant, c'était le mélange, dit-il, achevant sa pensée. Une fois lui, une fois moi. Une fois l'avocat, une fois le truand.

— Depuis, c'est fini, dit-elle. Même lui ne veut plus entendre parler de moi.

— Il t'a envoyée promener une fois. Ça peut se comprendre, remarqua Alan négligemment. Tu t'es absentée longtemps. Ça va peut-être le reprendre.

Sa remarque l'avait blessée, il le comprit au frémissement de la commissure de ses lèvres, et il se sentit stupide et puéril. Il venait à l'instant de la mettre en garde contre ses fréquentations douteuses et dans le même temps il l'encourageait implicitement à tester ses charmes sur cette petite frappe de Gérard. Et ceci, simplement pour jouer de sa liberté toute neuve qui lui permettait de parler et de regarder Maya sans ressentir la moindre émotion.

— Excuse-moi, c'était stupide, dit-il. Mais sérieusement, Maya, éloigne-toi de ce type. Je ne sais pas ce qu'il fricote, mais ce n'est assurément pas quelqu'un à fréquenter et...

— Tu aimerais le savoir ? fit Maya.

— Quoi ?

— Ce qu'il fait. La façon dont il gagne son sale argent ?

— Je ne sais pas. Je...

Elle se pencha en avant. Son visage était à quelques centimètres du sien, il sentit son haleine, un mélange de tabac blond et de pastilles à la menthe. Elle baissa la voix.

— Tu es avocat. Si je confie quelque chose à l'avocat, tu es tenu au secret professionnel, n'est-ce pas ?

— Je ne suis pas certain d'avoir envie de savoir ce que font tes amants…

Il ne parvenait pas à se départir d'un mauvais pressentiment. Cette histoire ne le regardait pas. Il ne voulait pas savoir.

— Maya…

— Les bateaux volés, ici, dans la marina de Saint Peter Port, commença-t-elle en baissant le ton jusqu'à chuchoter. Ils sont repeints, affublés d'un nouveau nom et convoyés en France. C'est un commerce lucratif. Pour autant que je sache, le tiroir-caisse fonctionne super bien.

— Maya, ne me dis pas que tu…

Elle fouillait dans son sac à la recherche d'une cigarette.

— Je n'ai pas directement participé. Il m'est cependant arrivé de… Bon sang, où est-ce que j'ai fourré mes cigarettes ?

Elle trouva son paquet, en sortit une cigarette écrasée et la glissa entre ses lèvres.

— Il m'est arrivé de… leur fournir des renseignements, poursuivit-elle. Sur les bateaux, sur la présence ou l'absence des propriétaires, des choses comme ça…

L'expression consternée qui se peignit sur le visage d'Alan l'incita à minimiser encore son rôle.

— Rien de bien important. J'ai un peu sondé le terrain, rarement à vrai dire. C'est tout. Alan, ne me regarde pas comme ça ! C'était avant, il y a longtemps. J'avais besoin d'argent, et Gérard disait que...

Elle s'interrompit et eut soudain l'air d'une petite fille décontenancée.

— Tu trouves ça très grave ? fit-elle.

Il n'aurait pas trop d'un autre verre de vin. Il ne savait pas ce qui le bouleversait à ce point, mais il se sentit brusquement effroyablement seul.

— Ah, Maya, soupira-t-il simplement.

— Bonjour, Franca ! lança Béatrice. Savez-vous si Alan est déjà rentré ? La voiture n'est pas dans l'allée, mais il est possible que...

— Je ne l'ai vu nulle part, dit Franca. Ni lui ni la voiture. Où est-il allé ?

— Je ne sais pas. Probablement à Saint Peter Port. Je suis un peu inquiète...

Elle s'interrompit et se mordit les lèvres. Parler de l'alcoolisme de son fils avec des étrangers – et dans ce cas précis, elle considérait Franca elle-même comme une étrangère – lui donnait toujours le sentiment de manquer de loyauté envers lui. Tout le monde était au courant, Franca peut-être plus que d'autres, néanmoins, elle se disait parfois qu'en tant que mère elle devait faire comme si *cette maladie* n'existait pas. Elle avait l'impression que de cette façon elle protégeait Alan de la méchanceté, des commérages et des commentaires empoisonnés de son entourage. Comme si, en taisant sa dépendance, elle l'enveloppait d'une sorte de manteau protecteur qui n'aurait rien laissé passer de ce qui aurait pu le blesser. De même que, lorsqu'il était bébé, elle l'enveloppait dans une couverture mousseuse pour que les courants d'air...

Je deviens ridicule ! se dit-elle. Alan n'est plus un bébé ! Je dois le traiter en adulte, je n'ai pas à le protéger des regards impitoyables qui dissèquent et jugent, et tant pis s'il en souffre. Il faut qu'il le supporte.

— Franca, j'ai peur, dit-elle à voix haute. Alan ne va pas bien. Il ne parvient pas à se décider à rentrer à Londres, il traîne ici toute la journée, sans but... ça ne peut rien donner de bon. Je rêverais de pouvoir le ligoter pour l'empêcher de boire. Si seulement j'étais sûre qu'il n'est pas en train de se saouler dans un pub de Saint Peter Port.

Elle et Franca s'étaient rencontrées dans le hall d'entrée. Béatrice revenait du jardin où elle avait désherbé un massif de fleurs, l'esprit ailleurs, tandis que Franca descendait l'escalier. Béatrice avait trouvé la jeune femme très en beauté. Son visage avait pris un joli teint doré et le soleil avait éclairci ses cheveux blonds. Elle donnait une impression de vitalité et de disponibilité. Bien que la mort d'Hélène l'affectât, de toutes les personnes concernées à un titre ou un autre par l'événement, elle était la plus forte et celle qui physiquement réagissait le mieux. Elle avait pris en main la marche de la maison, elle faisait les courses, préparait les repas, remplissait la machine à laver.

Je ne devrais rien lui demander pour la chambre, réfléchissait Béatrice, elle veille réellement à tout.

Elle-même était à peine capable d'avoir les idées claires. La mort d'Hélène l'avait plongée dans un état second dont elle n'émergeait que très lentement. Puis l'histoire que lui avait racontée Kevin... Elle avait l'impression d'errer comme un fantôme dans un monde irréel, de ne plus avoir de contacts avec le quotidien. Seul l'alcoolisme d'Alan parvenait encore à la faire réagir. Ce qui se rapportait à son fils traversait la toile qu'elle avait étroitement tissée autour d'elle pour réfléchir à Hélène, à cette femme qui avait si longtemps partagé son quotidien. Elle ne pouvait se départir du sentiment qu'Hélène l'avait mystifiée, qu'elle lui avait volé sa vie et bien d'autres choses encore.

— Ne vous inquiétez pas, dit Franca en réponse à l'anxiété de Béatrice concernant son fils. Alan va se ressaisir. Ne me demandez pas ce qui me permet d'être aussi affirmative, mais j'en ai la certitude.

Béatrice l'observa attentivement.

— Vous paraissez très en forme, Franca. Je reconnais à peine la jeune femme qui nous est tombée du ciel en septembre dernier. Guernesey vous réussit.

— La liberté me réussit, rectifia Franca.

Dans un geste qui avait encore quelque chose de son ancien manque d'assurance, elle releva les cheveux qui tombaient sur son front et reprit :

— Je recommence à croire un peu en moi.

Béatrice aurait aimé lui demander si elle prenait encore des tranquillisants mais elle ne se sentit pas le droit de lui poser une question qui touchait d'aussi près à son intimité et risquait de la blesser. Au lieu de cela, elle remarqua :

— Pourtant, vous devez avoir le sentiment d'avoir été précipitée dans un cauchemar, n'est-ce pas ? Personne n'est préparé à vivre un événement pareil. À force d'entendre parler de violence, de crimes et d'abominations, on se figure qu'on l'est. Mais quand on est soi-même concerné, ce n'est plus du tout la même chose...

— Oui, c'est un vrai drame, et cependant… Oh, Béatrice, je ne devrais pas dire ça. Après ce qui s'est passé… mais pour moi, c'est comme si une nouvelle vie commençait.

— Vous n'avez pas à vous en excuser, Franca. Vous avez votre vie, j'ai la mienne, Hélène avait la sienne. Chaque destin est différent. Vous avez un bel avenir devant vous, Franca, il suffit de vous regarder pour le savoir. Ne laissez rien vous en détourner.

— Je pensais aller au cimetière… porter quelques fleurs à Hélène.

Béatrice sourit.

— C'est une bonne idée, Franca. Votre mari est-il reparti ?

— Oui, avant-hier. Il a fini par renoncer.

— Et vous, êtes-vous bien certaine de vouloir divorcer ?

— Tout à fait certaine, répondit Franca.

2

Franca poussa la petite porte du cimetière situé au sud de Saint Peter Port. Elle portait un jean qui par cette chaleur collait à ses jambes, un tee-shirt sans manches et sur la tête un chapeau de paille. Il faisait chaud comme en juillet, et depuis déjà plusieurs jours. L'été avait commencé le jour de Liberation Day. Une foule en liesse s'était massée sur le parcours du défilé, les chars fleuris, tous plus colorés les uns que les autres, resplendissaient sous le soleil. Un orchestre avait joué *Land of Hope and Glory* et *Rule Britannia,* et tout le monde avait chanté à l'unisson. Un orateur déguisé en Winston Churchill avait clos un discours ardemment patriotique par la fameuse phrase du Premier ministre de jadis : « *And our beloved Channel islands will also be freed today !*[1] » Douce musique aux oreilles des îliens, cela avait déchaîné un tonnerre d'applaudissements et les acclamations enthousiastes d'un auditoire conquis.

Franca ne s'était pas attardée. Elle avait regardé l'événement de loin mais n'avait pas voulu y participer. La mort d'Hélène était encore trop proche. La joie de la population lui faisait mal.

1. « Et nos îles Anglo-Normandes bien-aimées seront également libérées aujourd'hui ! » *(N.d.T.)*

L'heure n'était pas à la fête. Ce printemps ne se prêtait pas aux réjouissances.

Elle éprouvait le besoin de s'isoler, de se retrouver seule pour réfléchir. Dans un premier temps, elle avait pensé descendre à Petit Bôt Bay pour marcher au bord de l'eau ou s'asseoir sur un rocher au soleil, puis elle s'était souvenue d'Hélène et de son meurtrier qui se promenait en liberté sur l'île, et l'horreur l'avait à nouveau assaillie. Guernesey avait perdu son goût de paradis. Un malade mental qui attaquait les femmes et leur coupait la gorge errait quelque part entre les ravissants villages, les vallons fleuris, les baies romantiques et les rochers sauvages.

Elle avait acheté un gros bouquet de roses multicolores en pensant que ce serait agréable de le porter à Hélène, de s'asseoir sur sa tombe, de dialoguer silencieusement avec elle et de songer à ce qu'elle allait faire. Depuis qu'il était reparti, Michael ne s'était pas manifesté et elle n'avait aucune envie de l'appeler en Allemagne. Après leur dîner à l'Old Bordello, atterré par ce qui était arrivé à Hélène, il était revenu plusieurs fois au Variouf, plus décidé que jamais à arracher sa femme à « ce monde de fous ». La police fut la première à émettre son veto. Franca, de même que Béatrice et Kevin, n'était pas autorisée à quitter l'île. Michael commença à s'énerver et à menacer.

« Écoute, avait-il dit, tu n'as rien à voir avec cette histoire. Ils n'ont aucun droit de te retenir ici jusqu'à ce qu'ils découvrent – si jamais ils le découvrent – qui a tué cette bonne femme. Je ferai le siège de l'ambassadeur s'il le faut, mais je te ferai sortir de là !

— Ce n'est pas possible, Michael. »

Aussitôt il était monté sur ses grands chevaux.

« Comment ça, “pas possible” ? C’est encore du signé Franca, cette réaction. Pourquoi ne serait-ce pas possible, hein ? Pourquoi faut-il toujours que tu acceptes sans broncher ce que les gens…

— Je n’accepte rien sans broncher, l’avait interrompu Franca. Tu m’as mal comprise. Je *souhaite* rester ici. Je *ne veux pas* rentrer en Allemagne avec toi. Je ne me pose même pas la question de savoir si je suis retenue ici à tort ou à raison. Je suis ici parce que je le veux. »

Il l’avait un instant considérée silencieusement.

« Il n’y a décidément rien à tirer de toi, avait-il enfin dit. Tu t’es collé je ne sais quelle idée de libération ou de réalisation de toi-même dans la tête et tu ne veux pas en démordre. Je pense que tu fais une gigantesque erreur. Si jamais tu devais en arriver prochainement à la même conclusion, téléphone-moi, je t’en serai reconnaissant. »

Elle avait pris cela comme une invitation à réfléchir encore une fois et à revenir sur sa décision, mais elle vivait dans la certitude qu’il n’y avait pas de recommencement possible. Sa position n’ayant pas changé, elle ne voyait pas de raison de lui téléphoner. Elle s’était rendu compte qu’elle allait mieux quand elle ne lui parlait pas, quand elle n’avait pas de nouvelles de lui. Quant à son avenir, c’était la dernière chose qui le concernait. Il lui appartenait, et à elle seule, de mettre de l’ordre dans ses idées.

Elle longea l’allée gravillonnée puis descendit les marches qui menaient aux tombes. Au-delà des arbres en fleurs, elle aperçut la mer. Elle était du même bleu lumineux que le ciel.

On dirait un tableau, songea Franca.

Se trouver là lui fit du bien. Les jours précédents, elle n'avait pu se départir du sentiment de ne pas avoir réellement dit adieu à Hélène. Le jour de l'enterrement, une foule compacte se pressait dans le petit cimetière.

Hélène était-elle si aimée ? Franca s'était interrogée, puis elle avait lu l'attrait pour le sensationnel, l'intérêt malsain sur de nombreux visages. La plupart étaient venus par voyeurisme, pour toucher l'horreur du doigt et ressentir un délicieux frisson d'effroi. Ils avaient dévisagé Béatrice et Kevin, tout le monde entre-temps ayant appris qu'Hélène avait passé la soirée chez lui. Franca en avait éprouvé un dégoût qu'elle avait tenté de refouler parce qu'elle estimait que sa réaction était injuste. N'était-il pas naturel que les gens éprouvent cette fascination morbide pour un fait divers aussi dramatique ?

Deux secondes tout au plus lui avaient été accordées au pied de la tombe, puis le flot l'avait contrainte de s'éloigner. À présent, elle rattraperait le temps qu'elle n'avait pas eu.

La tombe se trouvait dans la dernière rangée, là où le cimetière s'achevait et où commençait la forêt qui s'étendait jusqu'au sentier de la falaise. C'est là qu'un demi-siècle auparavant Erich Feldmann avait été inhumé. Hélène reposait à présent à ses côtés, dans la même tombe.

En approchant, Franca découvrit qu'elle n'était pas seule. Quelqu'un se tenait déjà devant la tombe fraîchement refermée et contemplait l'inscription de la pierre tombale. Au grand étonnement de Franca, il s'avéra que c'était Maya, la dernière personne qu'elle se serait attendue à rencontrer là.

— Bonjour, Maya, fit-elle timidement. Ça ne vous dérange pas que je dépose ces fleurs ?

Maya sursauta.

— Non, bien sûr que non. Bonjour, Franca. Je ne sais pas depuis combien de temps je suis là... Il fait une chaleur, aujourd'hui, ajouta-t-elle en plissant le front. J'ai carrément mal à la tête.

— Oui, j'ai presque trop chaud moi aussi, reconnut Franca.

Maya la regarda. Comme Alan quelques heures auparavant, Franca, médusée, enregistra les yeux rouges, les paupières gonflées et l'absence totale de maquillage de la jeune fille.

— Pauvre Hélène, murmura celle-ci.

Franca n'avait jamais eu l'impression que Maya eût été proche d'Hélène. Sa peine la surprit.

— Oui, dit-elle doucement, pauvre Hélène. Quelle fin abominable, si inutile, si cruelle.

Toutes deux regardaient la tombe. La terre fraîchement remuée paraissait noire. De l'herbe la masquerait bientôt, comme sur les autres tombes. La pierre tombale portait le nom et les dates de naissance et de décès d'Erich, ceux d'Hélène n'y figuraient pas encore.

LIEUTENANT-COLONEL
ERICH FELDMANN
24 DÉCEMBRE 1899 - 1er MAI 1945

Je ne m'étais pas rendu compte qu'ils étaient tous les deux morts un 1er mai, constata silencieusement Franca. Comme c'est étrange. À cinquante-cinq ans de distance, mais tous les deux le même jour...

Elle déposa les roses sur le monticule de terre. La chaleur les avait déjà un peu flétries. Elles faneraient rapidement.

— Il va pleuvoir demain, dit Maya. Je le sens dans l'air.

— Cela ferait du bien à la végétation. Si le temps est réellement en train de changer, cela explique peut-être votre migraine.

— Peut-être, fit Maya d'un ton indifférent.

Elle regardait la tombe avec dans les yeux un désespoir qui émut Franca, mais, faute d'être certaine que Maya apprécierait son geste, celle-ci résista à l'impulsion d'entourer ses épaules de son bras.

— Vous teniez beaucoup à elle ? s'enquit-elle en jetant un regard de côté à la tombe.

Maya secoua la tête.

— Je la connaissais à peine.

— Mais son assassinat vous a épouvantée ?

— Ce qui m'épouvante, c'est que quelqu'un puisse subitement mourir. Il y a quelques jours, elle vivait encore, et maintenant elle est morte. Et cette absence de sens, ce vide...

— Un crime apparaît souvent absurde, cependant...

— Je ne parle pas du crime ! protesta vivement Maya, les yeux à nouveau brillants de larmes. Je parle de la vie. Qu'en a-t-elle eu ? Qu'a donc eu Hélène de sa vie ?

Surprise par la véhémence de Maya, Franca recula d'un pas.

— Maya...

— Elle a perdu son mari toute jeune. Et elle n'a jamais retrouvé quelqu'un qui l'aime. Elle a vécu dans un pays qui n'était pas le sien. Parmi des gens auxquels elle parlait dans une langue qui n'était pas la sienne. Et tout le monde savait que Béatrice ne la mettait pas dehors uniquement par pitié. Elle la supportait comme on supporte une vieille tante qui n'a plus personne au monde et dont on ne peut pas faire autrement que s'occuper. Elle aurait donné cher pour se débarrasser d'elle, Hélène le savait parfaitement. Elle est passée à côté de la vie. Et maintenant, personne ne lui rendra jamais ce temps perdu.

— Peut-être n'a-t-elle pas eu du tout le sentiment d'être passée à côté de la vie.

— Oh si ! Vous ne la connaissiez pas depuis très longtemps, sinon vous n'en douteriez pas. Hélène était déçue, amère, elle était seule et avait tout à fait conscience de ne pas avoir su saisir sa chance.

— Ce n'est toutefois pas une raison pour que vous…

— Hélène est simplement un exemple ! l'interrompit Maya. Un exemple de ce à quoi ressemble une vie ratée. De ce à quoi *ma* vie ressemblera !

Franca la dévisagea, abasourdie.

— *Votre* vie ? Mais, Maya, votre vie n'a rien de comparable avec celle d'Hélène ! Vous êtes une jeune fille ravissante, exceptionnellement séduisante. Vous allez continuer à briser des cœurs pendant quelques années puis vous épouserez un charmant jeune homme et vous fonderez une famille. Vous n'avez pas le moindre trait commun avec Hélène.

— Ah, ne dites donc pas de bêtises ! s'exclama Maya.

Elle était injuste, mais à l'évidence elle s'en moquait. Elle avait besoin de se défouler et il se trouvait que Franca était là.

— J'ai déjà tout gâché ! Je n'ai pas mon bac, je n'ai pas de formation, je n'ai pas de travail. Je suis obligée de quémander l'aide de ma grand-mère, qui par la même occasion ne manque jamais de me dire que je la déçois. Tout le monde me traite comme si j'étais une nullité absolue. Je...

— Ce n'est pas vrai, et vous le savez. Quant au bac et à une éventuelle formation, personne ne vous empêche de rattraper le temps perdu. Vous n'avez que vingt-deux ans. Vous êtes si jeune. Toutes les possibilités vous sont encore offertes.

Maya se détourna. Elle avait encore pâli et paraissait beaucoup plus jeune qu'elle n'était.

— Mais pas celle de retrouver Alan, objecta-t-elle à mi-voix.

Pauvre petite, songea Franca, elle est complètement perdue.

Elle s'approcha de Maya et cette fois glissa sans hésitation son bras autour de ses épaules. Maya se blottit contre elle et commença à pleurer, doucement puis de plus en plus fort jusqu'à ce que tout son corps soit secoué de sanglots.

— C'est terrible, c'est terrible, hoqueta-t-elle. Je l'ai perdu. Il ne me reprendra jamais. Jamais. Pendant toutes ces années, je savais que je pouvais faire ce que je voulais, qu'il me reprendrait toujours. Peu importait combien je l'avais blessé, combien je l'avais humilié. Il me prenait dans ses bras, me pardonnait, et moi, je...

Elle n'acheva pas sa phrase. Les larmes roulaient sur ses joues, irrépressibles. Franca caressait doucement ses cheveux.

— Vous l'avez souvent fait souffrir, n'est-ce pas ? demanda-t-elle doucement.

Maya acquiesça.

— Je lui en ai fait voir de toutes les couleurs, sanglota-t-elle. J'ai fait tout ce qui me passait par la tête. Je suis sortie avec des types vraiment... impossibles. Des petits voyous, des escrocs, de véritables malfrats. Je n'ai jamais eu réellement peur. Alan était derrière moi. C'était comme s'il me protégeait. Je pensais qu'il ne pouvait rien m'arriver.

— Mais il en est toujours ainsi.

— Alan n'est plus là.

— Il est toujours là. Peut-être y a-t-il en ce moment beaucoup de souffrance et d'amertume entre vous, mais ça passera et ce qui fonctionnait entre vous sera préservé. Il restera toujours votre ami, Maya. Pas votre amant, votre ami.

— Mais je l'aime, fit Maya dont les sanglots s'apaisaient. Je l'aime vraiment !

— Il est presque deux fois plus âgé que vous, Maya. Vous avez chacun une vision du monde différente. Vous voulez profiter de la vie, flirter, danser, tester votre pouvoir sur les hommes. Alan a plus de quarante ans. Il envisage la vie autrement. Il aspire à autre chose. Et c'est tout aussi naturel. Les deux attitudes sont difficilement conciliables, voilà tout.

Maya fixait la pierre tombale comme si elle y voyait la représentation de tous les chagrins du monde.

— Il est lui aussi mort un 1er mai, observa-t-elle, comme Hélène.

— Oui, je viens moi aussi de m'en rendre compte, dit Franca. Le 1er mai 1945. Et de mort violente, comme Hélène. De sa propre initiative, certes, mais la violence n'en était pas moins là.

— Je me demande s'ils seraient restés ensemble si Erich n'était pas mort.

Franca haussa les épaules.

— Je ne sais pas. Je crois que oui. Hélène n'aurait pas eu le courage de le quitter. Elle serait restée avec lui comme elle est restée avec Béatrice.

— Pourquoi, à l'époque, n'a-t-on pas pu le sauver ? demanda Maya. Comment est-il mort, au juste ? Il s'est... tiré une balle dans la tête ?

— Pour autant que je sache, il s'est simplement blessé à la poitrine, et il est mort des heures plus tard. On aurait sans doute pu le sauver. Mais ils n'ont pas réussi à mettre la main sur un médecin et il perdait énormément de sang. Votre arrière-grand-père était occupé ailleurs et ils n'ont trouvé personne d'autre. C'était le destin d'Erich Feldmann.

Maya fronça les sourcils.

— Mon arrière-grand-père était occupé ailleurs ?

— Oui, la vie de l'île était complètement désorganisée. Hitler venait de se suicider, les Soviétiques étaient aux portes de Berlin, les Alliés convergeaient vers la capitale... Personne ne savait ce qu'il allait advenir des forces allemandes d'occupation. Tous les médecins avaient plus ou moins été réquisitionnés. Qu'il y ait ou non un médecin de garde pour les urgences ne devait pas soucier grand monde.

— Ce n'est pas à ça que je pensais, dit Maya. Je m'étonne seulement parce que...

— Oui ?

— Eh bien, il me semble que le mois dernier, à Londres, mon arrière-grand-mère m'a raconté que le jour où Erich est mort, son mari était là-bas. Chez Béatrice. Il y avait été appelé en fin d'après-midi... pour un accident. Je crois que ça concernait le prisonnier français... Je ne sais plus très bien...

— C'est curieux, remarqua pensivement Franca. Je suis tout à fait certaine que Béatrice m'a dit que...

— Oh, je me trompe peut-être, l'interrompit Maya.

Elle noua ses bras autour de son corps, comme si elle avait froid. Il faisait toujours aussi chaud, ses frissons venaient probablement d'ailleurs.

— Je n'ai pas dû tout comprendre, ajouta-t-elle.

Sa peau luisait comme si elle était en sueur.

— Je crois que je devrais rentrer. Excusez-moi de vous avoir ennuyée avec mes problèmes, Franca.

— Je vous en prie, Maya. Vous ne m'avez pas ennuyée du tout. Au revoir et, une fois à la maison, installez-vous au soleil et reposez-vous un peu.

Elle suivit des yeux la mince silhouette aux longs cheveux et aux jambes sans fin.

Une enfant, songea-t-elle. Comment Alan a-t-il pu investir tant d'années sur une enfant ?

Quand Franca regagna Le Variouf, Béatrice l'attendait sur le pas de la porte. Elle semblait ne pas s'être peignée de la journée et elle portait toujours les vêtements qu'elle avait mis le matin pour jardiner. Son pantalon était maculé de terre, et sa chemise d'homme surdimensionnée ornée de salissures vertes. Au cours des deux semaines qui venaient de s'écouler, son visage était devenu plus aigu, plus mince, et ses traits s'étaient affaissés. Franca se dit que c'était la première fois qu'elle paraissait son âge.

— Quelle chance que vous arriviez, Franca, s'exclama-t-elle, soulagée. Je n'ai pas arrêté d'essayer de joindre Maya, pensant qu'elle devait savoir où se trouvait Alan, et je viens seulement de l'avoir au bout du fil. Elle m'a dit que vous vous étiez rencontrées au cimetière. Elle était ce midi avec Alan à *La Terrasse*. Apparemment, il avait déjà un verre à la main. Je vous attendais avec impatience. Si vous n'étiez pas arrivée, j'aurais commandé un taxi, mais maintenant que vous êtes là…

Elle s'interrompit pour reprendre son souffle. Elle avait parlé tellement vite qu'elle en avait oublié de respirer.

— Franca, pourriez-vous me conduire à Saint Peter Port ? Je voudrais aller chercher Alan. J'ai un mauvais pressentiment. Il est probablement déjà tellement ivre qu'il n'est plus en état de conduire et je le vois déjà tomber cette nuit inanimé dans le port ou avoir je ne sais quel accident plus terrible encore.

— Bien sûr, je vous accompagne très volontiers, répondit Franca sans hésitation. Je monte chercher mon sac et nous y allons.

Elle courut au premier, prit un comprimé dans le tiroir de sa table de nuit et l'avala sans eau. En revenant du cimetière, elle s'était rendu compte à un léger picotement au bout des doigts et à la nervosité qui commençait à la gagner que l'effet de celui qu'elle avait pris le matin s'estompait. Elle prenait désormais régulièrement un comprimé le matin et un second en fin de journée et considérait que cette maîtrise de sa consommation était déjà un progrès. Elle n'avait plus constamment sur elle une boîte de tranquillisants pour intervenir en cas de crise soudaine. Au reste, elle n'avait plus d'attaques de panique, simplement des phases d'agitation croissante, comme à présent, dont elle craignait qu'elles ne se transforment en crises d'angoisse aiguës si elle ne les enrayait pas en prenant préventivement ces deux comprimés quotidiens.

Un jour, elle n'aurait plus besoin de tranquillisants, il faudrait peut-être du temps, mais elle y parviendrait, elle en avait la conviction.

En redescendant les marches, elle ne put s'empêcher de sourire à l'idée que, pour être en état d'accompagner Béatrice dans sa recherche d'Alan, elle devait elle-même avaler son comprimé rituel. Je ne vaux guère mieux que lui, songea-t-elle. J'ai seulement la chance que la dépendance aux tranquillisants soit plus discrète que l'abus d'alcool.

Elles roulaient vers Saint Peter Port quand Béatrice demanda :

— J'espère que vous ne vous sentez pas exploitée, Franca. Vous vous retrouvez impliquée dans un véritable drame et... j'ai l'impression que nous nous déchargeons beaucoup sur vos frêles épaules.

— Ne vous inquiétez surtout pas. Le drame de ma vie est ailleurs et n'a à voir ni avec Guernesey ni avec vous. Mais je m'en sors... Je m'en sors mieux que jamais, ajouta-t-elle après un temps d'hésitation. C'est ce que je vous disais ce midi.

— Je suis heureuse que vous soyez là, dit doucement Béatrice. Pour la première fois de ma vie, je me sens complètement dépassée par les événements. J'ai le sentiment que je n'y arriverai pas. Je pourrais rester toute la journée debout, les bras ballants, au milieu de ma chambre. Et je crois que même ça m'épuiserait.

Franca lui jeta un bref regard de côté.

— Vous n'avez pas bonne mine, Béatrice. Avez-vous au moins mangé quelque chose depuis ce matin ?

— Non. Je n'arrive à rien avaler, en ce moment.

Elles avaient atteint le centre-ville. Franca découvrit une place de parking devant l'église, s'y engouffra d'un coup de volant décidé et coupa le contact.

— Qu'Alan y soit encore ou pas, nous nous installons à La Terrasse, nous mangeons quelque chose et je vous empêche de partir tant que vous n'avez pas fini votre assiette.

— Franca, je vous assure, je ne peux vraiment rien avaler...

— Je ne vous laisse pas le choix, Béatrice. Regardez-vous, je suis sûre que vous avez bien perdu cinq kilos ces derniers jours. Ce n'est pas étonnant que vous vous sentiez si fatiguée. Il faut absolument que vous repreniez des forces.

Une grande animation régnait à La Terrasse. C'était un soir où le restaurant était ouvert et la douceur de l'air incitait les clients à dîner en plein air. Béatrice et Franca passèrent toutes les tables en revue, fouillèrent le moindre recoin du restaurant : Alan n'était pas là.

— Il est parti ailleurs, se résigna Béatrice. Il doit bien en être à son huitième bistrot et déjà friser la crise de delirium tremens. Nous devons absolument le...

Franca la força doucement à s'asseoir sur une chaise.

— Ça nous avancera à quoi que vous tombiez dans les pommes maintenant, hein ? Installez-vous, mettez-vous à l'aise, je vais chercher quelque chose à manger au comptoir. Nous ne sommes pas à une heure près. Dès que nous aurons fini, nous nous mettrons à sa recherche, mais avant nous devons prendre des forces. Ça peut durer un bout de temps avant que nous ayons visité tous les bars de la ville.

Elle laissa Béatrice et entra dans l'établissement où elle prit place derrière les clients qui attendaient leur tour au comptoir. Elle ne put s'empêcher de penser à la première fois où elle avait ainsi attendu, un plateau à la main, en septembre dernier, puis, vaincue par la panique, s'était précipitée dehors dans un grand bruit de vaisselle brisée. Rien de tout cela ne lui arriverait plus. Elle était une autre femme. Ou bien se trompait-elle ? Une grande glace murale lui renvoyait son reflet. Elle avait au moins changé physiquement. Elle n'était plus l'être pâle et transparent qu'elle était encore quelques mois plus tôt. Elle tenait sa tête différemment, ses épaules s'étaient redressées. Son regard était plus clair, plus direct, il ne vacillait plus nerveusement comme auparavant. Elle avait même senti les yeux d'un homme ou deux se poser sur elle.

Pas si mal pour une femme dont Michael avait décrété qu'elle était inapte à se débrouiller seule dans la vie.

Elle choisit deux assiettes d'un énigmatique plat thaïlandais, mélange indéfinissable de nouilles et de légumes, et se fit servir deux verres de vin. Béatrice avait bien besoin d'un peu d'alcool.

Celle-ci, naturellement, réaffirma qu'elle était incapable d'avaler quoi que ce soit, mais quand Franca lui dit que sinon elles n'iraient pas à la recherche de son fils, Béatrice prit son couteau et sa fourchette et commença sans enthousiasme à s'intéresser au contenu de son assiette.

— Ma vie s'est détraquée, dit-elle d'un ton de désespoir que Franca ne lui avait jamais entendu. Et je n'arrive pas à retrouver mes marques.

— C'est la mort d'Hélène ? demanda-t-elle doucement. Ou bien est-ce à cause d'Alan ?

— C'est Hélène, Alan… tout. Quand un équilibre est rompu, tout est tellement plus lourd. Il n'y a plus de retenue, tout est remis en question.

La tristesse et le chagrin voilaient les yeux de Béatrice.

— Je me suis naturellement déjà demandé ce que j'avais fait de mal, reprit-elle après un silence pensif. Quand il est si dur pour son enfant d'organiser sa vie, une mère se pose forcément la question. Alan a grandi sans père, peut-être cela a-t-il également joué un rôle. Il a grandi entre deux femmes dont l'une, névrosée et faible, l'idolâtrait, tandis que l'autre, sa mère, s'efforçait constamment de compenser cet état de fait en se montrant probablement trop sévère.

Béatrice porta enfin sa fourchette à sa bouche, mais après une hésitation la reposa sans avoir mangé.

— Je pense souvent que nous avons toutes les deux, chacune à notre façon, trop exigé de lui. Nous voulions le fils idéal, l'élève idéal, l'homme idéal, l'avocat idéal. Nous attendions qu'il comble nos vœux, qu'il corresponde à nos rêves, souvent contradictoires puisqu'ils reflétaient nos propres contradictions. Alan a commencé à boire après avoir échoué à quelques examens. C'est nous qui lui avons montré la voie. Alan a toujours cru qu'il n'avait pas le droit d'échouer. Un jour est arrivé où il n'a plus supporté cette pression. Il ne manquait plus qu'un facteur déclenchant, ce n'était qu'une question de temps… Depuis, le cauchemar semble ne devoir jamais finir.

— Ne soyez pas aussi sévère avec vous, Béatrice.

Franca posa un instant sa main sur celle de Béatrice.

— Vous avez fait ce que vous pouviez pour Alan. Quelle mère est parfaite ? N'exigez pas de vous l'impossible.

— J'aurais dû tenir Hélène plus fermement éloignée de lui. C'est elle qui pour l'essentiel faisait de notre vie soi-disant familiale ce qu'elle était. Une femme mièvre, sentimentale, éternellement pessimiste, prisonnière de ses idées noires et qui a toujours fait croire qu'elle mourrait si je ne m'occupais pas d'elle...

Elle s'interrompit sur un rire bref empreint d'amertume puis reprit :

— Elle ne cessait de se plaindre. Elle se plaignait du temps, de la famille royale, de la situation en Irlande, de la nourriture, de ses maladies imaginaires, de son âge. Ce dont elle se plaignait le plus, c'était de sa solitude et de sa rente de veuve, si faible qu'elle serait toujours dépendante de moi. « Je serais obligée de vivre dans un trou à rat, si je ne t'avais pas », répétait-elle à l'envi.

Un rictus étira les lèvres de Béatrice.

— En réalité, cette femme geignarde et insatisfaite se doublait d'une personne remarquablement maligne et experte dans l'art de protéger ses intérêts. Rétrospectivement, je lui tire mon chapeau. Je n'ai pas été, de ma vie entière, moitié aussi avisée qu'elle.

Franca considéra attentivement Béatrice.

— Vous ne parlez pas d'elle comme avant. Je n'ai jamais eu l'impression qu'une profonde amitié vous liait, pourtant... Votre ton est plus dur, plus cynique. D'ordinaire, quand un proche est victime d'une fin aussi horrible, on a plutôt tendance à le magnifier, à être plus indulgent avec ses défauts et ses faiblesses. Que s'est-il passé, Béatrice ?

Béatrice posa ses couverts. Dans le jour déclinant, Franca fut à nouveau frappée par le désarroi qu'exprimait son visage.

Béatrice secoua la tête.

— Je ne peux pas en parler. Tout est... si proche. Si récent. Il faut que ça fasse son chemin dans ma tête, et pour cela j'ai besoin de temps.

Franca n'insista pas. D'un ton égal, elle observa :

— Maya a fait aujourd'hui une curieuse remarque. Nous nous sommes rencontrées au cimetière, comme vous le savez, et nous avons alors l'une et l'autre pris conscience qu'Hélène et Erich étaient tous les deux morts un 1er mai. C'est un hasard étrange, non ?

— Il n'y a pas de hasard, répondit Béatrice. Quelle remarque a donc faite Maya ? demanda-t-elle ensuite, le regard soudain plus vif.

— Nous avons parlé du jour où Erich est mort. J'ai dit à Maya qu'il aurait sans doute été sauvé si un médecin avait pu intervenir, mais qu'au milieu du chaos général qui régnait alors sur l'île il n'avait été possible de mettre la main sur aucun médecin. Maya s'est étonnée. Le mois dernier, Édith Wyatt lui a raconté que cet après-midi-là son mari était chez vous, qu'il avait été appelé pour un incident avec un prisonnier français. J'avais cru comprendre que, l'après-midi, Erich avait déjà attenté à ses jours et luttait contre la mort. Mais alors le Dr Wyatt aurait pu le soigner, n'est-ce pas ?

Franca haussa les épaules. Elle regarda Béatrice.

— J'ai certainement interprété quelque chose de travers.

Le jour avait décliné, une ombre épaisse avait envahi le jardin du restaurant. Dans la pénombre, le visage de Béatrice paraissait gris. Peut-être, songea Franca, cela ne tient-il nullement à l'éclairage. Elle souffre profondément.

— Ce 1er mai, murmura Béatrice, ce sinistre 1er mai 1945... Mon Dieu, quel jour... Tout s'est passé en quelques heures, et nous avons influencé le cours des choses sans bien mesurer toute la portée de ce que nous faisions.

Franca se pencha en avant. Pour la deuxième fois en l'espace de quelques minutes, elle posa sa main sur celle de Béatrice. Elle sentit sous sa paume la peau fine et fripée de la vieille dame et perçut le léger tremblement qui parcourait son corps.

— Que s'est-il passé ce jour-là, Béatrice ? demanda-t-elle d'une voix douce. Que s'est-il donc passé le 1er mai 1945 ?

Guernesey, mai 1945

Depuis le début de l'année, l'Allemagne avançait inexorablement vers la défaite, les voix qui proclamaient encore timidement la victoire se raréfiaient. Le *Deutsche Guernsey Zeitung*[1] persistait dans sa ligne optimiste, mais plus personne sur l'île n'ajoutait foi à ses éditoriaux enthousiastes. « Nous ne renonçons pas ! »déclarait sans faiblir la une du 20 avril ; le jour de l'anniversaire du Führer, le *Star* et l'*Evening*, tous deux allemands, rivalisèrent de louanges vantant les mérites d'Adolf Hitler et sa détermination sans faille qui mènerait le peuple allemand à la victoire. À cette date, Berlin était encerclé par l'armée soviétique, la Pologne était libérée, la Prusse-Orientale et la Silésie aux mains des Soviétiques, des centaines de milliers de réfugiés se pressaient aux portes de villes allemandes en ruine et les armées du Reich capitulaient les unes après les autres. Un miracle n'aurait pu enrayer le désastre.

Erich, entre-temps promu lieutenant-colonel, changeait d'avis au moins cinq fois par jour. Ses variations d'humeur, qui depuis toujours mettaient les nerfs de

1. Le Journal allemand de Guernesey. *(N.d.T.)*

son entourage à rude épreuve, devinrent totalement imprévisibles et plus personne ne savait quand ou comment l'aborder. Il reconnut qu'il prenait des psychotropes, et même qu'il ne pouvait pas s'en passer. Les médicaments étaient une denrée rare, et les euphorisants ou les régulateurs d'humeur encore plus. Erich était en manque. Plus le printemps avançait, plus son état s'aggravait. Il était livré sans défense à ses angoisses, à ses peurs et à sa dépression. Parfois, il restait des heures sans desserrer les dents, prostré dans un coin, le regard fixe. Puis il devenait subitement agressif, passait la maison au peigne fin, fouillait les placards, retournait les tiroirs dans l'espoir de découvrir un ultime comprimé. Une fois, en février, il avait trouvé une boîte contenant deux comprimés dans une vieille valise qui dormait depuis des années dans un recoin du grenier. Depuis, il était persuadé qu'il y avait d'autres réserves dans la maison et qu'il suffisait qu'il cherche avec opiniâtreté pour mettre la main dessus. Les placards, qu'il avait fouillés cent fois, étaient sens dessus dessous. Quand Hélène lui demandait comment il pouvait s'imaginer qu'une main mystérieuse avait miraculeusement reconstitué ses réserves, il se butait et devenait encore plus agressif.

« L'autre fois aussi tu prétendais qu'il n'y avait plus rien dans la maison ! hurlait-il. Et j'ai tout de même trouvé quelque chose ! Alors tais-toi ! Tu dis n'importe quoi ! Tu as toujours été opposée à ce que j'ingurgite ces trucs, alors bien évidemment tu espères maintenant me damer le pion. Mais je n'ai pas l'intention de me laisser faire, tu entends ? J'en trouverai, et tu n'y pourras rien ! »

Quand il allait mal, il devenait intenable. Il vidait le contenu de tiroirs entiers par terre, laissait tout tel quel pour s'attaquer à la penderie d'Hélène, arrachait les vêtements de leurs cintres, les lançait derrière lui au milieu de la pièce, puis il transformait la cuisine en champ de bataille, chamboulait tous les placards et finalement s'effondrait, épuisé et déçu, au milieu d'un monceau de verres et d'assiettes brisés et marmonnait, le regard fixe : « Je sais qu'il y en a quelque part. Je le sais. »

Bien évidemment, le coup de chance de février ne se reproduisit pas, jamais il ne remit la main sur une boîte miraculeusement épargnée. Parfois, souvent immédiatement après une phase aiguë d'agressivité, il se réfugiait dans une attitude remarquablement affable, déclarait que tout allait s'arranger – sans préciser plus avant ce qu'il entendait par « tout » – et échafaudait des plans pour l'après-guerre. Il ne parlait pas de l'issue de la guerre proprement dite, mais il donnait l'impression d'envisager une évolution positive de la situation.

— Je pense, Hélène, que nous resterons à Guernesey, déclara-t-il un jour. Je m'y plais beaucoup. Le climat de l'île est agréable. Qu'en penses-tu ? Crois-tu que nous nous y ferons ?

Quand il tenait ce genre de discours, Hélène, pâle et tendue, donnait l'impression d'être complètement dépassée par les événements. À l'évidence, elle ne savait pas si elle devait lui expliquer que ce qu'il disait était absurde ou si elle devait faire semblant d'être d'accord avec lui. La plupart du temps, elle se tirait d'affaire en émettant un timide « Ah, Erich... » qu'il considérait habituellement, mais pas toujours, comme un assentiment. Une fois, un éclat mauvais apparut subitement dans ses yeux, il transperça Hélène du regard, et lança, aux aguets :

— Qu'est-ce que tu veux dire ? Que signifie ce « Ah, Erich » ?

— Euh… rien, balbutia la malheureuse Hélène. Je voulais seulement…

— Oui ? Je t'écoute. Qu'est-ce que tu voulais ?

— Erich…

Il prit un air menaçant.

— Je veux savoir ce que tu penses, Hélène. Et je veux que tu sois complètement honnête, est-ce clair ?

— Je ne comprends pas bien ce que tu veux dire, Erich. Je t'assure que je voulais seulement…

— Oui ? Peux-tu enfin te décider à dire ce que tu « voulais seulement » ?

— Je crois que ce sera difficile, pour nous, ici, après la guerre, dit Hélène, rassemblant tout son courage. Nous ne savons pas si les gens vont nous accepter.

— Pourquoi ne nous accepteraient-ils pas ?

— Eh bien… c'est-à-dire que… nous avons occupé l'île. Il est possible… je veux dire, lorsque la guerre sera finie, que nous ne puissions pas rester.

— Est-ce à dire que tu penses que l'Allemagne va perdre la guerre ?

Hélène eut l'air d'un animal pris au piège.

— Nous ne savons pas vraiment ce qui va se passer, hasarda-t-elle à mi-voix.

— Nous ne le savons pas ? Peut-être ne le sais-tu pas, Hélène, mais je sais, moi, ce qui va se passer. Je le sais !

Il se planta au milieu de la pièce et se lança dans un discours confus sur la victoire de l'Allemagne, inéluctable, et toutes les bonnes raisons qui l'impliquaient. Personne n'osa le contredire. Il rappela promptement Béatrice qui faisait mine de s'esquiver et lui intima l'ordre de rester. Plus tard, elle songea que, sur leur chaise, elle et Hélène avaient dû avoir l'air de deux écolières bien sages qui laissaient le flot de paroles passer au-dessus de leur tête sans broncher en espérant qu'il ne viendrait à l'idée de personne de leur demander d'en faire un compte rendu. Puis Erich s'était tu, épuisé, et s'était laissé tomber sur le canapé.

— De toute façon, vous ne comprendrez jamais, murmura-t-il. Vous ne pouvez pas comprendre.

— Si seulement je savais où trouver ces satanés médicaments, disait Hélène à Béatrice. Ça ne me plaisait pas qu'il les prenne, mais aujourd'hui, je lui en donnerais moi-même volontiers double dose pourvu que ça le calme.

À seize ans, Béatrice était mûre pour son âge et apte à comprendre qu'Erich était une bombe à retardement. Tant qu'il serait en manque, il serait totalement imprévisible. Elle avait l'impression qu'un point de rupture se profilait à l'horizon et que les choses allaient très mal se terminer.

Erich avait constamment besoin d'une victime sur laquelle déverser ses frustrations, ses angoisses et son inquiétude croissante. Il s'en prenait souvent à Will, qu'il chargeait de temps à autre de missions de ravitaillement qu'il était naturellement incapable de mener à bien. Hélène représentait toutefois son bouc émissaire de prédilection. Il lui reprochait de ne jamais ouvrir la bouche, d'avoir l'air d'une poule effarouchée ou de toujours tomber des nues. Elle s'était mue en une sorte d'ombre essentiellement soucieuse de ne pas se faire remarquer. Elle était passée maître dans l'art de se rendre invisible, de se déplacer silencieusement dans la maison et de mystérieusement se fondre dans le décor. Il arrivait qu'Erich la cherche vainement pendant des heures alors qu'elle était là.

On aurait dit qu'elle était pourvue de sismographes extraordinaires qui lui permettaient de savoir à l'avance quelle porte Erich allait ouvrir car elle parvenait presque toujours à quitter une pièce avant qu'il n'arrive. Que sa victime désignée lui échappe avec pareille constance ne faisait qu'accroître l'agressivité d'Erich qui cherchait alors un autre souffre-douleur. De tous ceux qui fréquentaient la maison, Pierre, le prisonnier français, était celui qui était le moins à même de se dérober. Il avait toujours pour tâche de s'occuper du jardin, bien que, au vu des conditions très précaires que devaient affronter les îliens, il parût absurde de s'occuper de rosiers, de ratisser des allées ou d'entretenir soigneusement une pelouse. Au vrai, Pierre n'avait pas la moindre notion de jardinage, si bien qu'il ne savait pas non plus comment adapter les plates-bandes et les serres à la culture de légumes qui auraient amélioré l'ordinaire. Quand il était de mauvaise humeur, cette situation mettait Erich dans une colère noire.

— Nous avons un grand terrain ! hurlait-il. Nous avons une bonne terre grasse et riche et des kilomètres de plates-bandes ! Nous avons deux serres ! Comment se fait-il que tu ne sois pas capable d'en tirer quelque chose de correct ? Comment se fait-il que nous n'ayons pas une salade ? Pas un chou-fleur ? Rien, absolument rien, de comestible ?

Pierre, le teint hâve, le dos voûté de fatigue, tournait sa casquette dans ses mains. Astreint à un travail de force, il souffrait peut-être encore plus que les autres de la faim et était en permanence au bord de l'épuisement.

— Cela tient au fait que je n'ai pas de formation de jardinier, mon colonel. Je n'ai jamais appris à travailler la terre. En France, j'avais commencé des études de lettres et d'histoire. Je ne sais pas comment on cultive un potager. J'ai grandi à Paris. Ma famille n'a jamais possédé de jardin, pas même un balcon.

Erich l'examina en plissant les yeux.

— Depuis combien de temps es-tu chez nous ? En as-tu une idée ou bien la réponse à cette question dépasse-t-elle également tes capacités ?

— Je suis ici depuis bientôt cinq ans, mon colonel.

— Cinq ans, tiens, tiens.

Les yeux d'Erich étaient froids comme ceux d'un serpent.

— Ne penses-tu pas, comme moi, que cinq ans représentent une période fort longue ?

Les cinq années écoulées ne devaient paraître rien de moins qu'une éternité à Pierre.

— C'est une longue période, dit-il doucement, une très longue période, mon colonel.

— Une période suffisamment longue pour s'approprier quelques connaissances, non ?

— Eh bien, je...

— Réponds simplement à ma question. Ne penses-tu pas que cinq années devraient suffire à se familiariser avec toutes les subtilités d'un domaine jusque-là parfaitement inconnu ?

— C'est exact, mon colonel, lorsque...

— Tu n'aurais pas eu loisir de consacrer une période plus longue à tes études. Ou bien envisageais-tu la carrière d'éternel étudiant à la charge de ses parents ? À la réflexion, c'est assez ce dont tu as l'air. Un mou qui se laisse vivre. Le genre incapable qui vit aux crochets de la société.

— J'ai manqué de conseils et d'encadrement, dit Pierre non sans courage car il devait avoir compris que la justice et l'objectivité n'étaient pas du tout le but que poursuivait Erich, qui avait seulement besoin de se défouler sur quelqu'un et que chaque riposte ne pouvait qu'énerver un peu plus.

Erich secoua lentement la tête.

— Tu as manqué de conseils et d'encadrement ? C'est un aveu intéressant. Très intéressant. Tu as imaginé que ton séjour à Guernesey était une sorte d'apprentissage ? Une période de formation ? Tu as cru un instant que tu recevrais ici une formation gratuite ? Gratuite signifiant dans ce cas précis aux frais du peuple allemand ?

— Non, mon colonel. J'ai simplement dit que je...

— Tu as attendu du peuple allemand qu'il finance ta formation, toi, un vulgaire petit Français ? Parce que le courageux et fier peuple allemand n'aurait rien eu de mieux à faire que de se fatiguer pour ta fichue formation ? Tu t'es figuré que tu y avais droit ?

Pierre demeura silencieux. Sans doute avait-il reconnu l'inanité de la discussion. Il garda la tête baissée et laissa Erich vociférer à sa guise puis décréter, pour conclure, que dorénavant le ton allait changer, que Pierre serait tenu de beaucoup plus près parce qu'à l'évidence il se la coulait douce ; il avait peu de travail et trop à manger, il était urgent d'inverser la proportion. D'après son expérience, avoir suffisamment à s'occuper et aucune occasion de faire du lard ramenait promptement les fortes têtes à la raison.

La ration quotidienne de Pierre était déjà maigre, Erich réussit cependant à la réduire encore et à lui attribuer tout juste de quoi survivre. Son état physique se dégrada rapidement. Comme d'habitude, Hélène avait trop peur de braver les diktats de son mari, mais Béatrice, quand elle le pouvait, glissait quelque chose à manger dans la main de Pierre ; toutefois, étant donné les difficultés d'approvisionnement que connaissait l'île, cela devenait de plus en plus difficile, même pour elle.

Le 30 avril, alors que les troupes soviétiques se répandaient dans la capitale allemande, Adolf Hitler se donna la mort. Le 1er mai, dans la maison réquisitionnée du Variouf, les événements se précipitèrent.

Personne, chez les Feldmann, n'était au courant de la mort du Führer. L'information n'avait pas été diffusée et il est probable que même à Berlin la population était dans l'ignorance de la nouvelle, ou à tout le moins incapable de vérifier l'authenticité de la rumeur. Le matin, la radio de l'île annonça que les troupes soviétiques s'emparaient rue après rue de la capitale et que, en dépit d'une situation désespérée, les courageux soldats allemands opposaient une vive résistance à l'ennemi. Personne n'osait prononcer le mot « capitulation » mais il parut à Béatrice que la fin de la guerre était imminente. Qu'attendait encore l'Allemagne pour accepter de se rendre ? L'effondrement final n'était qu'une question de jours.

Erich s'était réveillé très tôt. Béatrice l'entendit circuler dans la maison dès cinq heures. Apparemment, il s'était remis à la recherche de médicaments car elle perçut des bruits de placards et de tiroirs que l'on ouvrait, puis de petits meubles qui étaient écartés des murs, de canapés poussés... Vers six heures, il commença à appeler Hélène à grands cris.

— Hélène ! Où es-tu encore fourrée ? Descends et viens m'aider !

Le bruit furtif de pieds nus sur le parquet du palier résonna, puis Hélène glissa la tête dans la chambre de Béatrice.

— Tu es réveillée ? fit-elle dans un souffle.

Erich avait crié si fort qu'il n'était pas imaginable que Béatrice ne l'ait pas entendu. Elle résista à son impulsion première : faire semblant de dormir et laisser Hélène se débrouiller seule.

— Qu'est-ce qu'il y a ? demanda-t-elle à contrecœur.

— Peux-tu descendre ? murmura Hélène. Je crois qu'Erich est de très mauvaise humeur. Il me fait peur. Je ne voudrais pas être seule avec lui.

— C'est toi qu'il a appelée, remarqua Béatrice. Apparemment, ce n'est pas moi qu'il veut voir.

Pâle, le regard fuyant, Hélène avait l'air complètement affolée.

— S'il te plaît, Béatrice. Il cherche ses médicaments et tu sais comme moi qu'il ne va rien trouver. Toute sa colère va retomber sur moi.

Béatrice aurait bien aimé lui expliquer qu'après tout c'était elle qui avait épousé Erich et qu'il lui appartenait donc de s'accommoder de son caractère, mais elle se retint. À quoi bon ? Et discuter du couple que formait Hélène avec son mari n'était pas ce qu'il y avait de plus urgent.

Enveloppées dans leurs robes de chambre, les deux jeunes femmes descendirent au rez-de-chaussée. Erich se tenait dans la salle à manger à côté du lourd buffet de bois sombre. Son teint était rouge brique, il transpirait abondamment et répandait une odeur désagréable. Ses mains tremblaient.

— Ah, vous arrivez à point ! Il faut déplacer ce buffet. Je crois qu'une fois j'ai fait tomber une boîte de comprimés derrière. Elle doit toujours y être.

— Elle n'y est certainement pas, objecta Béatrice, et ça m'étonnerait qu'on puisse déplacer cet énorme bahut.

— Si on essaye tous ensemble, on y arrivera, prétendit Erich. Mettez-vous toutes les deux d'un côté, je me mets de l'autre. Allez, on y va !

Béatrice n'avait pas souvenir que ce buffet eût jamais été déplacé. Au reste, ils eurent beau pousser et tirer de toutes leurs forces, ils ne parvinrent pas à le faire bouger d'un seul millimètre.

— C'est stupide, haleta Béatrice entre deux efforts. Nous n'y arriverons pas !

La sueur ruisselait sur le visage d'Erich.

— C'est vrai ! s'exclama-t-il. Tant qu'il sera plein de vaisselle, nous n'y arriverons pas. Il faut le vider.

— Mon Dieu, gémit Hélène, mais il y en a pour des heures !

Erich avait déjà ouvert portes et tiroirs et commençait à vider à grands gestes brusques le contenu du buffet. Nappes et serviettes volèrent derrière lui au milieu de la pièce, les couverts suivirent. En un éclair la salle à manger se transforma en capharnaüm. Au début, Erich avait manié la vaisselle avec retenue mais, son impatience grandissant, que les assiettes se brisent devint le cadet de ses soucis. Il lança bientôt la porcelaine derrière lui aussi naturellement qu'il avait lancé les nappes et les serviettes.

Béatrice essaya de sauver ce qui pouvait l'être. Elle s'empara en hâte des précieux verres en cristal de sa mère et de ce qui restait du fameux service de table des grandes occasions auquel Déborah tenait comme à la prunelle de ses yeux. Elle travaillait vite, mais elle ne parvenait pas à suivre la cadence d'Erich. Une grande soupière vola en éclats en heurtant le pied de la table.

Erich jurait comme un charretier.

— Saloperie de fatras ! Comment peut-on avoir assez peu de cervelle pour entasser un bazar pareil dans un placard ! Saletés de bonnes femmes ! Il y a longtemps qu'on aurait dû faire le ménage là-dedans !

Le buffet finit par être vide ; la salle à manger ressemblait à un champ de ruines. Toutefois, ils réussirent alors effectivement à écarter le meuble du mur. Des volutes de poussière épaisse s'élevèrent, le contour du buffet s'était imprimé sur le papier peint en une large bande sombre.

Erich se glissa immédiatement entre le meuble et le mur et fouilla la poussière comme si sa vie en dépendait. Il toussait et haletait. Il suait à grosses gouttes ; une forte odeur de transpiration l'environnait.

— Nous devons l'écarter plus, dit-il en s'épongeant le front. La boîte n'est sans doute pas collée au mur.

— On ne peut pas l'écarter plus, fit Hélène qui paraissait au bord des larmes. À cause du tapis. Nous ne pouvons pas faire mieux, même avec la meilleure volonté du monde.

— Il n'y a qu'à rouler le tapis, décida Erich.

— Sur le tapis, il y a la table, observa Béatrice qui était en train de se rendre compte qu'il n'aurait de cesse que toute la pièce soit vide. Et tout ce qui était dans le buffet est maintenant sur la table ou par terre, autour.

Les yeux d'Erich étaient anormalement brillants, comme s'il était fiévreux.

— Il faut tout débarrasser, dit-il. Allez, aidez-moi ! Et où est le Français, quelqu'un peut me le dire ? Ce bon à rien n'est décidément jamais là quand on a besoin de lui !

— Pierre n'arrive qu'à sept heures, pépia Hélène. Il est seulement sept heures moins le quart.

— Eh bien, il faut que ça change ! hurla Erich. Sept heures ! Sept heures ! Et pourquoi pas huit, pendant qu'on y est ? Est-ce que nous sommes un sanatorium ?

Ils tirèrent la lourde table et les chaises dans le vestibule puis se mirent en devoir d'y transporter également la vaisselle. À peine arrivés, Pierre et le garde de service furent astreints à se joindre à eux. Pierre, qui n'avait encore rien mangé, paraissait sur le point de s'effondrer. Le garde sembla se rendre compte que l'entreprise était aussi épuisante que vaine mais il ne pouvait se permettre la moindre remarque. Il évita de regarder Hélène ou Béatrice et fit mine de trouver cet absurde déménagement tout à fait normal.

Finalement, le tapis fut roulé et à son tour transporté dans le vestibule puis Erich, Pierre et le garde tirèrent et poussèrent le buffet au milieu de la pièce. Ils soulevèrent beaucoup de poussière, mirent au jour la saleté accumulée, mais ne découvrirent aucune boîte de médicaments. Erich, à genoux par terre, fouillait la poussière comme un possédé. Il avait été convaincu de trouver quelque chose et son manque avait pris des proportions incontrôlables. À le voir dans cet état, Béatrice se dit qu'il aurait été capable de tuer pour un tranquillisant.

— Personne ne sort de cette pièce ! aboya-t-il enfin. Personne tant que les médicaments n'auront pas réapparu !

Tous restèrent pétrifiés. Hélène menait contre les larmes un combat perdu d'avance. Pierre était blanc comme un linge ; cela faisait des semaines qu'il était sous-alimenté, il avait atteint l'extrême limite de ses forces. Le regard fou d'Erich allait de l'un à l'autre.

— L'un d'entre vous a-t-il volé cette boîte ? demanda-t-il en fixant Hélène. Elle est forcément là. Si elle n'y est pas, c'est que l'un d'entre vous l'a volée.

— Personne n'aurait réussi à déplacer le buffet sans que vous vous en rendiez compte, dit Béatrice. Vous avez bien vu qu'il a fallu d'abord vider complètement la pièce.

Erich parut réfléchir à ce qu'elle venait de dire.

— Il faut croire que quelqu'un a été suffisamment rapide pour s'en emparer à un moment où j'avais le dos tourné. Alors ? Je me trompe ? Hélène ?

Hélène sursauta.

— Pourquoi moi ? murmura-t-elle. Pourquoi serait-ce justement moi ?

Il respirait bruyamment. La haine que Béatrice vit dans ses yeux la fit frémir. Il ne supporte pas sa femme, songea-t-elle, pleine d'appréhension.

— Pourquoi justement toi ?

Il s'approcha d'elle, elle recula d'un pas.

— Pourquoi justement toi ? Parce que tu es un fichu oiseau de malheur, Hélène. Parce que de toute ta vie tu n'as jamais rien fait d'autre que me causer des problèmes. Parce que, du fichu jour où je t'ai connue, tu n'as fait que me rendre la vie impossible. Tu veux que je te dise ?

Il s'approcha encore plus près. Littéralement le dos au mur, Hélène ne pouvait ni reculer ni s'échapper, ce qu'elle aurait sinon très probablement fait.

— Je voudrais ne t'avoir jamais rencontrée. J'irais beaucoup mieux si je pouvais vivre sans toi. Et regarde-toi : jeune fille, tu étais au moins encore relativement appétissante, mais c'est bien fini. Tu n'es même plus jolie, comprends-tu ? Va donc au premier te regarder dans une glace. Mais sois prudente, tu vas certainement avoir un choc.

Hélène fondit en larmes. Ce que lui reprochait Erich n'était pas justifié, sans doute en avait-elle conscience, mais la diatribe n'en était pas moins blessante. Elle tourna sur les talons et s'enfuit. Ils l'entendirent monter l'escalier en courant, puis la porte de sa chambre claqua.

Erich parcourait la pièce en frappant le creux de sa paume de son poing. Il paraissait réfléchir intensément. Soudain, il s'arrêta.

— Habille-toi ! ordonna-t-il à Béatrice. Nous allons chez les Wyatt.

— Chez les Wyatt ? répéta Béatrice en prenant l'air étonné alors qu'elle avait parfaitement compris.

Elle réfléchit à cent à l'heure, cherchant désespérément une raison de le dissuader de mettre son projet à exécution. Chez les Wyatt, il y avait Julien et rien n'était plus dangereux que de laisser Erich aller là-bas.

— Oui, fit-il d'un ton impatient, chez les Wyatt. Je suis certain que le bon Dr Wyatt a de jolies petites réserves et qu'il sera heureux de m'en faire profiter.

— Je ne pense pas qu'il ait encore quoi que ce soit. Les médecins sont aussi peu approvisionnés que le reste de la population. Il n'a sans doute même plus de comprimés pour soigner les maux de tête.

Erich n'était plus en état de réfléchir de façon sensée et de reconnaître l'inanité de ses espoirs.

— Il a encore des tranquillisants, s'obstina-t-il avec le même entêtement qu'il avait mis à vouloir déplacer le buffet. Va t'habiller, et dépêche-toi.

Elle regagna sa chambre aussi lentement qu'elle le put. Si seulement elle avait pu téléphoner aux Wyatt. Malheureusement, l'appareil se trouvait dans le vestibule, juste à côté de la porte de la salle à manger. Il était exclu de le faire à l'insu d'Erich. Réussirait-elle à le convaincre de les appeler pour annoncer leur venue ? Ils auraient au moins la possibilité de faire partir Julien, à défaut d'avoir le temps de faire disparaître les traces de sa présence. Erich aurait tôt fait de comprendre que quelqu'un vivait dans le grenier.

De toute façon, Erich ne la laissa pas téléphoner.

— Quelle idée, pourquoi veux-tu les appeler ? s'exclama-t-il agressivement en retour à sa question. Es-tu enfin prête ? Dépêche-toi, on y va !

Ils traversèrent le village au pas de charge. Arrivé au portail des Wyatt, Erich sortit son pistolet.

— Autant en profiter. Ça rend les gens tout de suite plus coopératifs. On entre, maintenant, et je ne ressors pas de là sans ces satanés médicaments, je retournerai tout s'il le faut.

Béatrice adressa une secrète supplication au ciel et le suivit.

·

Il avait hurlé et tempêté, il avait agité frénétiquement son arme, s'était fait ouvrir tous les placards et toutes les armoires de la maison, avait retourné les tiroirs par terre et même fouillé les clapiers qui se trouvaient au fond du jardin. Il avait terrorisé la famille du médecin, Mme Wyatt avait la tête de quelqu'un qui attend le coup de grâce. Mae, que les éclats de voix avaient attirée hors de sa chambre, tremblait comme une feuille.

— Qu'est-ce qui lui prend ? murmura-t-elle en se penchant légèrement vers Béatrice.

Avant même que celle-ci ait pu répondre, Erich avait fait volte-face et pointé son arme sur Mae.

— Personne ne parle ! hurla-t-il. C'est compris ? Un mot et je tire !

Édith Wyatt attira sa fille contre elle. Mae la dépassait à présent d'une demi-tête mais elle l'entourait de ses bras comme si elle était encore une petite fille.

Le médecin avait tenté d'apaiser Erich, mais celui-ci n'avait pas l'intention d'écouter des paroles lénifiantes.

— Je veux des tranquillisants ! répétait-il mécaniquement. Je veux des satanés fichus tranquillisants !

Béatrice supplia le Dr Wyatt du regard mais il haussa les épaules dans un geste d'impuissance et elle lut sur ses lèvres un silencieux : « Je n'ai vraiment rien ! »

Ce fut un miracle qu'Erich ne découvre pas la trappe qui menait au grenier. Dans sa folie de tout fouiller, rien ni personne n'aurait pu le dissuader de se faire apporter une échelle et de monter inspecter les combles, mais le fait est que, sur le palier du premier, il tourna sur lui-même, regarda partout, et omit de jeter un œil au plafond. Au lieu de rester calme et de procéder méthodiquement, il se précipitait dans une pièce après l'autre et se démenait comme un diable au milieu du désordre qu'il créait. Dans la chambre à coucher des parents, il chamboula la penderie, jeta les sous-vêtements de Mme Wyatt sur le lit, puis renversa le matelas et fixa le sommier avec des yeux exorbités comme s'il suffisait qu'il le regarde pour qu'un miracle se produise. Il passa ensuite la chambre de Mae au peigne fin et dévala enfin les escaliers pour regagner le rez-de-chaussée. Béatrice vit qu'Édith luttait pour ne pas perdre connaissance. La fin de la guerre avait beau paraître imminente, la peine capitale était toujours requise à l'encontre d'îliens et dûment appliquée. Édith savait que, si Julien était découvert, toute sa famille serait exécutée.

Erich était à présent si épuisé que ses mains, qui tenaient l'arme, tremblaient. Son teint n'était plus anormalement rouge mais d'une pâleur extrême. Des cernes bruns creusaient ses yeux, il paraissait malade.

— Par Dieu, Wyatt, haleta-t-il d'une voix rauque en posant un regard lourd de haine sur le médecin. Si j'apprends que vous avez menti, vous êtes un homme mort. Je vous avertis, s'il devait s'avérer qu'il y a quelque part dans cette maison les médicaments que je cherche, je vous jure que je vous exécute de mes propres mains !

— Je n'ai rien, monsieur, répliqua posément le médecin.

Béatrice admira l'extraordinaire impassibilité du Dr Wyatt. Son cœur devait furieusement cogner dans sa poitrine, pourtant rien, dans son attitude, ne permettait de le deviner.

— Je vous assure qu'il y a des mois qu'on ne m'attribue que le strict nécessaire à la marche de mon cabinet, et les médicaments dont vous avez besoin n'en font pas partie.

Erich utilisa ses dernières forces pour rentrer, le raidillon qui menait à la maison parut l'achever. Béatrice, qui le voyait peiner, pria pour qu'il passe le reste de la journée au lit.

À peine à la maison, Erich disparut sans un mot dans sa chambre et s'enferma. Hélène entrebâilla la porte de la cuisine.

— Que s'est-il passé ? chuchota-t-elle.

— M. Wyatt n'a rien pu lui donner non plus, répondit Béatrice, mais je pense qu'il va se calmer. Il est franchement épuisé. Il va dormir un bon bout de temps.

— Ça devient de pire en pire, dit Hélène qui semblait avoir pleuré. Et ça m'étonnerait que nous en soyons quittes pour la journée. Il va dormir quelques heures, puis il va recommencer.

— C'est possible, reconnut Béatrice. En attendant, essayons de remettre un peu d'ordre dans la salle à manger.

— Il n'est plus normal, murmura Hélène. Il est malade. Il a besoin de se faire soigner. Je me demande comment tout ça va tourner quand la guerre sera finie…

Béatrice espérait qu'Erich serait arrêté, incarcéré et mis ainsi hors d'état de nuire pour de longues années, mais elle ne dit rien. Il était inutile d'alarmer Hélène, elle allait suffisamment mal comme ça.

— Y a-t-il quelque chose pour le petit déjeuner ? demanda-t-elle.

Hélène secoua tristement la tête.

— Nous n'avons plus un morceau de pain. Nous n'avons plus un bocal de fruits au sirop, nous n'avons rien. J'ai fait un peu d'ersatz de café, c'est tout ce que je peux t'offrir.

Béatrice but une tasse de liquide coloré. Ils n'avaient plus ni sucre ni lait, ni rien qui aurait donné un peu de goût au breuvage insipide.

Assise à la table de la cuisine, Hélène, les bras ballants, geignait sur son sort, sur celui d'Erich, sur le leur à tous, promis à une mort certaine s'ils n'étaient pas ravitaillés, puis soudain elle déclara qu'au fond ça lui était égal d'avoir à manger ou pas parce qu'elle aurait été incapable d'avaler quoi que ce soit.

Béatrice s'installa sur la véranda et regarda le jardin où Pierre désherbait une plate-bande sous la surveillance du garde. Il travaillait lentement et s'arrêtait souvent le temps de prendre une longue inspiration. Il n'avait lui non plus rien mangé depuis l'aube et paraissait tenir à peine sur ses jambes. Le garde mâchonnait un morceau d'écorce, les yeux dans le vague devant lui.

Le soleil, déjà haut dans le ciel, augurait d'une journée chaude. Nous devrions ranger, se disait Béatrice, qui en même temps se sentait si fatiguée qu'elle se demandait où trouver le courage de rassembler ses forces et de s'y mettre. Une petite voix intérieure lui disait que cette fois Hélène n'avait pas inconsidérément noirci le tableau : Erich remonterait à l'assaut avant le soir.

Quelque chose comme l'imminence d'un orage flottait dans l'air. Ça ne tenait pas au temps, qui était sec et chaud, cependant, une tension étrange pesait sur la maison, une vibration souterraine semblable à un lointain roulement de tonnerre alors que tout en surface restait parfaitement paisible. C'était le calme avant la tempête. Rien ne bougeait. Mais c'était une immobilité trompeuse qui s'était abattue sur les hommes et la nature, une apparence. Derrière, le drame était en marche.

Au début de l'après-midi, peu après trois heures, le garde eut un malaise. Depuis le matin, assis sur une souche d'arbre, il avait mâchonné des morceaux d'écorce pour tromper sa faim. Il avait le teint blême mais, comme personne n'arborait de joues roses, nul n'y avait prêté attention. À vrai dire, personne ne s'intéressait à lui. Vers midi, il avait cessé de forcer Pierre à travailler. Béatrice qui l'observait distraitement avait pensé qu'il se comportait plus humainement par compassion, Pierre étant visiblement à bout de forces. Assis à l'ombre d'un pommier, Pierre épongeait de temps à autre son front en sueur et gardait les yeux clos. Sa respiration était faible.

Le garde se leva – peut-être avec l'intention d'aller boire –, pâlit encore un peu et s'effondra. Il tomba au ralenti, pas un mot ne franchit ses lèvres, pas un cri. Il resta par terre et ne bougea plus.

Béatrice, qui se tenait toujours sur la véranda et luttait elle-même contre le sentiment croissant de ne plus avoir de forces, quitta son fauteuil.

— Que lui arrive-t-il ? demanda-t-elle.

Pierre se leva péniblement, s'approcha du garde et s'agenouilla à côté de lui.

— Une faiblesse, dit-il. Il a perdu connaissance.

Béatrice le fixa intensément. Pierre eut un sourire las.

— Non, mademoiselle, merci. Je ne me sauve pas. Je ne saurais pas où aller, et je suis trop faible. Je reste. De toute façon, il n'y en a plus pour longtemps.

— Nous devons le mettre à l'ombre, dit Béatrice.

Ils unirent leurs maigres forces et tirèrent le corps du garde évanoui sous le pommier au tronc duquel Pierre s'était adossé. Béatrice apporta un pichet d'eau fraîche. Ils bassinèrent son front et frottèrent ses poignets.

— Je crois que nous devrions appeler un médecin, dit anxieusement Béatrice. Il ne se réveille pas !

À cet instant, il ouvrit les yeux et regarda Béatrice et Pierre sans comprendre. Ses paupières clignèrent.

— Que s'est-il passé ? souffla-t-il.

Avant même que Béatrice ait pu répondre, il eut un léger soupir et perdit à nouveau connaissance.

— J'appelle le Dr Wyatt, décida Béatrice en bondissant sur ses pieds.

Elle avait été trop rapide, elle vacilla. Un voile noir obscurcit ses yeux, son corps se couvrit de sueur glacée. Elle chercha le tronc de l'arbre, s'y agrippa et attendit que son vertige passe. Quand elle rouvrit les yeux et que le monde autour d'elle cessa de tourner, elle vit Erich, immobile sur la véranda. D'une pâleur spectrale, il pointait son arme sur le petit groupe. Derrière lui, telle une ombre menue, se tenait Hélène dont le visage semblait s'être figé dans une expression de peur.

Les choses se passèrent si vite que ce n'est qu'après coup que Béatrice comprit comment elles s'étaient enchaînées et ce qui s'était réellement produit.

Erich descendit les quelques marches qui menaient au jardin, son arme pointée sur Pierre toujours agenouillé dans l'herbe, immobile, à côté du garde inconscient.

— Non, pas toi, dit Erich. Tu ne vas pas t'enfuir.

Il était tellement évident que Pierre n'avait pas l'intention de fuir que seules des bouffées délirantes ou des hallucinations pouvaient expliquer la colère et la détermination d'Erich.

Hélène poussa un petit cri qui ressemblait au pépiement affolé d'un oiseau et auquel personne ne prêta attention.

Béatrice se dit : Non, pas ça ! Elle devinait qu'un drame était imminent, pourtant elle était incapable de proférer un son ou de faire un geste qui aurait pu inverser le cours des choses. Hormis Erich, tous s'étaient figés sur place, pétrifiés par la haine qu'ils lisaient dans ses yeux.

Erich fit feu mais manqua sa cible. La balle s'enfonça dans le sol à quelques centimètres de Pierre. Pierre ne bougea pas.

— Va-t'en ! cria Béatrice. Mais va-t'en donc !

Erich tira une deuxième fois. La balle toucha Pierre à la jambe. Le jeune homme poussa un cri de douleur et pressa les mains sur sa blessure. Erich l'avait atteint juste en dessous du genou. Enfin, il se mit en mouvement. Il essaya de ramper sur l'herbe mais il n'avait aucune chance car devant lui s'ouvrait le jardin, baigné de soleil, et il aurait formé une trop belle cible.

— Le pistolet ! cria Béatrice. Pierre, le pistolet ! Tire sur lui ! Tire vite sur lui !

En dépit de sa panique, Pierre comprit qu'elle pensait à l'arme du garde toujours inconscient. Il se retourna.

Erich fit à nouveau feu et toucha une seconde fois Pierre à la jambe. Le coup le fit tourner sur lui-même et le jeta au sol alors qu'il était sur le point de s'emparer du pistolet.

Erich fit deux pas vers lui.

Il y prend plaisir, songea Béatrice qui observait son expression. Il y prend le même plaisir que s'il s'agissait d'un jeu palpitant.

Il attendit. Il attendit que Pierre, le teint gris tant il souffrait, rassemble son corps, se retourne, pose une deuxième fois la main sur le pistolet qui se trouvait juste devant lui. Il attendit même que Pierre s'empare de l'arme, fasse sauter le cran de sûreté, se tourne à nouveau et pointe le canon sur lui.

Ils tirèrent en même temps.

Cette fois, Erich manqua sa cible. La balle s'enfonça dans le sol loin de Pierre.

Cependant, à la même seconde, Erich tomba comme un arbre abattu. Il s'effondra et ne bougea plus.

Aucun bruit ne troublait le silence. Les oiseaux eux-mêmes, effrayés par les détonations, s'étaient tus. Le silence était irréel, on aurait dit que le monde entier s'était arrêté de respirer. Les rayons crus du soleil éclairaient sans nuance une scène fantomatique : trois hommes allongés dans l'herbe, immobiles, deux femmes qui regardaient sans comprendre, et par terre deux pistolets qui paraissaient des accessoires placés selon des consignes précises.

C'était le grand tableau de l'acte principal, l'apogée du drame. Mais à cet instant, aucun des acteurs ne savait comment devait finir la pièce. Le metteur en scène avait oublié de donner ses instructions pour la suite. Ils restaient sur la scène sans bouger.

3

— C'est Pierre qui a tiré sur Erich ! dit Franca. Il ne s'est donc pas suicidé.

— Il ne s'est pas suicidé, confirma Béatrice.

Les jardins du restaurant étaient à présent complètement éclairés. Dans leur chaude lumière dorée, Béatrice ne paraissait plus aussi marquée par les événements mais ses yeux reflétaient toujours une grande tristesse.

— Pierre avait agi en état de légitime défense, dit-elle, malheureusement, ce n'est pas ce qui lui aurait permis de sauver sa tête devant un tribunal. Si les Allemands avaient eu vent de l'affaire, c'en était fini de lui. Nous devions rapidement trouver une solution.

— Erich était mort ?

Béatrice secoua lentement la tête.

— Non. Cette partie de l'histoire est exacte. Il n'était pas mort, mais il était clair qu'il n'avait aucune chance de s'en sortir s'il n'était pas soigné. Il avait été touché au-dessus du cœur.

— Et le garde ?

— Le garde, le ciel en soit remercié, ne s'est rendu compte de rien. Sinon, nous étions tous perdus.

— Qu'avez-vous fait, alors ?

— Pierre perdait énormément de sang. Je voulais qu'on fasse tout de suite venir un médecin mais ça l'a affolé. Il craignait de se faire arrêter. Nous n'avions pas encore réfléchi à la façon de présenter l'affaire, et nous aurions bien été obligés de raconter quelque chose au médecin. Nous l'avons plus ou moins traîné dans la cuisine et, pendant qu'Hélène tentait de stopper l'hémorragie avec des bandages et des pansements, je suis ressortie m'occuper d'Erich. Il gémissait faiblement mais il n'était pas réellement conscient. Quant au garde, il n'avait toujours pas repris connaissance, mais il était évident qu'il ne resterait pas éternellement inanimé. Il fallait se dépêcher d'agir. J'ai couru demander à Hélène de m'aider à transporter Erich à l'intérieur. Cela s'est avéré plus difficile qu'avec Pierre. Pierre pouvait un peu marcher en s'appuyant sur nous, Erich pesait de tout son poids sur nos épaules, il n'était pas en état de nous aider. Heureusement qu'il y avait plusieurs mois qu'il ne mangeait pas à sa faim et qu'il avait beaucoup maigri. Je ne sais plus comment nous avons fait, toujours est-il que nous avons fini par arriver jusqu'à la salle à manger, où nous l'avons allongé sur le tapis ; il avait l'air quasiment mort. Lui aussi perdait du sang, mais pas autant que Pierre qui saignait effroyablement en dépit de tous les pansements compressifs posés sur sa cuisse. Nous étions encore, Hélène et moi, en train de nous demander quoi faire quand j'ai aperçu par hasard le garde qui venait lentement vers la maison. S'il entrait et découvrait notre hôpital de campagne, il ameuterait tous les alentours. Il fallait absolument que je le retienne dehors.

— N'y avait-il pas du sang dans le jardin ? demanda Franca. Si Pierre saignait autant, quand vous l'avez fait traverser la pelouse…

— Si, bien sûr, dit Béatrice, mais ce n'était pas aussi voyant que ça et ce soldat n'était décidément pas en possession de tous ses moyens. Il avançait en zigzaguant, c'est à peine s'il tenait debout. S'il avait remarqué quelque chose, il aurait cru qu'il avait des visions.

— Il s'était tout de même rendu compte que son prisonnier avait disparu, non ?

— Certainement, mais il était tellement affaibli qu'il s'inquiétait surtout de ne pas tourner de l'œil une troisième fois. Par chance, il s'est effondré sur la première des quatre marches de la véranda. Il gémissait, la tête enfouie dans ses mains. Je lui ai dit de ne pas s'inquiéter, de rester assis et de se reposer, qu'Erich avait déjà fait le nécessaire pour qu'on vienne le chercher afin de le ramener à son cantonnement...

Béatrice se tut un instant, perdue dans ses pensées.

— J'aurais dû lui apporter un verre d'eau, reprit-elle pensivement, mais j'avais peur qu'il aille soudain mieux et qu'il entre dans la maison. Pierre était dans la cuisine. Il l'aurait forcément découvert.

— Comment avez-vous fait pour le raccompagner chez lui ?

— Hélène a appelé Will, elle lui a demandé de venir. Il est arrivé immédiatement. J'ai dû décider, autant dire sur-le-champ, si je le mettais dans le secret ou pas. Je savais qu'il ne serait pas simple de le convaincre de prendre en charge le garde et de l'emmener. Il demanderait où était Pierre, qui le surveillait, si Erich était au courant. Il voudrait lui parler... J'ai pris le risque de tout lui dire. Je lui ai raconté aussi vite que possible ce qui s'était passé.

Franca regarda pensivement la vieille dame.

— Vous en avez fait beaucoup plus qu'on n'en demande d'ordinaire à une jeune fille de seize ans, observa-t-elle.

— La situation l'exigeait. Je ne pouvais pas m'asseoir et pleurer. Et comme d'habitude, je ne pouvais pas compter sur Hélène. Au début, quand il s'était agi de transporter les blessés dans la maison, ça allait encore, puis elle a craqué. Elle n'osait même pas entrer dans la salle à manger, où se trouvait Erich ; elle restait au chevet de Pierre, dans la cuisine, renouvelait ses pansements inutiles, regardait, hypnotisée, la flaque de sang qui grandissait autour de lui et tremblait comme une feuille. Elle était nerveusement épuisée.

— Je peux le comprendre, dit Franca, on le serait à moins.

— C'est vrai. Mais du coup, tout reposait sur moi. Je devais penser à tout, prévoir, organiser et, à la moindre erreur...

Béatrice laissa sa phrase en suspens et frissonna.

— ... Pierre était un homme mort, reprit-elle. La guerre n'était pas finie, du moins pas dans l'esprit des Allemands.

— Comment Will a-t-il réagi ?

— J'avais vu juste. Will n'était pas nazi. En fait, il me l'avait fait comprendre à demi-mot dès les premiers temps de l'Occupation, quand il me donnait des cours d'allemand. Je suis partie de l'idée qu'il lui répugnerait de livrer Pierre au bourreau. Je lui ai expliqué ce qui s'était passé et que nous voulions maintenant faire venir un médecin le plus rapidement possible. Quand il m'a demandé ce que nous avions l'intention de dire au médecin, je lui ai répondu que nous n'y avions pas encore réfléchi mais qu'il était important de faire partir le garde avant qu'il ait totalement retrouvé ses esprits. Will a joué le jeu. Il a pris de grands risques. Jamais il n'aurait dû écouter une petite Anglaise de seize ans, jamais il n'aurait dû emmener le garde sans en parler avec Erich. Mais il savait qu'il ne serait pas condamné à mort pour ça, et sans doute misait-il aussi sur le fait que d'ici qu'on lui demande des comptes, les nazis auraient quitté la place.

— Vous étiez donc désormais seules, Hélène et vous, avec Pierre et Erich ?

— Oui, il n'y avait plus que nous quatre... J'ai essayé de monter un plan avec Hélène, mais elle pleurait tellement qu'elle était incapable de mettre deux idées bout à bout. Elle refusait toujours de s'approcher d'Erich. Je suis allée plusieurs fois le voir, il était inconscient mais gémissait faiblement. J'ai dit à Hélène qu'il mourrait s'il ne recevait pas de soins, sur quoi Pierre immédiatement s'est exclamé que lui mourrait si nous faisions venir un médecin... Cependant, l'heure passait et il devint évident que, sans soins, Pierre ne s'en sortirait pas non plus. Il se vidait de son sang sous nos yeux. La cuisine avait fini par ressembler à ce à quoi la salle de bains avait ressemblé le jour où Hélène s'était ouvert les veines. J'ai décroché le téléphone et j'ai appelé le Dr Wyatt.

— Vous avez pu le joindre ? demanda doucement Franca.

Béatrice hocha la tête.

— Oui, j'ai pu le joindre. Et il est venu tout de suite.

Guernesey, 1er mai 1945

Quand le Dr Wyatt était arrivé, vers cinq heures de l'après-midi, Pierre se trouvait dans un état comateux.

— Il faut l'hospitaliser, dit le médecin après lui avoir prodigué en hâte les premiers soins. Béatrice, appelle l'hôpital pour qu'ils envoient une ambulance... En espérant qu'ils ont encore de l'essence à mettre dedans.

Béatrice téléphona à l'hôpital puis regagna la cuisine.

— Comment est-ce arrivé ? demandait le Dr Wyatt à Hélène.

— Mon mari a tiré sur lui, répondit Hélène qui avait cessé de pleurer. Il était, aujourd'hui... eh bien, il était...

— Je sais comment il était aujourd'hui, l'interrompit sèchement le médecin. J'ai eu tout loisir de m'en rendre compte par moi-même ce matin.

Il avait appliqué sur les blessures de Pierre un pansement qui avait stoppé l'hémorragie, mais le jeune homme paraissait plus mort que vif.

— Bon Dieu, pourquoi ne m'avez-vous pas appelé plus tôt ? fit-il puis, sans attendre de réponse, il demanda : Où est M. Feldmann ?

Béatrice ouvrait déjà la bouche pour lui dire qu'Erich se trouvait dans la pièce voisine et luttait lui aussi contre la mort, mais, avant même qu'un son ne franchisse ses lèvres, Hélène prit la parole. Sa voix était étonnamment claire et ferme.

— Nous ne le savons pas, dit-elle. Mon mari a quitté la maison juste après avoir tiré. Il était comme fou. Nous n'avons pas pu le retenir.

Le Dr Wyatt ne parut pas douter de l'explication. Il hocha la tête et se pencha à nouveau sur son patient. Béatrice, atterrée, dévisageait Hélène. Celle-ci soutint son regard sans ciller. Une idée fulgurante traversa l'esprit de Béatrice. Elle ne veut pas le sauver, songea-t-elle, elle a décidé de le laisser mourir sans rien faire !

Ses genoux tremblèrent, elle s'assit lentement sur une chaise et comme dans un rêve regarda le médecin tenter de réanimer Pierre en attendant l'arrivée de l'ambulance. Les pensées se bousculaient dans sa tête. Que cherchait Hélène ? Pourquoi avait-elle menti au Dr Wyatt ? Elle condamnait Erich à mort en le laissant sans soins médicaux dans la pièce voisine. Devait-elle intervenir ? Devait-elle dire que la version d'Hélène était fausse ? Devait-elle… ?

Elle se demanda si Hélène n'avait pas été guidée par l'idée qu'elle-même, Béatrice, avait émise lors des premières discussions affolées qui avaient suivi l'échange de coups de feu : si Erich se rétablissait, il ferait immédiatement jeter Pierre en prison, ce qui revenait à l'attacher directement au poteau d'exécution.

Hélène sacrifiait-elle Erich pour sauver Pierre ? Sacrifiait-elle son mari pour un petit prisonnier de guerre français ?

L'ambulance arriva rapidement et Pierre fut emmené. Le Dr Wyatt prit congé des deux jeunes femmes et sauta dans sa voiture pour suivre l'ambulance. Il ralentit au bas de l'allée, s'engagea sur la route et disparut. Le silence paisible d'une belle fin de journée de printemps retomba sur le jardin et la maison.

Hélène et Béatrice étaient désormais seules avec Erich Feldmann.

Béatrice regarda Hélène de côté.

— Pourquoi as-tu fait ça ? demanda-t-elle. Pourquoi as-tu prétendu qu'Erich était parti ? Pourquoi as-tu… ?

— Qu'aurais-je dû faire, sinon ? demanda Hélène en retour.

— Est-ce à cause de Pierre ? Pour lui éviter d'être arrêté ?

— Non. Je n'ai pas fait ça pour sauver Pierre. Ce n'est pas du tout à lui que j'ai pensé.

— Ah… ?

— J'ai pensé à moi. C'est ma vie que je veux sauver.

Béatrice dévisagea Hélène. Elle n'arrivait pas à en croire ses oreilles. En d'autres termes, Hélène venait de lui expliquer qu'elle était décidée à laisser mourir son mari pour en être débarrassée à jamais. Béatrice avait l'impression de vivre un mauvais rêve. Toute la journée Hélène avait pleuré et tremblé, pas une fois ou presque elle ne s'était montrée à la hauteur de la situation et voilà qu'elle déclarait froidement qu'elle avait l'intention de laisser mourir son mari pour ne plus avoir à le supporter.

— Nous ne pouvons pas faire ça, dit Béatrice quand elle fut suffisamment revenue de sa stupeur pour parler. C'est… c'est comme un meurtre.

Le mot « meurtre » flotta dans la pièce comme un corps étranger sans représentation précise, mais menaçant et terrifiant.

— C'est Pierre ou Erich, dit Hélène, mais ce n'était pas sa motivation et c'était bien ce qui était monstrueux.

— Allons voir comment il va, dit simplement Béatrice.

Erich était allongé sur le sol de la salle à manger où seul subsistait le buffet tiré en travers à quelque distance du mur. Elles avaient glissé une couverture sous sa tête et étendu une autre couverture sur lui. Son visage avait pris une teinte cireuse, il perdait continuellement du sang et respirait faiblement. Il était néanmoins conscient et tourna la tête lorsque Béatrice et Hélène entrèrent.

— Bâtard, murmura-t-il sans desserrer les dents. Petit salaud de bâtard. Où est-il ? Il ne faut pas qu'il nous échappe.

Béatrice supposa qu'il parlait de Pierre. Qu'il soit, du moins à cet instant, à l'évidence parfaitement conscient de ce qui s'était passé prouvait combien faire venir un médecin pouvait s'avérer dangereux pour Pierre.

Nous ne pouvons pourtant pas le laisser mourir, songea-t-elle, horrifiée.

Erich tenta de se redresser mais il n'y parvint pas. Sa tête retomba lourdement en arrière.

— Mal, gémit-il. J'ai mal. J'ai besoin d'un médecin.

— On n'arrive pas à en trouver un, dit Hélène.

Elle s'agenouilla à côté de lui et posa une main douce sur son front, vivante image de la bonne Samaritaine.

— Ce ne serait pas pire s'ils avaient tous été réquisitionnés. Mais nous continuons à chercher.

— L'hôpital, alors, souffla-t-il. Amène-moi à l'hôpital !

— Tu sais bien que nous n'avons pas de voiture, objecta doucement Hélène.

— Appelle Will.

— Nous ne savons pas où il est. Nous n'arrivons à joindre personne. Reste bien calme. Je suis certaine que ce soir le Dr Wyatt pourra venir.

— Ce soir, je serai mort, murmura Erich.

Une épaisse pellicule de sueur recouvrait son visage. Il perdait trop de sang et, maintenant que le premier choc était passé, la douleur, qu'il n'avait pas perçue jusque-là, prenait toute sa vigueur. La balle avait dû toucher des nerfs, déchirer les chairs, probablement même le poumon. Erich commença à geindre comme un petit enfant. À sa souffrance se mêlaient la peur de mourir et une fièvre croissante.

Béatrice aurait voulu se boucher les oreilles.

— Hélène, c'est monstrueux, dit-elle. Je ne peux pas supporter ça. Je...

Leurs rôles s'étaient curieusement inversés. Hélène était l'adulte, elle dominait désormais la situation. Béatrice était au bord de la crise de nerfs.

— Sors, lui dit Hélène. Et fais quelque chose de concret. Tu pourrais par exemple essayer de trouver de quoi préparer un dîner. Je reste avec Erich.

— Mais...

— Sors, répéta Hélène.

Il y avait dans sa voix une rudesse que Béatrice ne lui avait jamais entendue. Pour elle, l'enjeu était de taille. Déterminée à se libérer d'Erich, elle manifestait une force que personne n'aurait soupçonnée chez elle.

Béatrice se releva et sortit silencieusement. Le jardin était sec et chaud. Le soleil commençait seulement à décliner et les ombres à s'allonger. Il n'y avait pas un souffle d'air, aucune feuille, aucun brin d'herbe ne bougeait. Béatrice s'assit sur les marches de la véranda et prit son menton dans ses mains. Elle aurait pu descendre au village et voir si un paysan avait quelques œufs ou un morceau de pain à lui vendre, mais elle avait l'impression que tout ce qui s'était passé était inscrit sur sa figure, que tout le monde saurait en la voyant qu'Erich était en train d'agoniser par terre sur le sol de la salle à manger, qu'un médecin était venu, qu'elles ne lui avaient rien dit parce qu'Hélène avait décidé de le laisser mourir pour en être débarrassée.

C'était un cauchemar, un cauchemar épouvantable, et elle ignorait quand et comment il s'achèverait.

La faim lui ôtait toute force mais elle aurait été incapable de manger. Au reste, elle était persuadée qu'elle ne pourrait plus rien avaler de sa vie. À un moment, elle se leva et se dirigea d'un pas mal assuré vers la cuisine pour boire de l'eau, sinon, elle resta assise sur les marches et attendit.

Vers cinq heures et demie, Erich commença à gémir bruyamment. Jusque-là, aucun bruit n'était parvenu jusqu'au jardin. Béatrice avait seulement perçu des voix étouffées lorsqu'elle s'était rendue dans la cuisine. Elle en avait conclu qu'Erich et Hélène parlaient et cela lui avait redonné du courage. Si Erich parlait, peut-être n'était-il pas perdu. Quand elle l'entendit râler, elle sut que le dernier combat avait commencé.

4

— Il a agonisé pendant environ une heure, dit Béatrice avec dans les yeux quelque chose de l'horreur vécue ce jour-là. Quand un homme lutte et se bat des heures contre la mort, quand jamais il ne renonce alors qu'il sent bien qu'elle a déjà gagné la partie, quand il supplie qu'on l'aide, alors ces heures paraissent une éternité… Ça n'en finissait pas et je ne pouvais plus le supporter. Je me suis enfuie au fond du jardin, je me suis jetée par terre et j'ai plaqué mes poings sur mes oreilles. J'ai prié pour que ça cesse. Il devait horriblement souffrir. Nous n'avions ni morphine ni éther, rien. Il agonisait sans le moindre soulagement.

— Et Hélène est restée tout le temps auprès de lui ?

Béatrice hocha affirmativement la tête.

— Elle a tenu le coup. Dieu seul sait où elle en a trouvé la force. Je n'aurais pas pu. Je ne connais personne qui aurait pu. Erich mourait lentement dans d'horribles souffrances et elle restait tranquillement à son chevet, déterminée à mettre son plan à exécution. Je me disais : elle va craquer, elle ne peut pas endurer ça. Elle va appeler un médecin en catastrophe. Seul un monstre peut encore refuser de l'aider… Et Hélène n'était pas un monstre. C'était quelqu'un de fragile et de faible qui se plaignait beaucoup pour qu'on tire les marrons du feu à sa place et qu'on s'occupe d'elle. Elle était incapable de prendre une décision toute seule et incapable d'assumer une responsabilité. Pourtant, ce jour-là, elle n'a pas quitté Erich, elle l'a regardé mourir et elle n'est pas intervenue. Elle n'a rien fait, absolument rien.

Franca porta son verre à ses lèvres. Le vin était âcre et tiède.

— Je ne crois pas qu'elle était comme ça, dit-elle. Je veux dire, faible et fragile… Hélène savait très bien ce qu'elle voulait. Peut-être même était-elle de vous trois celle qui le savait le mieux. Et elle a toujours su imposer ses choix : elle est restée à Guernesey, elle est restée dans la maison, elle a eu, avec Alan et vous, une petite famille… Finalement, les choses se sont toujours passées ainsi qu'elle le désirait. Sa stratégie consistait à se faire passer pour faible et fragile et à se plaindre et mendier pour forcer les autres à faire ce qu'elle voulait. Qu'on la méprise pour sa faiblesse et son manque de caractère lui était égal car seul le résultat importait, et elle arrivait toujours à ses fins. Son comportement à la mort d'Erich était dans le droit fil de ce qu'elle avait toujours fait, sauf que cette fois-là les événements – en l'occurrence votre réaction – l'ont contrainte à adopter une stratégie différente. Elle ne pouvait pas s'asseoir dans un coin, pleurer et laisser faire Béatrice parce que Béatrice avait craqué. Hélène dut agir, ou plutôt dut pour une fois agir *ouvertement*, parce qu'en réalité elle n'a jamais cessé d'agir. Et elle a fait ça très bien. Elle n'était pas une autre, ce jour-là, Béatrice. Elle était toujours la même Hélène. Elle avait pris une décision et faisait en sorte de la mettre à exécution. Rien dans son comportement n'était de quelque façon inhabituel.

Béatrice jouait distraitement avec son verre vide.

— Oui, dit-elle à voix basse, vous avez raison, Franca. Elle était forte. Et égoïste. Et très maligne. J'ai vécu une vie entière sans m'en rendre compte. Je ne l'ai compris que le jour où elle a été enterrée. Quand Kevin m'a raconté ce qui s'était passé d'autre, ce fameux 1er mai 1945.

Franca plissa le front.

— Il s'est passé autre chose ? Je veux dire, comment a-t-il pu se passer quelque chose sans que vous le sachiez ?

Béatrice se pencha vers elle. Son visage reflétait un profond désarroi, sa voix était devenue un murmure.

— Je voudrais d'abord vous demander quelque chose, Franca. Vous êtes la première personne à qui j'ai dit la vérité, la vérité sur la mort d'Erich. Hormis le Dr Wyatt. Nous avons été obligées de le mettre au courant pour que notre histoire tienne debout. Mais Wyatt, qui cachait Julien, était en quelque sorte déjà dans la conspiration, il vivait dans son temps et savait ce à quoi une situation peut parfois contraindre. Sinon, personne n'a su. Personne. Et j'aimerais... j'aimerais savoir aujourd'hui quel est votre sentiment, Franca. Ce que vous pensez de nous. D'Hélène, de moi, de ce que nous avons fait. À vos yeux, Franca, était-ce un meurtre ? Sommes-nous des criminelles ?

Franca remontait la jetée du port à la recherche d'Alan ; la question que lui avait posée Béatrice tournait dans sa tête. Elle poussait la porte des restaurants ou des bars qui se trouvaient sur son chemin et elle fouillait du regard chaque banc de la promenade. Tous les réverbères du port étaient allumés de sorte que rien ne lui échappait. Alan pouvait néanmoins s'être enfoncé dans la vieille ville ou être parti à l'autre bout de l'île.

Béatrice lui avait paru si fatiguée, si épuisée nerveusement qu'elle l'avait encouragée à rentrer. Parler de la mort d'Erich l'avait vidée de son énergie.

« Écoutez-moi, Béatrice, prenez la voiture, rentrez au Variouf et mettez-vous au lit. Vous n'êtes pas du tout en état d'arpenter les rues maintenant. Je chercherai Alan toute seule. »

Béatrice avait vivement protesté.

— Il n'en est pas question, Franca. Deux paires d'yeux valent mieux qu'une. Et si je rentre au Variouf avec votre voiture, vous n'en aurez plus.

— J'aurais la vôtre. Dès que j'aurai trouvé Alan.

— Et si vous ne le trouvez pas ?

— Je prendrai un taxi. Ce n'est vraiment pas un problème. »

Béatrice avait capitulé, signe qu'elle se sentait en aussi piètre forme qu'elle en avait l'air.

« Mais vous le ramenez, n'est-ce pas ? s'était-elle assurée une dernière fois.

— Je le ramène. Je vous le promets. »

Nulle part elle ne vit Alan et elle commençait à craindre d'être obligée de rentrer sans lui. Pauvre Béatrice, si on ne le lui ramenait pas, elle ne fermerait pas l'œil de la nuit.

De temps à autre, elle se retournait pour admirer le merveilleux décor qu'offrait la forteresse de Castle Cornet illuminée. La nuit était chaude et de nombreux promeneurs déambulaient dans les rues. On aurait pu se croire dans une cité balnéaire des bords de la Méditerranée.

« Criminelles... Sommes-nous des criminelles ?

— Vous n'êtes pas des criminelles, avait-elle répondu à Béatrice qui cherchait anxieusement à lire ses pensées dans ses yeux. Ce n'est pas vous qui avez tiré sur Erich, c'est Pierre. Ce que vous avez fait s'appelle de la non-assistance à personne en danger. »

Béatrice avait eu un geste agacé.

« Ça, c'est une définition juridique. Ce que je vous demande, c'est une interprétation symbolique, ce que notre acte, moralement, représentait. Et là, nous savons toutes les deux qu'il s'agissait d'un meurtre. Il n'y a pas de mot plus doux, n'est-ce pas ?

— On peut aussi argumenter que sauver Erich aurait condamné Pierre. Et, victime pour victime, Pierre avait beaucoup moins de choses à se reprocher qu'Erich.

— Mais sauver Pierre n'est pas ce qui nous motivait. Ce qui m'importe, c'est ce que nous avons alors pensé, ce que nous ressentions au fond de nous-mêmes. Je sais bien qu'aux yeux du monde nous nous en tirerions plutôt bien. Erich était un dignitaire nazi. Il a fait des choses réellement graves, il a apporté un soutien sans faille à un régime criminel. Et nous avons effectivement sauvé Pierre, un jeune prisonnier de guerre français qu'Erich a honteusement exploité et maltraité des années durant. Je crois que personne ne nous condamnerait pour ce que nous avons fait. Mais je sais que ce n'est pas la fidélité d'Erich à Hitler qui nous a incitées à le laisser mourir, et ce n'est pas non plus la vie de Pierre. Hélène voulait se débarrasser de son mari. Son mariage était une erreur et elle ne savait pas comment s'en dépêtrer. Une occasion s'est présentée, elle l'a saisie. C'est aussi simple que ça. Et aussi peu héroïque. Un meurtre banal qui n'avait rien à voir avec la guerre, les persécutions ou les exigences du temps. Rien du tout.

— Et vous, Béatrice, quelles étaient vos raisons ? » avait demandé Franca.

Béatrice l'avait regardée avec étonnement.

« Mes raisons ?

— Oui. Vous avez parlé d'Hélène, mais vous, Béatrice, qu'est-ce qui vous a poussée à agir ainsi ? Vous étiez une jeune fille indépendante et forte, vous l'avez prouvé suffisamment. Au lieu de vous enfuir au fond du jardin et de vous boucher les oreilles pour ne pas entendre Erich râler, vous auriez pu aller chercher un médecin. »

Tandis qu'elle marchait au bord du quai, Franca repensait à la réponse de Béatrice, franche et claire.

« Je voulais me venger. Me venger pour l'occupation de l'île. Me venger pour le départ de mes parents. Me venger pour toutes ces années où il avait illégalement vécu dans ma maison. Je ne l'aurais pas tué de mes propres mains, mais je ne voyais pas non plus de raison d'intervenir pour lui sauver la vie. »

Bien sûr, songea Franca, c'est compréhensible. Qui pourrait le lui reprocher ? Personne, assurément. Mais elle, elle ne se le pardonne pas. Jamais elle n'a accepté ce qu'elle a fait.

« Vous avez donc mis le Dr Wyatt dans le secret ? avait-elle demandé, en réalité essentiellement pour dire quelque chose sans revenir sur la réponse de Béatrice.

— Nous ne pouvions pas faire autrement. Il ne fallait pas qu'il dise qu'il était venu pour Pierre. Il a établi un certificat de décès stipulant qu'Erich était mort d'une hémorragie consécutive à une blessure volontaire par balle, bref qu'il avait lui-même mis fin à ses jours. Et il a signé le permis d'inhumer. Il nous a promis de garder le silence sur ce qui s'était véritablement passé. Nous avions naturellement prétendu que nous voulions sauver Pierre, ce qu'il a tout à fait compris. Pour lui, il s'agissait d'une situation d'exception, nous ne pouvions pas agir autrement. Il nous a été reconnaissant de ne lui avoir rien dit d'Erich lorsqu'il est venu soigner Pierre. Il n'aurait pas pu concilier à la fois sa conscience et son serment d'Hippocrate avec un refus d'apporter son aide à Erich. N'ayant rien su, il ne pouvait pas se faire de reproches. Toutefois, il nous a prévenues qu'il devrait mettre sa femme au courant puisqu'elle savait qu'il s'était rendu au chevet de Pierre et de plus qu'il avait été toute la journée parfaitement joignable. Nous n'étions pas inquiètes, Mme Wyatt garderait le secret... »

À ce stade de son récit, Béatrice avait souri et eu un petit haussement d'épaules en concluant : « Elle a tout de même fini par parler, n'est-ce pas ? Bah, on ne peut pas lui en vouloir. À son âge, elle n'a plus tout à fait la notion des choses. Nous serons sans doute bien pareilles... »

Cinq personnes, songea Franca. Cinq personnes savaient et se sont tues. Ce secret liait probablement Béatrice à Hélène bien plus qu'elle ne l'imaginait. Elles partageaient la complicité d'un crime. Cela les rendait indissociables, même si elles n'en avaient pas conscience.

Elle marchait quand elle remarqua soudain un homme sur un banc. Même sans voir son visage, elle sut que c'était Alan.

Ils étaient loin de La Terrasse, sur l'esplanade qui menait au quai d'embarquement des ferries. De grands panneaux indiquaient les files dans lesquelles les voitures devaient se ranger selon leur destination. À cette heure tardive, l'endroit était désert. D'immenses réverbères jetaient une lumière bleutée sur les parkings et les bâtiments administratifs endormis. On entendait le léger clapot de la houle contre les quais.

Franca s'approcha du banc.

— Alan ? fit-elle prudemment. Nous vous avons cherché partout.

Il se tourna vers elle.

Comme il a l'air tourmenté et seul, songea-t-elle avec compassion.

— Ah, Franca, c'est vous. Qu'est-ce que vous faites ici à une heure pareille ?

À son étonnement, elle constata qu'il n'était pas ivre. Il avait peut-être bu quelques verres de vin au cours de la journée, mais certainement pas une grande quantité d'alcool. La tournée des bars que lui prêtait Béatrice n'avait manifestement pas eu lieu.

— Je viens de vous le dire, nous vous cherchions. Votre mère et moi.

— Ma mère est là ?

— Non, je l'ai encouragée à rentrer. Elle n'était pas très en forme, aujourd'hui. Hélène, tout le reste...

Elle eut un geste vague de la main.

— Vous savez bien...

— Oui, dit-il, je sais bien.

Il se tourna à nouveau vers la mer. Elle resta un instant indécise, puis elle s'assit sur le banc à côté de lui.

— Vous voulez rentrer avec moi ? demanda-t-elle. Vous n'allez pas rester toute la nuit sur ce banc ?

— Quelle heure est-il ?

— Plus de onze heures, presque onze heures et demie.

— Je ne sais pas… J'ai envie de rester encore un peu.

— Béatrice se fait du souci.

Il eut un rire amer.

— Je parie qu'elle pense que je suis saoul à rouler par terre. C'est pour ça qu'elle voulait passer le port au peigne fin, je me trompe ? Et du coup, vous avez dû sacrifier votre temps et votre sommeil. Maman me voit déjà tanguer d'un banc à l'autre et finir par tomber inconscient dans l'un des bassins du port.

Franca faillit protester mais ce n'eût pas été honnête.

— Est-ce extraordinaire ? demanda-t-elle au lieu de ça. Je ne pense pas que vous puissiez réellement lui en vouloir.

Il secoua la tête.

— Non, dit-il d'un ton las. Je ne peux effectivement pas lui en vouloir.

— Cela dit, vous n'êtes pas ivre. Béatrice sera très soulagée.

— Et très surprise, ajouta-t-il. Surtout surprise.

Il se détourna à nouveau.

— Vous préférez que je m'en aille ? demanda Franca. Que je vous laisse tranquille ?

Il demeurait silencieux et Franca se demandait si elle devait répéter sa question quand il déclara soudain :

— Je me suis séparé de Maya. Définitivement.

— Pourquoi ?

Le mot avait à peine franchi ses lèvres que Franca se serait giflée. Elle connaissait Maya, elle savait ce qu'elle avait fait à Alan. Et Alan savait qu'elle était au courant. Comment pouvait-elle poser une question aussi stupide ? Alan ne s'en offusqua pourtant pas.

— Elle est pire que je ne l'imaginais, dit-il posément. Elle a fait des choses dont je ne l'aurais pas crue capable. Du temps, de l'énergie, de l'amour, quand je pense à ce que j'ai donné à une vulgaire…

Il laissa sa phrase en suspens, hésita, puis dit :

— De toute façon, ça n'a plus d'importance, maintenant.

— Maya est jeune et insouciante, dit Franca. Quand elle aura bien fait les quatre cents coups, elle s'assagira.

— Je ne sais pas. Honnêtement, j'en doute. Elle m'a aujourd'hui raconté des choses que tout être normal ne peut que réprouver. Elle n'a pas de conscience morale, Franca, pas la moindre. Elle n'a pas de fierté, aucun sens du respect et de la loyauté. Elle ne connaît aucune limite, aucun frein. Elle vit comme bon lui semble. Les sentiments des autres, elle s'en soucie comme d'une guigne. Elle se moque pas mal de notions surannées comme le bien d'autrui, ou de vieux machins poussiéreux comme la justice ou l'ordre. Ce sont des valeurs qui n'ont aucune signification pour elle. On n'est plus dans le registre de la jeunesse insouciante ou du sympathique besoin de profiter de la vie. Elle est tout simplement amorale et malhonnête. Et j'ai aimé cette femme. Mon Dieu… Je l'ai réellement aimée, ajouta-t-il dans un murmure rauque à peine audible.

Franca n'avait pas la moindre idée de ce qu'Alan avait appris sur Maya, mais elle comprit qu'il en était à la fois choqué et bouleversé. Au point de ne plus avoir aucun courage, pas même celui de boire, tant il savait que l'alcool serait impuissant à le consoler. Son désespoir lui serra le cœur.

— C'est difficile, je sais. C'est difficile d'apprendre la vérité sur quelqu'un, dit-elle d'une voix douce. Même s'il s'agit d'une vérité bien anodine. Il est toujours difficilement supportable de découvrir tous les recoins de la personnalité de quelqu'un. L'image que l'on s'en était faite s'effondre, et il faut renoncer à un bon paquet d'illusions. C'est douloureux et profondément déstabilisant.

Il se tourna enfin à nouveau vers elle. Son visage était empreint de tristesse mais il reflétait aussi une grande douceur.

— Oui, c'est vrai. Découvrir que l'on s'est illusionné sur quelqu'un fait singulièrement vaciller. On doute de soi, on doute de sa faculté de jugement, on doute de tout. Si on a pu se tromper à ce point, si on a pu être à ce point sourd et aveugle, sur quoi et sur qui se trompe-t-on encore ?

— Il n'y a pas que ça, dit Franca. Je crois que le pire est de se sentir blessé dans ses sentiments. Ce sont les sentiments qui trinquent en premier. Et rien ne fait plus mal que des sentiments déçus.

— Ça passe avec le temps, dit-il à voix basse, plus pour lui-même que pour elle. Un jour, ça passe.

Elle aurait aimé pouvoir le consoler, lui dire quelque chose qui l'aurait encouragé, qui aurait chassé l'accent de désarroi absolu de sa voix, mais rien ne lui vint à l'esprit, sinon ce qu'il venait lui-même de dire et que lui dictait sa raison, non son cœur.

— Béatrice a appris de Kevin quelque chose sur Hélène qui l'a bouleversée, dit-elle.

Béatrice ne lui avait pas demandé de garder le secret, c'est Franca qui d'elle-même avait considéré qu'il s'agissait d'une affaire confidentielle, pourtant, elle eut à cet instant le sentiment que Béatrice comprendrait qu'elle en parle à son fils ; pour le distraire de sa peine, pour lui montrer que ce qui lui était arrivé arrivait chaque jour à d'autres.

— Sur Hélène ? fit Alan. Kevin savait sur Hélène quelque chose que Béatrice ignorait ?

— Kevin devait être son grand confident. Elle se méfiait de la langue acérée de Béatrice. Avec Kevin, si doux et toujours bienveillant, elle se sentait comprise.

Alan esquissa un sourire qui cependant ne parvint pas à éclairer son visage.

— Notre chère Hélène avait un amant caché ? Elle vivait depuis des années une folle passion sans que personne n'en sache rien ?

Franca lui rendit son sourire, essentiellement pour le maintenir en vie un peu plus longtemps.

— Non, je crois qu'elle est bel et bien restée fidèle à son Erich au-delà de la mort. Et elle avait de bonnes raisons de l'être : il avait fait d'elle une femme richissime.

— Hélène était riche ? fit Alan, incrédule. Notre Hélène ?

— Elle était assise sur un tas d'or. Littéralement. Une bonne part du magot se trouvait dans l'armoire de sa chambre. Mais elle avait aussi au fil des années déposé de grosses sommes sur plusieurs comptes en banque. Elle ne devait pas avoir loin d'un demi-million de livres. Elle finançait toutes les extravagances de Kevin, sans doute à la fois pour se rendre intéressante et conserver l'intérêt qu'il lui portait. Kevin a fini par se rendre compte que ce ne pouvait pas être sa maigre rente qui lui permettait d'être aussi généreuse et il lui a demandé d'où lui venait son argent.

Elle n'a pas pu se retenir de lui dire la vérité. Dès lors, Kevin est devenu son ami le plus fidèle. Il lui a pompé des sommes astronomiques.

— Mais d'où Hélène tenait-elle cette fortune ? demanda Alan, profondément troublé. Je veux dire : d'où Erich la tenait-il puisque vous me dites que c'est lui qui la lui a léguée ?

— De Juifs, répondit Franca. Erich s'est enrichi en spoliant des Juifs. Il se rendait souvent en France, pendant la guerre. Il a mis la main sur l'argent et les bijoux de nombreux Juifs français déportés. Il avait également promis à deux riches familles juives de Guernesey de les aider à fuir en échange de l'ensemble de leurs biens. Il a obtenu ce qu'il avait demandé mais, le jour dit, il les a précipités dans les bras des garde-côtes et fait abattre. Bref, il a laissé derrière lui une veuve richement pourvue, et en tout état de cause beaucoup mieux lotie qu'elle le faisait croire.

— Hélène était au courant ? demanda Alan. À l'époque ? Était-elle au courant de ce qu'il faisait ? Savait-elle qu'il amassait consciencieusement une fortune au nez et à la barbe des gens ?

Franca secoua la tête.

— Non, elle l'ignorait. Elle l'a appris le jour où il est mort. Elle est restée à son chevet jusqu'à ce qu'il rende son dernier souffle. Il n'est pas mort tout de suite. C'est au cours de ces longues heures qu'il lui a parlé de l'argent et dit où elle le trouverait. Béatrice était dans le jardin. Elle n'a rien su.

— Mon Dieu, murmura Alan. Et pendant toutes ces années…

— … elle n'en a pas soufflé mot. Avouer qu'elle était riche n'aurait pas servi ses intérêts. Béatrice aurait réussi tôt ou tard à lui demander de déménager.

— Dire qu'elle ne cessait de se plaindre d'avoir peu de moyens, se souvint Alan.

Il semblait déconcerté et toujours vaguement incrédule. Après quelques secondes d'un silence pensif, il reprit :

— De temps en temps, elle nous précisait le montant de sa rente de veuve, et elle ne manquait jamais d'ajouter que ce n'était « pas assez pour vivre mais trop pour mourir ». Elle avait raison, c'était vraiment peu.

— C'était une de ses ruses pour forcer Béatrice à s'occuper d'elle, dit Franca. Tous les moyens étaient bons. Elle était d'un égocentrisme féroce.

— Et Kevin était le seul à savoir…

— Oui, et il s'est bien gardé d'en parler, naturellement. Il n'allait pas tuer la poule aux œufs d'or. Le jour de l'enterrement, il s'est glissé subrepticement dans la maison de votre mère. Il espérait trouver de l'argent dans la chambre d'Hélène. Il est tombé sur Béatrice, c'est là qu'il lui a tout raconté. Kevin paraît avoir de gros ennuis financiers.

Alan plissa les yeux et parut plus attentif. Il se redressa imperceptiblement. Le désespoir qui l'accablait semblait soudain moins pesant.

— Kevin était donc le seul à être au courant, dit-il lentement. Kevin savait, et Hélène a été assassinée. Le soir où elle dînait chez Kevin. Le jour de son enterrement, Kevin a tenté de fouiller ses affaires pour trouver de l'argent…

Il ne dit rien de plus, mais le soupçon était là, précis, énorme. Franca laissa échapper un soupir horrifié.

— Oh, non ! Pas Kevin ! Ce n'est pas possible !

En même temps, elle vit sur le visage d'Alan que c'était une possibilité que lui n'avait pas peur d'envisager. À la réflexion, cela faisait longtemps qu'elle aussi avait compris qu'il n'y avait pas grand-chose d'impossible.

— Venez, rentrons au Variouf, dit-elle.

5

Vers minuit, quand Franca et Alan rentrèrent, il faisait doux et le ciel était encore dégagé. La maison était plongée dans l'ombre.

— Pourvu que Béatrice ait réussi à s'endormir, dit Franca. Elle était tellement fatiguée. Elle a vraiment besoin de récupérer.

Ils montèrent au premier sur la pointe des pieds et s'arrêtèrent devant la porte de la chambre de Franca. Alan lui pressa la main.

— Merci, dit-il.

— De quoi ?

— De m'avoir cherché et ramené à la maison.

Elle se sentit brusquement gênée.

— Je vous en prie... c'était naturel... Je suis heureuse que vous alliez bien.

— Non, ce n'était pas naturel. Mais c'était vraiment gentil.

— Un jour, vous êtes bien venu à mon secours, vous aussi, non ? Il aurait été tellement plus simple de ne pas vous embarrasser de cette étrangère hagarde et à demi folle. Vous ne me connaissiez pas du tout.

— Vous vous accrochiez à ma voiture, j'aurais eu du mal à vous ignorer.

— Tout de même, vous n'étiez pas obligé de vous donner ce mal, insista Franca qui presque en même temps se dit que décidément elle était épouvantablement maladroite avec les hommes.

Alan était séduisant, il lui plaisait, la nuit était douce et claire. N'importe quelle autre femme aurait un peu flirté ou au moins cherché à répondre quelque chose de spirituel, ou de piquant, histoire de se mettre un tant soit peu en valeur. Et elle était là, comme une bûche, et elle alignait des phrases polies… Il devait la trouver parfaitement réfrigérante.

— Eh bien, dans ce cas, disons que nous nous sommes l'un et l'autre donné un certain mal pour nous venir mutuellement en aide, concéda-t-il sur un ton où Franca crut percevoir un soupçon d'agacement.

Elle fit alors quelque chose de fou. Quelque chose qu'elle n'avait encore jamais fait et dont elle ne se serait jamais crue capable : elle se dressa sur la pointe des pieds, piqua un baiser rapide sur la joue d'Alan et dit précipitamment :

— Excusez-moi, je dis parfois des choses idiotes.

Puis elle disparut dans sa chambre, ferma ostensiblement la porte et pensa que pour une fois elle avait fait ce dont elle avait envie. Alan la jugerait peut-être bizarre et trop entreprenante, mais elle ne s'en sentait pas moins à cet instant précis en plein accord avec elle-même et ses sentiments.

Elle le revit le lendemain matin au petit déjeuner. Il ne restait rien du temps radieux des jours précédents, comme si au cours de la nuit quelqu'un avait appuyé sur le bouton « pluie ». Quand elle descendit, il était attablé dans la salle à manger devant un bol de muesli aux fruits, des toasts et du café. Il posa le journal qu'il était en train de lire, se leva et l'embrassa.

— Bonjour, dit-il. Avez-vous bien dormi ? Du moins pendant les quelques heures qui restaient ?

— Comme une souche. Et j'avais à peine fermé les yeux que je me suis endormie. Quel dommage que le temps ait changé, reprit-elle en regardant par la fenêtre. Il faisait tellement beau, hier...

Il pleuvait dru, la mer avait disparu derrière de gros nuages bas et gris. Le vent faisait ployer les arbres.

Franca s'assit et empoigna la cafetière. Elle était embarrassée. Elle aurait aimé trouvé un sujet de conversation léger et anodin mais, naturellement, rien ne lui vint à l'esprit.

— Vous ne mangez rien ? remarqua Alan. Pas même un petit toast ?

Elle secoua la tête.

— Non, je vous remercie. Je ne mange pratiquement jamais le matin. En conséquence de quoi, vers dix heures j'ai d'ordinaire une faim de loup et avale n'importe quoi, du chocolat par exemple.

— Bah, vous pouvez vous le permettre.

Il prit un toast, commença distraitement à le beurrer, le reposa, le reprit.

— J'ai réfléchi, dit-il enfin après avoir jeté un rapide coup d'œil en direction de la porte et baissé la voix. Je pense que nous ne devrions pas garder nos soupçons pour nous. Nous devons parler à la police.

— Quels soupçons ? demanda Franca, étonnée.

— Kevin. Ce que vous m'avez raconté hier soir... Hélène, sa fortune, et le fait que Kevin ait été le seul à savoir.

— C'est ce que dit Kevin, l'interrompit vivement Franca. Il croit qu'elle n'en avait parlé qu'à lui, mais nous ne savons pas si c'est vrai. Il est possible qu'elle se soit confiée à d'autres personnes.

— Je ne pense pas. Sinon, l'île entière serait au courant. Guernesey est un village. Les secrets ne le restent jamais longtemps. Que rien de ce que savait Kevin n'ait transpiré relève déjà du miracle. Il faut dire aussi qu'il n'en a certainement jamais parlé à quiconque. Il était préférable que la source merveilleuse ne coule que pour lui. Non, je suis certain que Kevin était bien le seul à savoir.

— Mais…

— Hélène n'était pas sotte. Elle n'aurait par exemple jamais pris le risque de se confier à une pipelette comme Mae. Il ne faut pas oublier que cette affaire a aussi un volet judiciaire. Ces pauvres gens ont été spoliés. L'argent dont on parle a été volé. Hélène n'aurait jamais dû le conserver. Dire la vérité à Kevin était passablement étourdi de sa part, mais j'imagine qu'il fallait qu'elle s'en débarrasse, et aussi qu'elle soulage sa conscience. Kevin, qui était chroniquement fauché, était sans doute le moins mauvais confident. Hélène devait avoir compris qu'il avait tout intérêt à ne rien dire.

— Mais pourquoi Kevin aurait-il tué Hélène ? Il avait constamment besoin d'elle !

— Nous ignorons ce qui s'est réellement passé à Torteval le soir où Hélène a été assassinée. Nous ne connaissons que la version de Kevin. Ils se sont peut-être disputés. Elle lui a peut-être dit qu'elle en avait assez de lui donner de l'argent, que c'était terminé. De quoi pousser Kevin au désespoir. Je ne sais pas dans quoi il s'est embarqué, mais le fait est qu'en ce moment il a l'air aux abois. Vous disiez que ma mère l'a surpris dans la maison le jour de l'enterrement et qu'il semblait parti pour fouiller la chambre d'Hélène. C'était peut-être son plan, tuer Hélène pour mettre la main sur son argent.

— Kevin est la personne que j'imagine le moins commettant un acte pareil, dit Franca, perplexe. C'est-à-dire que... en réalité, je ne peux imaginer personne en train de faire ça, mais Kevin... Il me paraît si gentil, si inoffensif !

— Vous ne savez pas ce qu'il vit, à quelle pression il est soumis. Vous seriez étonnée du nombre de gens doux et inoffensifs qui se transforment en bêtes sauvages quand ils ont le couteau sous la gorge. Sa banque menaçait peut-être d'employer les grands moyens pour récupérer son argent. Ou bien quelqu'un de moins regardant avec la loi.

Franca fronça les sourcils.

— Que voulez-vous dire ?

— Je vois assez bien Kevin trempant dans quelque affaire louche, dit prudemment Alan. Cela dit, ce n'est qu'une supposition, rien ne me permet de l'affirmer. Mais ce besoin constant d'argent... Je connais Kevin depuis des années. Je sais de quoi il vit, et je sais comment il vit. Il mène plutôt grand train. Son compte doit être à découvert plus souvent qu'à son tour. En même temps, il ne doit pas s'agir de sommes bien méchantes. Pas au point de prendre des risques aussi fous...

— Quels « risques aussi fous » ? Jusqu'à maintenant, nous ne savons pas si...

Alan se pencha vers elle.

— Je trouve fou de se faufiler dans une maison pour fouiller les placards d'une femme qui vient de se faire assassiner. C'est vraiment risqué. S'il n'a rien à voir avec la mort d'Hélène, c'est le meilleur moyen de se faire soupçonner, au moins de complicité.

— Pour autant que je sache, il a acheté des serres et présumé de ses capacités de remboursement.

— On ne se ruine pas en achetant des serres. Il a très probablement pris un crédit, et peut-être eu deux, trois incidents de remboursement, mais ce n'est pas ça qui l'a mis au bord du précipice. Il a réussi à le faire croire à Hélène, et peut-être aussi à ma mère, mais sa version me semble plus que douteuse.

Franca se servit une seconde tasse de café. Un léger frisson la parcourut et elle noua ses doigts sur la tasse brûlante. La pièce n'était pas chauffée et un filet d'air froid et humide pénétrait par l'entrebâillement de la fenêtre. Alan la vit frissonner ; il se leva pour fermer la fenêtre et resta un instant à contempler pensivement le jardin sous la pluie.

— Il y a aussi le chauffeur de taxi, dit-il. D'après lui, une voiture l'a suivi tout le long du chemin, de Torteval au Variouf. Si c'était Kevin ?

— Ça m'étonnerait beaucoup. C'est un pur hasard que le chauffeur de taxi n'ait pas vu le numéro d'immatriculation.

— Ce n'est pas possible de lire le numéro d'une voiture qui roule pleins phares derrière vous, encore moins quand elle vous suit de près, et le taxi a dit qu'elle le collait carrément. Kevin peut avoir misé là-dessus.

— Il n'aurait pas misé là-dessus. C'est trop hasardeux.

Alan se tourna vers Franca. Elle fut frappée par son expression concentrée, par l'acuité de son regard. Elle vit en lui quelque chose de l'homme qu'il était au-delà de l'alcool, des nuits blanches et des liaisons improbables. Elle devina l'avocat brillant, l'homme fin, intelligent, structuré et réfléchi. L'essentiel de sa personnalité était là, mais combien fragile quand le démon de l'alcool se mettait à l'œuvre.

— Si on songe au rituel des dîners d'Hélène chez Kevin, cette soirée s'est tout de même passée d'une drôle de façon, remarqua-t-il. Jamais Hélène n'est rentrée seule en taxi. Kevin l'a toujours raccompagnée. Qu'il vienne la chercher et la raccompagne comme un... un parfait chevalier servant était même essentiel à la réussite d'une soirée. Hélène y tenait.

— Ce soir-là, le rituel a été mis à mal dès le début, se souvint Franca. Kevin n'est pas venu chercher Hélène, c'est Béatrice qui l'a accompagnée là-bas.

— Parce qu'Hélène n'était pas invitée seule. C'est par hasard qu'elle...

Alan s'interrompit.

— Au fait, reprit-il, pourquoi ma mère n'est-elle pas restée chez Kevin ? Qu'est-ce qu'elle a fabriqué, toute la soirée, dans les rochers de la pointe de Pleinmont ?

Il y avait longtemps que Franca s'attendait à ce qu'il lui pose cette question. Elle se sentit embarrassée.

— Elle... elle n'allait pas très bien... éluda-t-elle.

Le regard d'Alan se fit plus insistant.

— Pourquoi n'allait-elle pas bien ? Elle vous l'a certainement dit.

Franca hésita puis se lança :

— Elle vous avait téléphoné au cours de l'après-midi. Vous veniez de vous séparer de Maya et...

Elle n'acheva pas sa phrase mais Alan avait déjà compris.

— J'étais fin saoul, dit-il. Je m'en souviens. Ça l'a mise dans tous ses états, c'est ça ?

Franca hocha la tête.

— Elle était bouleversée, malheureuse et complètement désemparée. Je ne l'avais jamais vue comme ça. Elle ne se sentait pas de taille à supporter le babillage et les remarques d'Hélène une soirée entière, et... euh, elle a préféré se réfugier à Pleinmont.

Alan s'appuya au rebord de la fenêtre. Il avait l'air soucieux et pensif.

— Je lui en ai fait voir, dit-il à mi-voix. Pour une mère, ce doit être terrible d'avoir un fils saoul en permanence.

— Elle vous connaît aussi sous un autre jour, protesta Franca avec chaleur. Et en réalité, elle est très fière de vous.

Il sourit.

— Vous êtes vraiment gentille, Franca. Pourquoi n'étiez-vous pas chez Kevin ? Il ne vous avait pas invitée ?

— Mon mari était arrivé à l'improviste le matin même. Il voulait que je rentre en Allemagne avec lui, et moi je voulais divorcer. Nous avions convenu de dîner ensemble pour en parler.

— Et ? fit Alan.

— Pardon ?

— Vous rentrez en Allemagne ou vous divorcez ?

— Je divorce.

Alan hocha la tête mais s'abstint de tout commentaire.

— Il y a quelque chose qui cloche, dans votre théorie, Alan. Kevin ne peut pas avoir eu l'intention de demander de l'argent à Hélène puisqu'il nous avait également invitées, Béatrice et moi.

— Il n'en avait effectivement peut-être pas l'intention. On peut imaginer qu'il s'est dit qu'il ne pouvait pas éternellement inviter Hélène seule, qu'il devait de temps à autre inviter également le reste de la famille. Mais quand il s'est malgré tout retrouvé seul avec elle, il a sauté sur l'occasion pour lui demander de l'argent, ce qu'Hélène, cette fois, a refusé.

— Pourquoi aurait-elle refusé ? Ça faisait des années qu'elle acceptait de l'aider.

— Justement, il y a un moment où ça suffit. Il est possible qu'Hélène ait eu beaucoup d'argent, mais il est également possible qu'elle ait fini par se rendre compte qu'elle aussi pouvait en profiter un peu. Après tout, elle ne pouvait pas être certaine qu'elle n'aurait pas un jour besoin de soins coûteux dans une maison spécialisée. Elle a décidé d'arrêter les frais.

— Hum… fit dubitativement Franca.

Elle prit la cafetière et se servit une troisième tasse de café, ça lui vaudrait des palpitations pour le reste de la journée mais elle se sentait incapable de résister.

— Vous vous souvenez de ce qu'a dit le chauffeur de taxi ? poursuivit Alan. Qu'Hélène l'avait appelé, de chez Kevin. Normalement, ce ne sont pas les invités qui décrochent le téléphone pour appeler le taxi qui va les reconduire chez eux, non ? Kevin aurait été trop ivre pour le faire lui-même. Soit, mais ma mère dit qu'il était parfaitement clair et lucide quand elle lui a parlé quelque temps plus tard au téléphone. Elle n'a pas eu du tout l'impression qu'il avait trop bu. Par ailleurs, le taxi dit qu'Hélène parlait anormalement bas et paraissait troublée. Elle se tenait au milieu de la route quand il est arrivé. Nous connaissons tous les deux Hélène. Jamais elle n'aurait attendu seule dans le noir en pleine nuit au milieu de la route. Elle serait restée à l'intérieur, tout au plus sur le pas de la porte, jusqu'à ce que le taxi arrive et klaxonne. À moins que…

— Oui ?

— À moins qu'elle se soit sentie en danger. Que la menace ait été si forte qu'elle ait dû fuir de chez Kevin. Peut-être a-t-elle déjà dû téléphoner en cachette – ce qui expliquerait qu'elle ait chuchoté. Je la vois tout à fait réussissant d'une façon ou d'une autre à appeler un taxi sans se faire prendre, puis à se faufiler secrètement hors de la maison.

— Hormis le fait que je ne parviens décidément pas à imaginer Kevin en train de menacer qui que ce soit, encore moins au point de le faire fuir, je ne comprends pas – en admettant que ça se soit passé ainsi – pourquoi il aurait tranquillement attendu qu'Hélène appelle un taxi. C'est absurde. Et elle serait ensuite restée un bon moment au milieu de la route sans que Kevin la cherche ? Et vous ne trouvez pas étrange, dans le cas où l'on suit votre raisonnement, qu'elle n'ait pas appelé directement la police ?

Alan allait et venait entre la table et la fenêtre, il s'arrêta finalement devant la fenêtre. La pluie cessait progressivement mais de nouveaux nuages menaçants arrivaient de la mer et des rafales de vent agitaient les arbres mouillés.

— Je trouve très significatif de la part d'Hélène que dans un cas comme celui-ci elle veuille avant toute chose rentrer à la maison. Que Kevin la menace a dû être un choc de taille. Jamais elle n'aurait imaginé ça de lui. Je ne crois pas qu'elle ait pensé à appeler la police. Kevin était son ami, son confident, une sorte de fils. Le seul être auquel elle ait parlé de l'argent que lui avait laissé Erich. On y réfléchit à deux fois avant d'envoyer la police aux trousses d'un ami aussi cher. Ce n'est pas évident. On cherche d'abord à comprendre.

Franca eut un léger haussement d'épaules.

— Et maintenant ? Que faisons-nous ?

— Nous devrions faire part de nos soupçons à la police.

— Et si nous allions d'abord voir Kevin ? suggéra Franca.

Alan était sur le point de répliquer quand Mae apparut sur le seuil de la salle à manger. Personne ne l'avait entendue arriver.

— Bonjour ! dit-elle timidement. J'ai frappé à la porte, mais je crois que vous ne m'avez pas entendue. J'ai rendez-vous avec Béatrice.

Elle portait une robe en lin à manches courtes jaune pâle et des chaussures blanches estivales peu en accord avec le temps de la matinée. Elle avait dû choisir cette tenue la veille et refuser d'en changer simplement parce qu'il pleuvait et faisait presque huit degrés de moins. La chair de poule hérissait la peau fripée de ses bras minces.

C'est bien Mae, songea Franca avec tendresse, elle préfère attraper la mort plutôt que de renoncer à une parcelle de coquetterie.

— Nous avons projeté d'aller à Saint Peter Port, poursuivit Mae. Nous nous promènerons un peu, puis nous déjeunerons quelque part.

— Je pense que ma mère est toujours là-haut, dit Alan. Je monte voir ce qu'elle fait. Assieds-toi et prends un café avec Franca.

Mae s'assit et noua avec reconnaissance ses doigts frigorifiés autour de la tasse.

— Brr... quel temps affreux, fit-elle en jetant un œil vers la fenêtre. On ne croirait pas qu'hier les gens déambulaient en maillot de bain.

— Si seulement il ne faisait pas aussi froid, renchérit Franca. J'ai eu du mal à me résoudre à enfiler un pull-over avant de descendre.

— Je suis passée par Saint Peter Port pour venir, raconta Mae. J'ai vu Maya et Kevin sur les quais. Eh bien, Maya, comme d'habitude, n'avait rien sur elle !

Franca réprima un sourire. Mae était à cent lieues d'imaginer qu'on pouvait lui retourner le compliment.

— Ils parlaient et gesticulaient sous la pluie, sans parapluie, sans imperméable, rien ! J'ai klaxonné, je leur ai fait signe, mais je ne suis même pas sûre qu'ils m'aient remarquée. Ils avaient l'air très absorbés par leur discussion.

Mae poussa un profond soupir et secoua la tête.

— Les jeunes d'aujourd'hui sont tout de même extraordinaires. Enfin, c'est comme ça… Sinon, reprit-elle en baissant la voix et en prenant des mines de conspiratrice, où en sont Maya et Alan ? Ça marche enfin ou pas ?

— Ils se sont séparés, répondit Franca. Et je ne pense pas qu'il faille tenter de les réconcilier. Ils ont une telle différence d'âge… Ils ne peuvent pas avoir la même conception de la vie. Ce serait mieux que chacun reconstruise quelque chose de son côté.

— Alan va avoir du mal, remarqua Mae qui ne pouvait pas s'empêcher de décharger sa petite-fille de toute responsabilité. C'est vrai, quelle femme aurait envie de s'embarrasser d'un homme qui boit ? Et ça n'a pas l'air d'aller en s'arrangeant. Il est vraiment instable.

Franca pensait que l'on pouvait en dire au moins autant de Maya mais elle garda son avis pour elle. Discuter du sujet avec Mae n'eût mené à rien.

À cet instant, Béatrice entra derrière Alan qui venait de redescendre. Sans enthousiasme, elle demanda à Mae si elle tenait réellement à se rendre à Saint Peter Port par un temps aussi détestable. Mae prit un air signifiant qu'elle serait profondément offensée que Béatrice annule leur rendez-vous.

— Bon, bon, capitula Béatrice, mais tu veux vraiment partir comme ça ? Tu dois être frigorifiée !

— Je n'ai absolument pas froid, prétendit Mae. On peut partir quand tu veux.

Alan se tourna vers Franca.

— Ça ne vous dit pas de partir en même temps ? Nous irions ensuite de notre côté, mais rester ici toute la journée à regarder tomber la pluie me décourage à l'avance.

— C'est une bonne idée, Franca, intervint promptement Béatrice. Joignez-vous donc à Alan. S'il reste seul ici jusqu'à ce soir…

— … il va à tous les coups boire jusqu'à plus soif, conclut Alan à sa place sur un ton amer. Pas de soucis, maman, je vais suffisamment trouver à m'occuper l'esprit pour ne pas me rabattre sur la bouteille.

— Alan n'avait rien bu, hier soir, dit Franca. Il était tout à fait bien.

Alan sourit.

— Merci, Franca. Je crains toutefois que cette déclaration n'impressionne guère ma mère. Elle est convaincue de mon intempérance chronique. Ce n'est pas un malheureux soir d'abstinence qui va la faire changer d'avis.

Un silence gêné s'installa brièvement, puis Mae déclara sur un ton exagérément enjoué :

— Bon, eh bien, allons-y ! Nous allons passer une petite journée formidable !

— Partez devant, dit Alan. Franca et moi vous rejoignons un peu plus tard. Nous ne sommes pas obligés de rester toute la journée bras dessus, bras dessous.

Il était évident qu'il n'avait pas envie d'être trop dans le voisinage de sa mère, surtout après qu'elle lui avait maladroitement rappelé qu'elle le tenait pour un buveur invétéré.

— Dis tout de suite que tu ne... commençait déjà Béatrice, vexée, quand Franca l'interrompit.

— Nous pourrions peut-être tous nous retrouver pour déjeuner quelque part ce midi ? proposa-t-elle vivement pour désamorcer la situation.

Ils convinrent de se retrouver vers une heure chez Bruno, un restaurant italien situé sur le port. Il était dix heures, et il pleuvait toujours.

La pluie cessa presque brutalement à midi et demi. Un vent puissant déchira les nuages, laissant la place à des pans de ciel bleu toujours plus grands. Sous l'effet du soleil, la terre se réchauffa si vite que des nuées de vapeur montèrent du sol, saturant l'air d'humidité. Alan et Franca revenaient d'une promenade sur la falaise jusqu'à Moulin Huet Bay, mouillés jusqu'aux os, les cheveux dégoulinants et leurs vestes imperméables luisantes de pluie.

— À croire qu'il fallait qu'on rentre pour qu'il s'arrête de pleuvoir, dit Alan. On ne pouvait pas calculer plus mal notre sortie.

— Nous devons nous dépêcher de partir, dit Franca en regardant la pendule. Votre mère et Mae doivent déjà nous attendre.

— Bah, laissons tomber ce déjeuner, proposa Alan. Je n'ai vraiment pas envie de passer deux heures à écouter les bons conseils de ma mère devant une assiette de spaghettis.

— Nous ne pouvons pas les laisser en plan chez Bruno comme ça, objecta Franca. Allez, courage, il faut y aller !

Alan soupira et, vaincu, sortit ses clés de voiture du fond d'une poche de son pantalon.

— Vous êtes dans quel état, sous votre veste, sèche ou trempée ? Avez-vous besoin de vous changer ?

— C'est bon. On peut y aller.

La voiture se trouvait à l'entrée du jardin, près du portail. Ils descendaient l'allée bordée de fleurs mouillées, arrosés çà et là par les gouttes qui tombaient encore des arbres, quand soudain Franca se figea sur place.

— Mince ! s'exclama-t-elle en allemand.

Alan la regarda sans comprendre.

— Qu'y a-t-il ?

Elle réfléchit rapidement.

— Finalement, je préférerais tout de même me changer, dit-elle alors, en anglais cette fois. Je ferais bien aussi de me recoiffer un peu… Je n'en aurai pas pour longtemps, vous m'attendez ?

— Bien sûr. Je descends tranquillement jusqu'à la voiture.

Elle regagna la maison en courant, monta dans sa chambre et ferma la porte derrière elle. En se levant, elle avait oublié. Elle avait oublié de prendre son comprimé. Elle ouvrit le tiroir de sa table de nuit et prit la boîte de tranquillisants. Elle était vide.

Vingt minutes s'étaient écoulées et elle n'avait toujours découvert aucun comprimé caché dans un recoin oublié de sa chambre. La boîte qu'elle conservait dans le tiroir de sa table de nuit était vide. Elle l'avait regardée, les yeux exorbités, sans comprendre. Elle essaya de se souvenir de ses gestes de la veille au soir : elle avait avalé un comprimé avant de partir à Saint Peter Port avec Béatrice. Elle s'était dépêchée, mais elle se rappela qu'elle avait pris le dernier comprimé d'un blister. Elle avait regardé dans la boîte et cru y voir un second blister plein. À l'évidence, elle s'était trompée : la seule chose qu'elle découvrit dans l'étui de carton était la notice explicative soigneusement pliée en huit.

— Et merde ! lâcha-t-elle à haute voix.

Elle avait été trop énervée, elle aurait dû faire plus attention, être moins négligente. À vrai dire, ça faisait un bon bout de temps qu'elle était négligente. Aucune pharmacie de l'île ne vendait la préparation dont elle avait besoin. Cela faisait au moins deux semaines qu'elle aurait dû téléphoner en Allemagne pour s'en faire envoyer.

Elle se tenait au milieu de la pièce.

Qu'est-ce qui m'a pris de laisser filer le temps comme ça ? se demandait-elle. Ça ne m'est encore jamais arrivé.

Elle recommença à fouiller sa chambre, sans pouvoir s'empêcher de penser à Erich qui, le jour de sa mort, en proie à une panique croissante, avait de même retourné la maison dans l'espoir de découvrir un ultime comprimé salvateur.

Tu n'es pas Erich, se répétait-elle, tu n'es pas comme lui. Calme-toi.

Plus facile à dire qu'à faire. Sa nervosité grandissait. Le picotement au bout de ses doigts s'accentuait. Plus que quelques minutes et ses mains trembleraient.

Elle regarda autour d'elle, crispée sur le contrôle de l'attaque de panique qu'elle sentait venir.

Je suis simplement inquiète parce que je sais que je n'ai pas mes médicaments, se dit-elle, sinon, je ne remarquerais rien. C'est mon imagination qui travaille. Ce n'est pas une véritable angoisse.

Elle ne pouvait pas rester éternellement dans sa chambre. Elle regarda sa montre : bientôt une heure, cela faisait maintenant vingt-cinq minutes qu'elle s'était éclipsée. Alan n'allait pas tarder à surgir pour voir ce qui se passait. Et elle ne s'était toujours pas changée alors qu'elle avait prétendu que c'était pour cette raison qu'elle remontait.

Ma valise, se dit-elle, il y en a peut-être encore une boîte dans ma valise. Où est-elle ?

Elle fouilla rapidement la pièce des yeux, puis elle se souvint qu'elle l'avait rangée au-dessus de l'armoire. Elle prit une chaise, monta dessus et ouvrit la valise. Elle ne voyait pas ce qu'elle faisait car, même debout sur la chaise, ses yeux n'arrivaient pas à la hauteur du couvercle. Ses mains glissèrent sur la doublure en tissu du fond, tâtonnèrent, fouillèrent chaque angle : la valise était vide.

Restait la poche intérieure. Elle se dressa sur la pointe des pieds pour atteindre la fermeture à glissière, tendit les bras. Elle portait encore ses bottes en caoutchouc ; soudain le bois lisse de la chaise se déroba sous ses pieds. Le rebord de l'armoire auquel elle tenta de se rattraper lui échappa et elle perdit l'équilibre. Au moment où elle partait en arrière, deux mains se plaquèrent sur ses hanches et la retinrent solidement.

— Attention ! C'est comme ça qu'on se casse quelque chose ! dit la voix d'Alan. Qu'est-ce que vous cherchez là-haut ?

Franca avait repris son équilibre, elle se retourna et regarda Alan. Il la lâcha.

— Merci, dit-elle. Il était vraiment moins une.

— Excusez-moi d'être entré comme ça dans votre chambre, mais depuis le temps que j'attendais dans la voiture, j'ai fini par me dire que quelque chose ne tournait pas rond. Et… mais vous ne vous êtes pas changée ? Vous avez même encore votre veste et vos bottes !

Difficile de le contester. Elle acquiesça d'un hochement de tête. Il lui tendit la main pour l'aider à descendre de la chaise.

— Vous êtes toute pâle, remarqua-t-il. Il y a quelque chose qui ne va pas ?

Elle se tenait devant lui, mouillée, les bras ballants, convaincue d'être pitoyable.

— Vous le savez bien, dit-elle d'un ton résigné. Vous savez bien ce qui ne va pas.

Il hocha la tête.

— Vos tranquillisants.

— J'en prends un le matin, un le soir, et c'est bon. Ce matin, je n'en ai pas pris, il faudrait absolument que j'en prenne un maintenant. Mais je n'en ai plus !

Elle fit un geste de la main en direction de la table de nuit. Le tiroir était ouvert, la boîte vide et la notice chiffonnée étaient posées sur le dessus, à côté de la lampe.

— Je suis trop bête ! s'exclama-t-elle en luttant de toutes ses forces contre les larmes qu'elle sentait poindre. Depuis des jours je crois que cette stupide notice est un blister plein. Je pensais que j'avais encore le temps d'en commander. Et là, j'espérais que… je me suis dit qu'il y en avait peut-être dans la valise…

— Mais il n'y avait rien.

— Rien. La valise est vide. Et je ne sais plus où chercher.

Alan fit le tour de la pièce des yeux.

— Il n'y a sans doute effectivement plus rien, dit-il.

— Oui. C'est bien ce que je crains.

Ils se regardèrent, aussi indécis et à court d'idées l'un que l'autre, puis Alan déclara :

— Mais vous n'avez pas besoin de ce truc !

Franca eut un rire amer.

— Vous savez mieux que personne que j'en ai besoin. Je suis certaine que vous vous souvenez de l'état dans lequel j'étais quand vous m'avez ramassée dans la rue l'année dernière.

— Comme vous le dites très justement, c'était l'année dernière, en septembre, je m'en souviens effectivement très bien. À présent nous sommes au mois de mai et la femme qui est devant moi a peu de choses en commun avec la jeune personne tremblante et perdue qui s'accrochait alors à ma voiture après un passage, disons « remarqué », à La Terrasse.

— Je n'ai pas changé, protesta Franca.

— Oh si, vous avez changé ! Vous ne pouvez peut-être pas vous en rendre compte parce que vous n'avez pas de recul par rapport à vous-même, mais vous avez beaucoup changé. Pour ma part, je crois que vous pouvez laisser tomber les comprimés.

Elle sentit la colère la gagner. Elle avait lu des dizaines de manuels pratiques de psychologie, elle connaissait toutes ces phrases par cœur :

Vous n'avez pas besoin de médicaments !
Vous êtes forte !
Vous n'avez rien ni personne à redouter !
Vous réussirez tout ce que vous entreprendrez !

Elle ne croyait plus à ces formules toutes faites, à ces pitoyables tentatives de balayer par la suggestion les difficultés au milieu desquelles un être se débattait. C'était parfaitement inefficace, il est vrai que ça n'aggravait pas non plus les choses, mais elle en avait assez de ces gens qui s'imaginaient la guérir à si bon compte.

— Qu'est-ce qui vous permet de croire ça ? demanda-t-elle sur un ton dur. Vous me connaissez donc si bien ?

Il ne réagit pas à son agressivité.

— Je ne vous connais pas extrêmement bien, c'est vrai. Mais j'ai deux yeux en état de fonctionner et je vous vois différente. Vous pouvez ne pas avoir envie de l'entendre, vous pouvez le contester, ce n'en est pas moins *mon* impression.

— Eh bien, peut-être qu'elle ne m'intéresse pas, rétorqua-t-elle avec insolence. Par ailleurs, ça ne manque pas de sel que justement vous qui…

Alan acheva sa phrase pour elle.

— … êtes alcoolique vous permettiez de donner des conseils, dit-il. Ce n'est pas faux, mais cette particularité me donne aussi une certaine compétence, vous ne croyez pas ? Vous ne me faites pas du tout l'effet d'une personne instable, dépourvue d'autonomie, fragile et faible. Vous êtes une jeune femme active et énergique qui suit la voie qu'elle s'est tracée et qui, pour des raisons qui aujourd'hui n'ont plus lieu d'être, croit avoir besoin de psychotropes pour tenir debout.

Elle entendait ce qu'il disait mais les mots semblaient refuser de pénétrer dans sa tête.

— J'ai besoin de ces médicaments, dit-elle. Je ne peux pas vivre sans.

Il n'y avait plus de colère en elle, seulement de la résignation.

— Et vous ne pouvez pas en trouver ici ?

— Non. Je le sais depuis mon séjour de l'année dernière. Il faut que je les commande en Allemagne, par l'intermédiaire de mon analyste.

Alan se dirigea vers la table de nuit, prit la notice froissée et la glissa dans sa poche.

— Il y a là-dessus la composition exacte. Le nom des substances chimiques ne doit pas beaucoup varier d'une langue à l'autre. Avec un peu de chance, un pharmacien devrait pouvoir nous trouver une préparation similaire.

Franca haussa les épaules d'un air las.

— Je ne sais pas. Ce sont des médicaments que l'on délivre sur ordonnance, Alan. Ce ne sont pas de petites pilules anodines.

— Nous essaierons, dit-il d'une voix égale. Pouvons-nous y aller, maintenant, ou voulez-vous réellement vous changer ?

Elle le regarda sans comprendre.

— Vous voulez que je vous accompagne à Saint Peter Port ?

Il regarda sa montre.

— Une heure et quart ! Nous avions rendez-vous à une heure. Nous devons nous dépêcher. Nos chères vieilles ladies sont certainement déjà en train de nous voir au fond d'un fossé.

— Je ne peux pas venir.

— Pourquoi ?

Elle sentit à nouveau la colère la gagner. Cette stratégie ridicule qui consistait à faire semblant de ne pas comprendre commençait à lui taper sur les nerfs.

— Pourquoi ? Je me trompe peut-être mais j'avais l'impression d'avoir été claire ! Vous croyez que nous parlions de quoi, à l'instant ? Du temps qu'il fait ?

Elle entendait sa voix prendre une déplaisante inflexion aiguë sous l'effet de l'angoisse qui agaçait ses nerfs, de la panique qu'elle ne pourrait bientôt plus retenir.

Alan ne réagit pas à la provocation.

— Je crois que j'ai tout à fait compris de quoi nous parlions. Simplement, je ne vois pas pourquoi vous devriez rester à la maison. Vous n'avez pas de médicaments et vous craignez d'avoir une attaque de panique. D'accord, mais si elle doit survenir, elle surviendra, ici comme à Saint Peter Port. Vous ne serez nulle part sûre d'y échapper. Alors autant venir.

— Si je reste ici, elle ne sera pas aussi violente.

— En êtes-vous certaine ?

Elle se sentit d'un coup affreusement fatiguée.

— Je ne sais pas. Quand j'ai une crise, je me sens vraiment très mal, et je préférerais éviter de subir ça en public.

— Je vous comprends. Mais ici vous seriez complètement seule, je ne trouve pas que ce soit bien non plus.

Sa fatigue grandit et Franca comprit qu'elle était momentanément à l'abri d'une crise. Quand un épuisement aussi intense l'assaillait, cela signifiait que la panique avait reflué avant de faire son œuvre. C'était un peu comme si elle se muait temporairement en une faiblesse absolue. Il lui faudrait un certain temps avant de reprendre corps. Au moins le temps que Franca retrouve quelque énergie.

Elle n'eut même plus la force de retenir ses larmes. Elles jaillirent soudain de ses yeux et roulèrent sur ses joues.

— Je suis désolée, balbutia-t-elle. Je ne sais pas pourquoi je pleure. Je suis fatiguée. Je suis tellement fatiguée.

Les bras d'Alan l'entourèrent, elle sentit le contact humide de sa veste de pluie contre son visage, mais ce n'était pas désagréable, et de toute façon elle pleurait déjà tellement... Une douce obscurité l'enveloppa, les bras d'Alan étaient un réconfort, une consolation et un soutien.

Une voix lui parvint de très loin :

— Tu n'as pas de raison d'être désolée. Pleure. Pleure simplement, pleure tout ton saoul !

Elle se laissa aller à ses larmes, céda à ses bras, à sa voix. Même si elle en avait eu la force, elle n'y aurait pas résisté.

J'ai besoin de force, songeait-elle, j'ai absolument besoin de force.

À son étonnement, elle découvrit qu'elle avait trouvé une source où en puiser.

6

Quand ils arrivèrent enfin chez Bruno, il était deux heures de l'après-midi.

— Ma mère doit être dans tous ses états, dit Alan. Elle est certainement persuadée que je suis affalé, ivre mort, dans un coin et que tu n'arrives pas à me traîner jusqu'ici.

Depuis la scène dans la chambre de Franca, ils avaient cessé de se vouvoyer. Franca avait pleuré pendant une demi-heure. Elle avait sangloté, tremblé, mais s'était aussi rendu compte que ce n'était pas tant parce qu'elle n'avait pas ses médicaments qu'elle pleurait que parce que des années de tristesse et de souffrance accumulées jaillissaient d'elle, des années d'indifférence de Michael, d'absence d'amour, de vexations et, de son côté à elle, des années de passivité.

Il l'avait laissée pleurer jusqu'à ce que ses larmes se tarissent d'elles-mêmes, jusqu'à ce qu'elle s'apaise, jusqu'à ce que son chagrin s'épuise. À un moment, il avait dit doucement en lui caressant les cheveux : « Je sais ce que tu ressens. Je sais tellement ce que tu ressens. »

Elle avait eu le sentiment qu'il s'accrochait à elle comme elle s'accrochait à lui, que lui aussi puisait du réconfort en elle, même si, en apparence, elle seule puisait de la force en lui.

« Ça va, maintenant », avait-elle enfin dit en se libérant, un peu confuse, de ses bras.

Elle s'était recoiffée d'un geste de la main.

« Je dois avoir une tête épouvantable.

— Tu es très jolie, dit-il, mais il faut que tu te nettoies un peu le visage sinon ma mère et Mae vont se poser des questions. »

Elle s'était rendue dans la salle de bains, s'était aspergée le visage d'eau froide, s'était mouchée et brossé les cheveux. Elle n'était toujours pas au mieux de sa forme, mais elle n'avait pas le temps de faire mieux.

Tant pis, songea-t-elle, et Alan n'est pas Michael. Il n'aura pas honte de se montrer avec moi dans cet état.

Durant le trajet jusqu'à Saint Peter Port, ils n'échangèrent pas un mot sur l'incident. Entre-temps, le vent avait chassé les derniers nuages et le ciel était aussi bleu que la veille.

« Je savais bien que la pluie ne durerait pas, dit Alan, heureux comme un enfant. Finalement, je connais encore bien mon île !

— As-tu déjà songé à t'y installer ?

— J'ai parfois un peu de nostalgie. Mais même en cherchant bien, l'île ne m'offrirait guère de possibilités professionnelles. Et c'est malgré tout un facteur à prendre en compte... C'est le facteur essentiel », ajouta-t-il après une courte pause, comme s'il devait lui-même s'en convaincre.

Arrivé devant le restaurant, Alan évoqua l'état dans lequel devait se trouver sa mère.

— Je n'ai jamais vu ta mère « dans tous ses états », remarqua Franca. C'est une personne extraordinairement forte. Je l'admire beaucoup.

— Hum... Je ne suis pas loin de penser qu'elle cultive parfois un peu trop ce côté « personne extraordinairement forte », dit pensivement Alan. Elle tient tant à cette image d'elle-même que ça la rend vulnérable. Tu m'as raconté qu'Hélène lui avait menti toute sa vie pour qu'elle ne la mette pas à la porte et s'occupe d'elle. Quand on y regarde de plus près, rien pourtant ne justifiait que maman gardât sous son toit pendant plus de cinquante ans la veuve d'un officier d'occupation. Elle aurait eu tant de possibilités... si elle ne s'était pas crue obligée de s'installer sur l'île et de cultiver ces roses qu'elle n'aimait pas. Mais quelque part, ça devait lui plaire d'offrir l'asile à Hélène, de jouer au chef de famille solide qui élève un enfant, s'occupe d'une vieille femme fragile et prend tout et tout le monde en charge. Je crois que ce qui l'accable le plus aujourd'hui, ce sont moins les événements actuels que la découverte que, en matière de force et de raffinement, Hélène l'ait surpassée. Elle a investi son énergie sur une personne qui n'en avait pas du tout besoin. Ça doit être dur à avaler.

Franca réfléchit à ce qu'Alan venait de dire en le suivant à l'intérieur du restaurant. Seules quelques tables étaient occupées ; le beau temps avait attiré les touristes sur la côte. Mae, dont la robe d'été s'avérait finalement en accord avec la couleur du ciel, était assise à une table dans un angle de la salle. Elle jetait autour d'elle des regards désespérés. Quand elle aperçut Alan et Franca, elle fit de grands gestes.

— Vous voilà enfin ! Vous avez plus d'une heure de retard ! Que s'est-il passé ?

— Maman est déjà partie, à ce que je vois, dit Alan.

Ils s'assirent en face de Mae et Alan reprit :

— Excuse-nous, Mae. Nous sommes allés faire une balade et nous avons complètement sous-estimé les distances. J'espère que tu as déjà mangé quelque chose.

Un verre de sherry était posé devant elle. Elle acquiesça.

— Oui, mais à vrai dire je n'avais pas beaucoup d'appétit. J'ai à peine touché à mon assiette.

Franca eut l'impression que ce n'était pas seulement leur retard, à Alan et elle-même, qui perturbait Mae. Il y avait autre chose dans l'air.

— Où est Béatrice ? demanda-t-elle.

— Elle n'est pas venue, répondit Mae sur un ton qui exprimait à la fois de la colère et du dépit. Tout de même, on peut me le dire quand on n'a pas envie de me voir. Je ne force personne. Mais qu'on me raconte que nous allons nous promener ensemble en ville, que nous déjeunerons ensuite gentiment quelque part, puis qu'on me laisse tomber comme une vieille chaussette et que je me retrouve à attendre toute seule pendant deux heures, je ne trouve pas ça correct. J'aurais très bien pu organiser ma journée autrement.

— Nous n'avons pas deux heures de retard, protesta Alan. Seulement un peu plus d'une heure.

— Je suis là depuis midi, insista Mae, et il est bientôt deux heures et demie.

— Depuis midi ? Mais pourquoi ? Et pourquoi ma mère n'est-elle pas venue ?

— Elle a rencontré un ami. Sur l'esplanade nord. Et de cet instant, elle a oublié que j'existais.

Alan plissa le front.

— Un ami ? Et elle est en ce moment avec lui ?

— Ils avaient l'air d'avoir envie de s'asseoir à une terrasse, sur le port, pour prendre un café. Le temps s'était mis au beau. Ils ne m'ont pas dit expressément qu'ils ne voulaient pas de moi, mais quand je dérange, je m'en rends compte. Et je ne m'impose pas... Béatrice m'a dit qu'elle serait là à une heure et demie, je devais vous prévenir qu'elle nous rejoindrait un peu plus tard. J'ai tout de suite compris qu'elle oublierait l'heure.

— Qui est-ce, cet ami ? demanda distraitement Alan qui étudiait la carte.

Il avait sauté toutes les pages pour s'arrêter sur celle des vins ; quand il s'en aperçut, il revint rapidement en arrière pour retrouver les plats de pâtes et de riz.

Mae se pencha légèrement en avant, baissa la voix et prit un air mystérieux.

— Vous n'allez pas le croire, dit-elle. Après toutes ces années... J'ai cru, d'abord, qu'elle se faisait des idées, mais elle avait raison. C'était bien lui.

— Et qui était-ce ? demanda Franca.

— Julien. Le Français. Le fameux Français de l'Occupation.

— Qui est Julien ? s'enquit Alan, étonné.

— Ce n'est pas possible ! s'exclama Franca en même temps que lui.

Alan commanda des *rigatoni* à la napolitaine et Franca, qui, après avoir tant pleuré, avait le sentiment de pouvoir s'autoriser un petit péché, des spaghettis aux quatre fromages. Ils burent un vin rouge italien pour accompagner leur plat et Alan voulut savoir qui était Julien. Mae avait sans doute promis un jour à Béatrice de ne rien dire de Julien à Alan ; en même temps, elle brûlait d'être celle qui lui révélerait quelques détails de la vie de sa mère.

— Ce qui est extraordinaire, dit-elle, c'est que déjà l'année dernière, un soir, Béatrice avait cru l'avoir reconnu. Nous étions au Nautique, ce devait être fin août ou début septembre, et soudain, elle a fait une drôle de tête et dit qu'elle l'avait vu, sur le quai, parmi les passants. Je lui ai répondu qu'elle devait se tromper. Après tout ce temps, je pensais que de toute façon il n'était pas possible qu'elle le reconnaisse, mais elle avait l'air assez sûre d'elle. Et ce matin, tout d'un coup, elle s'est figée sur place et elle a dit : « C'est Julien ! » Je dois avouer que, moi aussi, je l'aurais reconnu. C'est un vieux monsieur, il n'a pas loin de quatre-vingts ans, mais son visage a très peu changé. Il ne fait pas son âge, et c'est toujours un très bel homme... Déjà, à l'époque, il était rudement séduisant, il faut l'avouer, conclut Mae avec un soupir.

— Quelqu'un pourrait-il enfin m'expliquer qui est ce Julien ? répéta Alan. Pour que ma mère en oublie un rendez-vous à déjeuner avec nous trois, il doit avoir pour elle une importance certaine.

Mae baissa les yeux et Franca se dit que rien qu'à voir ses minauderies, même quelqu'un de moins intelligent qu'Alan aurait compris depuis longtemps de quoi il retournait.

— Un ami de jeunesse, dit-elle, du temps de la guerre. Il travaillait pour Erich Feldmann.

— Ah, ah, fit Alan, le premier amour de maman ?

Franca ne vit aucune raison d'en faire mystère.

— Oui, intervint-elle avant que Mae ne réponde. Ils ont vécu quelques grands moments romantiques. Il avait réussi à s'enfuir et...

— ... ce sont mes parents qui l'ont caché, poursuivit Mae. Il vivait chez nous dans le grenier. C'était naturellement très dangereux. Mon père aurait pu y laisser sa vie.

— Je vois, fit Alan, et maman a passé quelques petites heures à flirter avec son amoureux dans votre grenier ?

— On peut le dire comme ça, oui, fit Mae.

On devinait, à son intonation, combien, aujourd'hui encore, elle avait du mal à accepter que Julien, jadis, lui ait préféré Béatrice.

— Béatrice était naturellement beaucoup trop jeune, poursuivit-elle, et je trouve que...

— Il faut se remettre dans les conditions de l'époque, observa promptement Franca. Je crois que les gens, y compris les tout jeunes gens, avaient une conscience aiguë de la fragilité des choses. Tout pouvait basculer du jour au lendemain. On n'attendait pas d'avoir l'âge pour tomber amoureux. On prenait ce que la vie offrait, et on le prenait vite.

— On ne peut pas dire non plus que de nos jours les jeunes filles soient beaucoup plus patientes, remarqua Alan. J'ai même parfois l'impression qu'il n'y a plus vraiment d'âge pour commencer.

Mae hocha la tête d'un air entendu.

— C'est bien vrai, et je trouve cela fort regrettable. Ces enfants passent à côté des véritables sentiments, à côté de la véritable expérience d'un événement merveilleux. Je me rappelle encore combien j'étais consternée quand j'ai appris que Maya avait eu sa première expérience sexuelle à treize ans. À treize ans ! Sur la banquette arrière d'une voiture. Je parie qu'elle ne sait même plus comment ce garçon s'appelait.

— J'en suis bien certain, dit sèchement Alan. Se souvenir du nom de tous ses amants équivaudrait pour Maya à connaître par cœur l'annuaire de Jersey et Guernesey réunies. On ne peut exiger ça de personne.

Mae pinça les lèvres mais n'osa pas répliquer. Elle savait qu'Alan avait raison.

— Bon, eh bien, fit-elle en prenant son porte-monnaie dans son sac à main, je ne vais pas attendre Béatrice plus longtemps. Je trouve son comportement très impoli, mais dans un sens ça ne m'étonne pas d'elle.

— Range ton porte-monnaie, Mae, dit Alan, je t'invite. Et excuse l'oubli de maman. Mais si cet homme était son premier amour…

Il lui décocha son plus beau sourire, espérant lui en arracher un en retour. Mae ne se laissa pas attendrir. Elle quitta le restaurant la tête bien droite, le menton en avant, vivante image de la dignité offensée.

— Je constate que tu en sais plus long sur la vie de ma mère que moi-même, dit Alan après que Mae fut partie. À moi, elle n'a jamais rien raconté sur ce Julien.

— Je n'ai pas l'impression que les mères parlent très souvent de leur vie sentimentale à leurs fils. Ne prends pas ça personnellement, dit gentiment Franca.

Mais Alan avait déjà épuisé le sujet. Qui sa mère, un jour, avait ou n'avait pas fréquenté ne semblait l'intéresser que modérément. En revanche, il paraissait soulagé que Mae leur ait faussé compagnie.

— J'ai réfléchi, dit-il, je pense que le mieux serait d'aller chez Kevin et de lui dire carrément ce que nous soupçonnons. Nous verrons comment il réagit. Je peux lui proposer de le défendre. Je crois que ce serait fair-play.

— Si ce n'est pas lui, objecta Franca, ce dont je suis persuadée, il risque d'être très vexé. Et à juste titre. Ce n'est pas d'une broutille qu'on parle, Alan, c'est d'un meurtre. Et d'un meurtre particulièrement affreux... D'ailleurs, c'est la raison pour laquelle je ne peux pas imaginer que Kevin soit le meurtrier, ajouta-t-elle en secouant la tête. Même si tout concorde, Alan, même si tout ce que tu dis se tient, jamais, jamais Kevin n'aurait égorgé Hélène. Il l'aurait, à la rigueur, étranglée, ou assommée à coups de bouteille, dans un accès de désespoir, sous le coup de l'émotion, mais il n'aurait pas pu faire une chose aussi horrible. Kevin est... Kevin est beaucoup trop... délicat, dit-elle enfin en sachant que le mot qu'elle avait trouvé était maladroit mais juste. Il est trop délicat pour commettre un acte aussi barbare.

— Nous devons lui faire part de nos réflexions, s'obstina Alan. Il aura peut-être des choses à dire qui vont tout désamorcer. C'est mieux que d'aller directement au poste de police et de le mettre en situation de devoir ensuite s'expliquer devant une brochette d'officiers.

— Je me sens vraiment pitoyable, dit Franca.

Elle repoussa son assiette à moitié pleine, elle n'avait pas faim. La panique la guettait. Elle va me tomber dessus avant ce soir, songeait-elle, je ne sais pas quand, mais ce ne sera pas à un bon moment. Chez Kevin, peut-être.

À son tour, Alan repoussa son assiette. Il ne semblait pas avoir faim non plus.

— Je suis sûr que la police ne va pas tarder à avoir l'œil sur Kevin. Eux aussi réfléchissent, cherchent, échafaudent des hypothèses... Ils ne restent pas les bras croisés ; ils vont se rendre compte qu'il y a des points qui mériteraient quelques éclaircissements. Ça va prendre un peu de temps parce qu'ils ignorent encore certaines choses – qu'Hélène avait de l'argent, que Kevin lui soutirait tout ce qu'il pouvait, que le jour de l'enterrement il a essayé de s'introduire dans sa chambre pour la fouiller, etc. Mais, crois-moi, ils vont découvrir tout ça et ce jour-là Kevin ne va pas rire. En fait, nous lui rendons service en intervenant avant la police.

La démonstration d'Alan était convaincante, et cependant Franca avait un mauvais pressentiment. Elle s'efforça de le refouler dans un coin de sa tête. Après tout, elle était peut-être simplement déprimée parce qu'elle n'avait plus de médicaments.

— Bon, eh bien, allons-y, alors, dit-elle en se levant de table.

Le petit café possédait une terrasse située directement sur l'eau, un simple plancher de bois, des tables et des chaises modestes, des parasols effrangés. Le bâtiment était orienté de façon à arrêter le moindre souffle de vent, si bien qu'il commençait à y faire très chaud.

Béatrice, qui avait enlevé sa veste imperméable depuis longtemps, fit glisser son pull-over par-dessus sa tête. Elle portait dessous un tee-shirt blanc sur lequel une tête de cheval était imprimée.

— On n'aurait jamais cru qu'il allait faire une chaleur pareille aujourd'hui, dit-elle en tentant de remettre de l'ordre avec ses doigts dans ses cheveux ébouriffés.

Julien la regardait en souriant.

— Tu vas trouver ce que je vais dire un peu stupide, Béatrice, mais tu n'as pas beaucoup changé, tu sais. Tu as vieilli, bien sûr, comme moi, mais tes gestes, ton rire, ta façon de tenir la tête… c'est comme avant. Tu ne donnes pas l'impression d'être une vieille femme. Tu pourrais encore être la jeune fille qui lisait Victor Hugo avec moi dans le grenier du Variouf.

— Là, tu exagères, protesta Béatrice. Je suis à des années-lumière de cette jeune fille. Une vie entière m'en sépare.

— T'est-il arrivé de relire *Notre-Dame de Paris* depuis cette époque ?

Elle le regarda en se demandant ce qu'elle pouvait lui confier de ses sentiments.

— Je l'ai souvent relu, dit-elle finalement. Chaque ligne éveille des souvenirs. Et j'imagine que plus on vieillit, plus on ressasse ses souvenirs.

— Je l'ai moi aussi souvent relu. Et je ne pouvais pas m'empêcher de penser à nous.

Il sortit une boîte de cigarillos, en proposa un à Béatrice, qui refusa d'un geste de la tête. Elle n'avait jamais aimé les cigarillos.

— Après coup, on a tendance à magnifier les choses, poursuivit-il. Je dois réellement faire un effort pour me souvenir que cette période n'était pas du tout aussi romantique que je me laisse aller à le croire. Elle était dure, cruelle, j'étais désespéré. Les nazis me volaient ma vie. Je voyais le ciel bleu de la lucarne de mon grenier et j'aurais voulu pouvoir hurler contre mon destin. Mais tu le sais bien. Je me plaignais tellement, à l'époque.

— Oui, et en parlant de destin tu as utilisé le mot juste, remarqua Béatrice. C'était notre destin. Le tien comme le mien. Que nous n'en percevions plus aujourd'hui que son côté romantique est plutôt bon signe, ne nous l'interdisons pas. Cela signifie que nous avons accepté notre part de l'histoire, que nous nous sommes réconciliés avec notre destin. C'est bien. C'est mieux que sombrer dans l'amertume et être sujet à toutes les maladies.

Il eut un instant d'étonnement puis éclata de rire.

— Je reconnais bien là ton merveilleux sens pratique. Nous serions sujets à toutes les maladies ! Je crois que je ne connais pas une autre femme qui eût fait ce rapprochement.

Elle tournait son café en observant Julien avec une intensité extrême, comme elle le faisait depuis qu'ils étaient assis à cette table. Il avait près de quatre-vingts ans mais elle ne lui en aurait pas donné plus de soixante-dix. Ce qu'il lui avait dit de sa façon de se mouvoir, de la jeunesse de son apparence valait au moins autant pour lui. On pouvait lui retourner le compliment. Il n'avait pas l'air d'un homme âgé. Ses cheveux de jais étaient devenus blancs, des rides creusaient son visage, mais ses yeux avaient le même éclat, et ils étaient remarquablement vifs.

Il lui avait appris qu'il avait divorcé de Suzanne en 1965 et qu'il s'était ensuite remarié deux fois. Son deuxième mariage s'était également assez rapidement terminé par un divorce. Sa troisième femme était morte d'un cancer en 1992.

« Avec elle, j'ai réellement été heureux, avait-il ajouté. Nous nous comprenions, nous nous laissions mutuellement un grand espace de liberté. Cela tient sans doute au fait que nous n'étions plus jeunes. Nous étions plus sereins. Elle n'essayait pas de me changer, et je ne me retournais plus constamment sur les autres femmes. Il y a un moment où cela devient un peu ridicule, tu ne trouves pas ? Quand les cheveux gris prennent le dessus, en tout cas… Et je n'étais plus en manque. J'avais l'impression d'avoir rattrapé le temps perdu – si tant est que ce soit possible. Chaque période de la vie forme un tout en soi. Irréparable et irrattrapable. »

Ils demeurèrent un moment silencieux, puis Julien demanda, alors qu'il y avait des heures qu'ils étaient ensemble :

— Qu'est devenu ton – comment s'appelait-il ? – Frédéric ? Êtes-vous toujours ensemble ?

Elle secoua la tête.

— Non, c'est terminé depuis longtemps. Il y a plus de quarante ans que nous sommes divorcés. Nous n'avons gardé aucun contact. Je ne sais même pas s'il est toujours en vie.

— C'est pour ça que tu es revenue à Guernesey, observa-t-il. Je pensais que tu t'étais définitivement établie à Cambridge. À l'époque, tu paraissais tellement décidée à quitter l'île.

— Ça ne s'est pas fait, dit-elle sur un ton qui donnait à comprendre qu'elle ne souhaitait pas approfondir le sujet. Finalement, j'ai passé pratiquement toute ma vie ici.

Il la regarda pensivement et attentivement mais ne fit pas de commentaires.

— Je suis venu quelquefois, dit-il. Il y a quelques semaines, en mars, et l'année dernière, en août. Là, j'arrive tout juste de Saint-Malo. Je vais rester quelques jours.

— Tu n'as jamais essayé d'entrer en contact avec moi, quand tu étais là. Pendant toutes ces années…

— Je pensais que tu étais à Cambridge, dit-il sans conviction.

Béatrice secoua la tête.

— Tu ne pouvais pas en être sûr. Ça aurait valu la peine d'essayer, ne serait-ce qu'une fois.

— Tu as raison. C'était... ça n'était pas vraiment possible.

Elle comprit ce qu'il voulait dire : elle n'avait plus de place dans sa vie, elle n'y avait plus accès. Elle appartenait à une autre époque. Il aurait fallu, pour qu'il l'intègre à sa nouvelle vie, qu'il mélange différents éléments, le passé et le présent, et apparemment il avait préféré ne pas le faire.

Mais il avait relu *Notre-Dame de Paris*, songea-t-elle et elle en éprouva une sorte de joie enfantine. Il l'a relu et a pensé à nous. Il ne m'a jamais tout à fait oubliée. Ils ne s'étaient pas vus depuis près de cinquante ans, pourtant, ils ne se sentaient pas étrangers. Ils étaient paisiblement assis l'un à côté de l'autre au soleil comme un vieux couple qui n'a pas besoin de parler pour se comprendre. Ils auraient pu remonter le fil du temps et se raconter mutuellement ce qu'ils avaient fait pendant toutes ces années, mais ils n'en éprouvaient pas le besoin. Ils avaient évoqué un événement ou un autre, pour l'essentiel ils étaient cependant demeurés silencieux. Puis Julien demanda :

— Vit-elle toujours ? Tu sais, la veuve de Feldmann. Elle était bien restée chez toi, après la guerre.

La question laissa Béatrice sans voix. Cela faisait deux semaines que la mort d'Hélène alimentait toutes les conversations de Guernesey. Que quelqu'un lui demande tranquillement de ses nouvelles était la dernière chose à laquelle elle s'attendait. Puis elle se souvint que Julien lui avait dit être arrivé le matin même de Bretagne.

— Hélène est morte, dit-elle. Elle a été assassinée il y a deux semaines. Nous l'avons trouvée dans le chemin juste derrière la maison. Quelqu'un l'a égorgée.

Elle faillit se sentir mal en prononçant ces mots. C'était tellement abominable. Elle aurait dû dire : « Elle était arrivée à la fin de sa vie, elle est morte doucement, dans son sommeil. » Ou bien : « Elle était très malade. Elle a été délivrée de ses souffrances. » C'est ainsi que l'on parlait, habituellement, de la disparition d'une dame âgée. On ne disait pas : « Quelqu'un l'a égorgée. »

Mon Dieu, songea-t-elle.

— Mon Dieu, fit Julien, atterré. Ce n'est pas possible ! Qui a pu faire une chose pareille ?

— On l'ignore. La police ne semble avoir aucune piste.

Julien ne sut que répondre. Il tirait silencieusement sur son cigarillo, sous le choc. Béatrice alluma une cigarette en se demandant si elle ne devrait pas commander deux cognacs. Son regard errait sur le quai quand elle aperçut Franca et Alan qui venaient vers eux.

Elle bondit sur ses pieds et fit de grands signes.

— Alan ! Franca ! Nous sommes là, venez !

Ils regardèrent autour d'eux, surpris, puis découvrirent d'où venaient les appels. Deux minutes plus tard, ils étaient sur la terrasse.

— Alan, mon fils, dit Béatrice à l'intention de Julien. Alan, je te présente Julien. Un vieil ami.

Les deux hommes se serrèrent la main. Le sourire de Julien était franc et chaleureux, Alan paraissait plus réservé.

Le père et le fils, songea Franca, fascinée, et ils l'ignorent.

Béatrice la présenta également, Julien la salua de façon charmante. Il a dû être remarquablement beau, se dit Franca, et doué d'un charme redoutable. Bien qu'âgé, il était encore très séduisant.

Quel bel homme, songea-t-elle, et comme ce doit être difficile pour une femme de vivre avec lui.

— Maman, nous remontons au Variouf, dit Alan, veux-tu rentrer avec nous ? Ne compte pas sur Mae, elle est déjà repartie, et plutôt furieuse que tu lui aies posé un lapin.

— Allez-y, dit Béatrice. J'aimerais rester encore un peu à bavarder avec Julien. Je prendrai le car.

— Je peux aussi te raccompagner, proposa Julien. J'ai loué une voiture. Je suis arrivé ce matin de France, ajouta-t-il à l'intention d'Alan.

— Ah, fit Alan.

Quelque chose chez Julien le dérangeait visiblement, mais Franca ne parvenait pas à découvrir ce que c'était.

— Ce serait naturellement très aimable de votre part de raccompagner ma mère, dit-il.

— C'est tout à fait normal, répliqua Julien.

Il resta debout jusqu'à ce que Franca et Alan aient quitté la terrasse.

— Tu ne m'avais pas dit que tu avais un fils, dit-il à Béatrice.

— Il y a beaucoup de choses que je ne t'ai pas dites, répondit-elle.

7

— Ça tombe bien que nous n'ayons pas besoin de passer par la maison pour raccompagner maman, dit Alan alors qu'ils montaient en voiture. Nous pouvons aller directement chez Kevin, et maman ne nous demandera pas ce que nous faisons.

Franca abaissa la vitre de sa portière pour aspirer un peu d'air frais. Elle éprouvait un besoin urgent d'avaler un de ses comprimés, elle était en manque. Tout à sa chasse au criminel, Alan avait complètement oublié qu'il lui avait proposé de faire le tour des pharmacies pour trouver une préparation équivalente à celle qu'elle prenait habituellement. Il ne pensait qu'à discuter avec Kevin. Elle préféra ne pas le lui faire remarquer, d'autant qu'elle était convaincue qu'elle n'obtiendrait aucun médicament sans ordonnance et jugeait donc l'entreprise inutile.

Le soleil était maintenant très chaud. À l'épuisement de Franca se mêlaient les premiers signes de la même violente migraine qui surgissait quand elle affrontait Michael. Cette fois, il devait s'agir d'une réaction au manque.

Quelle tuile, songea-t-elle, à bout de forces.

— J'ai déjà vu ce type, dit Alan. Je ne me rappelle plus dans quel contexte, mais je connais ce visage.

— Peut-être un jour chez ta mère ?

Il secoua la tête.

— Non, non, ce n'était pas chez ma mère. Je m'en souviendrais… Ça va me revenir.

Il n'en parla plus jusqu'à ce qu'ils arrivent à Torteval. Le portail du jardin de la maison de Kevin était fermé, ils se garèrent le long du trottoir d'en face. La célèbre flèche conique de l'église se dressait dans un ciel à présent uniformément bleu. De gigantesques buissons d'hortensias bleus poussaient contre le mur du cimetière. Un très vieux mur de pierre moussu… Franca s'efforça d'imprimer l'image paisible et romantique dans sa tête, de puiser de la force dans la sérénité qui émanait du village niché au creux de ses jardins en fleurs. Elle avait besoin de s'armer contre la panique qui lentement refaisait surface et, têtue, résistait à sa volonté.

Des hortensias pour combattre l'angoisse… Elle tenta de tourner l'idée en dérision, mais elle ne parvint pas à en rire. L'étendue de son malaise n'avait rien de comique.

Ils ouvrirent le portail et pénétrèrent dans le jardin. Des abeilles bourdonnaient, à chaque souffle de vent, des pétales blancs tombaient des cerisiers en fleurs. Toutes les portes et les fenêtres de la maison étaient closes. Alan actionna plusieurs fois le heurtoir de la porte d'entrée mais rien ne bougea à l'intérieur. Ils firent le tour de la maison sans découvrir âme qui vive.

— On dirait bien que Kevin n'est pas là, constata Alan, déçu. Je ne comprends pas. Où peut-il être ?

— Il est peut-être allé faire des courses, suggéra Franca.

Elle était secrètement soulagée. L'idée de confronter Kevin aux monstrueux soupçons qu'Alan semblait presque considérer déjà comme des faits avérés l'avait oppressée. Et puis elle pouvait maintenant espérer rentrer plus vite au Variouf. Avec un peu de chance, elle aurait retrouvé les murs protecteurs de sa chambre avant que la panique ne la submerge.

Le regard d'Alan se posa sur les serres, au fond du jardin, dont les parois de verre renvoyaient l'éclat du soleil.

— Où sont donc les fameuses nouvelles serres soi-disant responsables de ses difficultés financières chroniques ? s'interrogea-t-il en plissant le front. Parce que ces vieilleries, là-bas, ne datent manifestement pas d'hier.

— Aucune idée, dit pensivement Franca. C'est la première fois que je viens ici.

La maison dans laquelle Hélène avait passé la dernière soirée de sa vie... Franca leva les yeux sur la façade. Du lierre couvrait le pignon est. Des volets verts encadraient les fenêtres à croisillons. Difficile d'imaginer qu'un drame s'était noué derrière ces murs. Pourtant, il s'était passé quelque chose... forcément... car si Franca ne partageait pas les conclusions d'Alan, il n'y en avait pas moins plusieurs faits troublants qu'elle ne contestait pas.

Hélène était là, dans cette jolie maison accueillante, elle dînait avec Kevin, bavardait avec lui... Et soudain, elle avait entendu quelque chose, ou bien Kevin avait fait quelque chose, qui l'avait décidée à décrocher le téléphone pour commander un taxi, en chuchotant comme s'il ne fallait pas qu'on l'entende, et l'avait même tellement inquiétée qu'elle avait préféré attendre dehors, dans le noir, au milieu de la route, plutôt que dans la maison.

De quoi a-t-elle eu si peur ? se demanda Franca. Qu'est-ce qui a pu à ce point l'effrayer chez Kevin, qu'elle connaissait depuis toujours, qu'elle aimait, à qui elle se confiait, qui était comme un fils pour elle ?

— Il a peut-être un autre terrain quelque part sur l'île, réfléchit Alan à voix haute. Sur lequel se trouveraient ces serres de malheur. D'ailleurs, c'est peut-être là qu'il est en ce moment. Je vais voir si un voisin peut nous renseigner.

Elle le regarda, admirative devant tant d'autorité et de détermination. Il avait bu un seul verre de vin. Il était bien quand il ne buvait pas, il était convaincant, décidé, sûr de lui. Franca ne savait que trop ce que signifiait être en manque. Alan, elle en était désormais persuadée, n'avait pas besoin d'alcool. Il avait peut-être commencé à boire parce qu'il pensait en avoir besoin pour être à la hauteur de ce que la vie exigeait de lui, mais il s'était trompé, il s'était dramatiquement sous-estimé. Il était beau, intelligent, cultivé, et probablement un brillant avocat. Cependant, Franca l'aurait parié, il n'avait jamais dû prendre la vraie mesure de sa propre valeur.

Ils regagnèrent le devant de la maison à l'instant où un jeune homme poussait le portail du jardin. Très grand, exceptionnellement mince, des cheveux blonds soigneusement entretenus qui prenaient des reflets argentés au soleil. Il était efféminé au point d'en être caricatural.

Il sursauta quand il découvrit Franca et Alan, mais il se ressaisit rapidement.

— Monsieur Shaye ? fit-il. Je ne sais pas si vous vous souvenez encore de moi. Steve Gray. Nous nous sommes vus deux ou trois fois chez votre mère, quand nous étions encore ensemble, Kevin et moi.

Alan fronça brièvement les sourcils, puis il se rappela.

— Oui, monsieur Gray, bonjour ! Je me souviens de vous. Nous cherchions Kevin. Il n'a pas l'air d'être chez lui.

— Il est rarement là, ces derniers temps, remarqua Steve du ton plaintif et attristé de l'amoureux éconduit. Je m'inquiète beaucoup pour lui.

Pour Alan l'occasion était trop belle.

— Ah bon ? Pourquoi ?

Steve paraissait avide d'ouvrir son cœur à quelqu'un.

— Il est tellement inquiet. Il a de gros soucis. On dirait une bête traquée. Il a constamment besoin d'argent, je me demande bien pourquoi, au reste.

— D'après ce qu'on dit, il aurait acheté, ou fait construire, de nouvelles serres, dit Alan. Et il n'arriverait pas à rembourser ses emprunts.

— Ah ! s'exclama Steve, balayant l'idée d'un geste. Ce ne sont certainement pas ces serres qui l'ont mis sur la paille ! Ces vieux machins tordus… ça ne vaut pas un clou !

— Où se trouvent-elles ? Vous le savez ? demanda Alan en jetant un regard circulaire autour de lui. Parce qu'à l'évidence elles ne sont pas ici.

— Non, effectivement. Elles sont à Perelle Bay, directement en bord de mer. Elles faisaient partie d'une grande pépinière dont le propriétaire est mort il y a deux ans. Les héritiers ne voulaient pas conserver l'entreprise. Ils ont divisé le terrain et les bâtiments et ont vendu en parcelles. À l'époque, Kevin me disait que…

Il s'interrompit et posa un regard triste sur Franca.

— Kevin et moi sommes restés presque trois ans ensemble, expliqua-t-il. Quoique je ne sois pas sûr que Kevin ait toujours été très fidèle.

La vie sentimentale de Steve n'intéressait pas du tout Alan.

— Il vous a dit qu'on lui proposait d'acheter des serres à Perelle Bay ? demanda-t-il d'une voix tendue.

— Oui, c'est ça. Je le lui ai déconseillé. Je trouvais idiot d'acheter des serres qui se trouvaient à des kilomètres de sa pépinière. Je pensais que ça ne serait qu'une source de complications. En fin de compte, je lui ai prêté de l'argent pour les acheter.

— C'est où, Perelle Bay ? demanda Franca.

— Sur la côte ouest, expliqua Alan, au nord de Pleinmont. En voiture, c'est à cinq minutes d'ici. Je ne trouve pas si étonnant que ça que Kevin y ait acquis un terrain et des serres.

— Il faisait beaucoup de mystère autour de ces serres, dit Steve. Il ne voulait même pas me les montrer. Si bien que j'ai pensé... eh bien, j'ai pensé qu'il y retrouvait un autre homme... alors un jour, je l'ai suivi. Elles sont bonnes à mettre par terre, les serres qu'il a achetées. De vraies ruines. Il y en a deux.

— Il y cultive quoi ?

Steve haussa les épaules.

— À l'époque, il n'y avait encore rien de planté, mais il venait à peine de les acheter. Il disait qu'il voulait y faire des légumes. Quand il a su que je l'avais suivi, il s'est mis dans une colère, mon Dieu... Je ne l'avais jamais vu aussi énervé.

Il passa ses doigts dans ses cheveux, si bien coupés et mis en plis au séchoir qu'ils retrouvèrent aussitôt leur place.

— Je crois que ce jour-là j'ai cassé ce qu'il y avait entre nous, dit-il. À la suite de ça, nos rapports ont commencé à se dégrader. Nous n'arrivions plus à nous entendre.

— J'en suis désolé, dit Alan.

Il paraissait tendu et impatient. Ce que Steve venait de raconter apportait de l'eau à son moulin. Il y avait quelque chose qui ne collait pas dans l'histoire de Kevin. Et ça le rendait encore plus suspect.

— Bon, eh bien, puisqu'il n'est pas là... autant que je reparte, dit Steve sans conviction. Il doit être à Perelle Bay, mais il n'est pas question que j'y remette les pieds. J'aimerais qu'on se réconcilie pour de bon, vous savez. J'aimais beaucoup Kevin. Et je crois que nous avons des tas de choses en commun.

Pauvre garçon, se dit Franca, émue. Il avait l'air profondément seul. Elle souhaita de tout cœur qu'il rencontre un jour un amour qui le rende heureux.

— Il faut absolument que nous parlions à Kevin, dit Alan. Le mieux est d'aller tout de suite à Perelle Bay.

Une expression d'effroi se peignit sur les traits de Steve.

— Ne lui parlez pas de moi ! Je vous en prie ! Il ne doit pas savoir que je vous ai mis au courant pour les serres. Il n'aura plus jamais confiance en moi, sinon ! Je vous en supplie, ne dites rien !

Sa crainte faisait peine à voir.

— Nous ne dirons rien, promit Alan. Ne vous inquiétez pas. Tu viens, Franca ?

Elle le suivit vers la voiture, résignée à devoir encore attendre avant de retrouver l'abri de sa chambre.

Ils les virent de loin, deux serres tout en longueur juste au bord de la plage. À présent que la marée était haute, les vagues mouraient à quelques mètres des bâtiments. Un promeneur solitaire marchait sur l'étroite bande de sable encore visible. Sinon, l'endroit était désert.

Ils descendirent de voiture et suivirent le sentier que des pas avaient tracé dans l'herbe et la bruyère en direction de la baie. En approchant, ils constatèrent que l'ancien amant de Kevin n'avait pas exagéré : les serres étaient dans un état de délabrement assez incroyable. Des pans entiers de parois de verre étaient rafistolés avec des planches, des volets de récupération remplaçaient les vitres qui manquaient. Difficile d'imaginer que quelqu'un se soit endetté jusqu'au cou pour acquérir deux ruines tout juste bonnes à raser.

— La voiture de Kevin est là, derrière ! dit Franca.

Elle était garée tout près des serres.

— Alors il est là lui aussi, se réjouit Alan. Finalement, nous avons de la chance.

Ils avaient atteint l'entrée de la première des serres. Alan ouvrit la porte, regarda à l'intérieur. Presque toutes les vitres des côtés avaient été remplacées par des planches, la serre, chaude et humide, était plongée dans la pénombre. Le centre de l'espace et le long des murs étaient occupés par des supports métalliques sur lesquels étaient posées des caissettes garnies de quelques plants de légumes souffreteux. L'ensemble donnait une impression de négligence et d'abandon surprenante quand on connaissait la méticulosité de Kevin.

— Et c'est avec ça que Kevin compte gagner de l'argent ? fit Alan, incrédule. Je n'ai jamais vu une pépinière aussi pitoyable.

— Oui, il ne doit pas réussir à s'en occuper correctement, dit Franca. Tout ça a l'air un peu délaissé.

— J'ai plutôt l'impression que c'est une couverture, dit Alan. Ça ne ressemble pas du tout à une pépinière en exploitation.

Il regarda autour de lui mais ne découvrit personne.

— Allons voir dans l'autre serre, dit-il. Si sa voiture est là, Kevin doit bien être quelque part.

Ils sortirent du misérable appentis. Franca prit une longue inspiration. L'air frais lui fit du bien. La touffeur qui régnait à l'intérieur avait accentué sa migraine et son sentiment d'oppression.

Ils ouvrirent la porte de la seconde serre. Il s'agissait d'une double porte, haute et très large, dont les deux battants pouvaient être rabattus sur l'extérieur. La plupart des vitrages avaient été là aussi remplacés par des planches ou du carton, cependant quelques ampoules électriques éclairaient l'intérieur. Les mêmes caissettes chichement garnies de plants de légumes s'alignaient le long des murs. Le long des murs seulement. Le centre de l'espace était occupé par un gros voilier vert et blanc. Un groupe d'hommes se tenaient autour.

L'un d'entre eux était Kevin.

Franca ne comprit pas immédiatement ce qu'elle voyait, et elle eut l'impression qu'Alan mettait lui aussi un certain temps à donner un sens à la scène qui se déroulait sous leurs yeux. La conversation s'interrompit brutalement et toutes les têtes se tournèrent vers eux. Kevin pâlit, les cernes qui soulignaient ses yeux parurent s'assombrir.

Ce fut lui qui, le premier, rompit le silence.

— Alan ! s'écria-t-il.

Alan et Kevin se dévisagèrent comme si chacun cherchait à percer les intentions de l'autre.

Le charme était rompu.

— C'est qui, ces deux-là ? fit l'un des hommes, d'une voix mauvaise.

Les pensées se bousculaient dans la tête de Franca. Un bateau de plaisance, cinq hommes inconnus, Kevin, des serres en ruine, la peur et le danger qui planaient… Les pièces du puzzle refusaient encore de se mettre en place mais son regard tomba sur Alan et elle vit à son expression qu'il venait de comprendre quelque chose et en tirait ses conclusions. Elle devina aussi, à un tressaillement à peine perceptible de ses traits, qu'il ferait l'innocent et garderait pour lui ce qu'il avait découvert.

— Nous sommes des amis de Kevin, dit-il. Nous faisions une balade en voiture et, en passant, je me suis dit que nous pouvions jeter un œil, voir s'il était là. Nous voulions simplement lui dire rapidement bonjour, nous ne pensions pas déranger.

Il s'exprimait sur un ton léger et sans malice. Ceux qui le connaissaient savaient qu'Alan n'affectait ce détachement que lorsqu'il voulait dissimuler quelque chose.

Il leva innocemment la main.

— C'est bon, Kevin, tu as à faire, nous te laissons. Nous allons remonter encore un peu la côte vers le nord. Franca n'est encore jamais venue par ici, et c'est là qu'il y a les plus belles plages de l'île.

— C'est vrai, dit Kevin en s'arrachant un sourire contraint. Elle n'a pas encore vu les plus belles plages.

— On y va, à bientôt, Kevin !

Alan fit un signe de tête aux hommes groupés près du bateau et poussa Franca devant lui vers la porte. Il la poussait d'une poigne de fer, elle réprima une grimace en sentant ses doigts s'enfoncer dans ses côtes.

Il était extraordinairement pressé de disparaître, mais il fallait qu'il prenne sur lui pour que leur retraite paraisse aussi naturelle que possible.

À peine dehors, il lui dit :

— Vite, à la voiture ! Mais sans courir ! Sinon ils sauront qu'on se doute de quelque chose.

— Qui sont ces gens ?

— Tu as vú le bateau ? Les yachts volés dans le port. C'est dans les soi-disant serres de Kevin qu'ils sont repeints. Et, de là, sans doute convoyés en France.

Ils s'éloignaient à longs pas réguliers de la serre. Le cœur de Franca battait à tout rompre, elle sentit qu'elle commençait à transpirer. La menace encore diffuse et abstraite un instant plus tôt était devenue réalité. La solitude alentour n'était plus romantique et sauvage, mais insondable et dangereuse. Les vagues hostiles se fracassaient sur la grève, les cris d'avertissement des mouettes vrillaient les tympans. L'image d'Hélène surgit devant ses yeux, elle la vit sur le chemin de terre derrière la maison, baignant dans son sang, la gorge béante.

Soudain les pièces du puzzle se mirent en place et elle étouffa une exclamation horrifiée. Tout était lié, c'étaient les meurtriers d'Hélène qu'elle venait de rencontrer. Ils étaient seuls avec les meurtriers d'Hélène.

— Tu penses que Kevin… commença-t-elle.

— … a quelque chose à voir avec ça ? Evidemment. Il est en plein dedans. Et je connais aussi un des autres types. C'est un ex de Maya.

Franca se demanda qui sur l'île n'était pas un ex de Maya.

Tout à l'heure, la distance entre les serres et la voiture ne lui avait pas paru aussi longue. Avec les yeux des hommes qui avaient assassiné Hélène rivés sur son dos, le chemin lui semblait sans fin. Elle aurait voulu courir mais une force étrange freinait ses pas. Elle marchait aussi tranquillement que si elle se promenait par une belle journée d'été.

— Et je sais maintenant d'où je connais ce Julien, marmonna Alan. Je l'ai vu hier à La Terrasse. Il était avec Gérard, le type qui a demandé qui on était.

— Mais alors…

Il hocha la tête.

— Alors nous devons d'urgence prévenir ma mère qu'elle se méfie. Ou lui demander de le retenir jusqu'à ce que la police arrive. Mon portable est dans la voiture. Comment s'appelle le café où ils sont ?

— Je n'en ai aucune idée, dit Franca. Je n'ai pas fait attention.

— Ça va me revenir, dit Alan. J'y suis allé des dizaines de fois et…

Une voix dure l'interrompit :

— Hé, là-bas ! Restez où vous êtes !

Alan jura.

— Ils ont compris qu'on avait compris. Vite, on court, Franca, de toutes nos forces !

Elle sentit qu'il attrapait sa main, qu'il la tirait vers l'avant. Ses genoux flageolèrent, commencèrent à trembler.

— Je ne peux pas, souffla-t-elle, mais il la tira avec plus de force encore.

— Pense à Hélène ! Pense à ce qu'ils lui ont fait ! Il faut qu'on atteigne la voiture !

Elle trébuchait plus qu'elle ne courait. S'il ne lui avait pas tenu la main, elle serait tombée. Elle songea à Hélène et soudain la panique enfla, énorme vague noire prête à la submerger. Elle réussit à repousser l'assaut, mais elle savait déjà qu'elle ne pourrait pas éviter la prochaine vague. Elle s'abattrait sur elle, l'écraserait. Et elle ne pourrait plus faire un pas.

Elle entendait les malfrats courir derrière eux. Elle entendait leurs cris, percevait les vibrations du sol. Encore cinq cents mètres jusqu'à la voiture. Avaient-ils verrouillé les portières ? Et si elle ne démarrait pas ?

Dans les films, jamais elle ne démarrait et, comme elle avait l'impression d'être dans un film – ou de vivre un cauchemar – elle était déjà convaincue que la voiture les lâcherait.

— C'est le Sea View, entendit-elle Alan haleter à côté d'elle. Le bistro où est maman... Le Sea View !

C'est à cet instant que le premier coup de feu claqua. Il déchira l'air et effraya les mouettes qui s'enfuirent dans un tintamarre de cris perçants en écho à la détonation. Un second coup de feu claqua presque aussitôt. Encore trois cents mètres jusqu'à la voiture. Franca ne doutait plus qu'ils étaient déterminés à les abattre. Ils avaient beaucoup trop de choses sur la conscience pour prendre le risque de se faire arrêter. Ils n'avaient pas seulement volé et maquillé des bateaux de plaisance. Ils avaient aussi assassiné une femme.

Quand Alan tomba, il crut qu'une balle l'avait touché. Il fut étonné de ne ressentir aucune douleur. Il se disait qu'il devait pourtant avoir mal quelque part, tout en ayant le sentiment confus qu'il ne se posait cette question sans importance que parce qu'il était légèrement choqué et ne voulait pas penser à l'essentiel, pas penser que, quelques secondes plus tard, ils seraient sur lui et tireraient à bout portant.

Il essaya de se relever, une douleur fulgurante à la cheville droite lui arracha un gémissement et le cloua au sol. Avait-il reçu une balle à cet endroit ? Avait-il simplement trébuché et s'était-il fait une mauvaise entorse ? Ou bien s'était-il cassé quelque chose ? Il ne manquerait plus que ça !

Il se rendit compte que Franca s'était arrêtée. Elle avait failli tomber en même temps que lui. Elle le dévisageait, haletante, les yeux écarquillés et fixes comme un animal terrifié. Il prit les clés de la voiture dans une poche de son jean et les lui lança.

— Ne t'arrête pas ! Cours à la voiture ! Préviens la police ! Appelle maman ! Dépêche-toi !

Elle ne bougea pas.

— Pars ! Dépêche-toi ! insista-t-il.

Deux hommes arrivaient sur eux. L'un des deux était Gérard. Le petit malfrat dont le visage s'était imprimé de façon indélébile dans sa mémoire cet après-midi de plein soleil, dans Hauteville Road, devant l'appartement de Maya. Gérard, l'amant de Maya. Gérard, le tueur. Sans doute celui qui au sein de la bande se chargeait du sale boulot.

— Franca, pour l'amour du ciel, bouge ! Ne me regarde pas comme ça !

Leur première rencontre lui revint d'un coup en mémoire, c'était également dans Hauteville Road, et également le jour où il avait vu Gérard pour la première fois. Il avait pensé qu'elle avait l'air terrifié d'un lapin pris dans les phares d'une voiture. Lapin un jour, lapin toujours, se dit-il.

Mais comment une phrase aussi bête pouvait-elle lui être venue à l'esprit ?

— Va-t'en ! s'impatienta-t-il. Cours ou je te fais décamper !

La menace était absurde mais elle eut le mérite d'inciter Franca à parler.

— Non. Pas sans toi ! Viens, lève-toi ! Je t'aide !

— Laisse, Franca. Je ne peux pas. Dépêche-toi de filer. Et préviens ma mère !

Le regard de Franca vacillait.

Non, ne t'effondre pas maintenant ! la supplia-t-il intérieurement.

Elle partit en courant. Comme s'il avait appuyé sur un bouton mystérieux mais apparemment décisif. Elle courut jusqu'à la voiture, ouvrit la portière, se laissa tomber derrière le volant et mit le contact. Le moteur démarra instantanément. Elle enclencha la marche arrière puis fit demi-tour dans un hurlement de pneus. Un troisième coup de feu claqua. La voiture disparut en zigzaguant.

Alan poussa un soupir de soulagement et retomba dans l'herbe. Il ferma un instant les yeux. Quand il les rouvrit, Gérard était penché sur lui. Il vit ses traits grossiers, la lueur mauvaise dans son regard, son masque impassible, dur, son absence totale d'humanité.

Il pensa à Hélène. À la femme qui lui racontait des histoires et lui lisait des contes, qui le soir lui apportait un verre de lait chaud au lit. Il songea que c'était ce visage qu'elle avait vu au moment de mourir, ces yeux impitoyables. Elle n'avait pas pu espérer qu'il l'épargne. S'en était-elle rendu compte ? Ou bien tout s'était-il passé si vite qu'elle n'avait pas eu le temps de comprendre ce qui lui arrivait ?

Pourquoi avait-il fallu qu'il joue les détectives ? Pourquoi avait-il mis une telle insistance à vouloir rencontrer Kevin ?

C'est la fin, se dit-il. Un vague regret l'effleura d'avoir fait si peu de chose de sa vie. Puis il détourna la tête.

Il ne voulait pas voir le regard de Gérard.

8

— Je suis sincèrement désolé de ce qui est arrivé à Hélène, dit Julien. Tu as dû vivre des moments très durs.

Ils avaient à peine échangé un mot depuis que Franca et Alan étaient partis. Julien paraissait perdu dans ses pensées. Il avait commandé deux cafés coup sur coup. Béatrice s'était fait la remarque que son cœur devait battre des records de vitesse. Il buvait son café noir, sans sucre ni lait. Elle se demanda s'il l'avait toujours bu ainsi, puis elle se souvint qu'ils n'avaient pratiquement pas bu de vrai café de toute la guerre ; quant au sucre et au lait, ils n'en avaient pas eu de trop non plus.

— Ce fut un choc, répondit-elle à la remarque de Julien. C'est toujours un choc quand quelqu'un meurt brutalement, mais de cette façon… c'est tellement inconcevable. Parfois, je me réveille la nuit en pensant que j'ai rêvé. Puis je me rends compte que c'est véritablement arrivé. Que ça fait désormais partie de ma vie…

Elle eut un haussement d'épaules désabusé.

— … du moins pour ce qu'il m'en reste. Je ne suis pas éternelle.

— Tu seras centenaire, pronostiqua Julien. En conclusion de quoi tu as encore trente années à tenir.

— Bah, fit-elle, stoïque, ça devrait pouvoir se faire.

Ils se regardèrent et Julien, soudain, tendit la main vers Béatrice. Elle la saisit et ils demeurèrent ainsi, main dans la main, l'un à côté de l'autre, en harmonie.

— Parfois, je me dis… que… commença Julien.

Il n'acheva pas sa phrase et Béatrice n'insista pas parce qu'elle savait ce qu'il avait été sur le point de dire. Il s'apprêtait à parler de la vie qu'ils auraient pu avoir ensemble, de la vie qu'ils ne s'étaient pas accordée et qui aurait peut-être été meilleure que celle que chacun de son côté avait eue. L'irréversibilité absolue de ce qu'ils avaient laissé passer avait dû lui apparaître.

— C'est agréable d'être ici avec toi, au bord de l'eau, dit-il au lieu de cela.

Le silence s'installa à nouveau entre eux. Béatrice se demanda s'il éprouvait la même tristesse que celle qui l'étreignait.

Chienne de vie qui n'en fait qu'à sa tête, songea-t-elle. Chienne de vie où tout va parfois de travers !

Mais la vie était ainsi faite et il fallait s'en accommoder. Elle s'efforça de dominer sa souffrance, cligna des yeux dans le soleil, s'accrocha à l'image de Castle Cornet, qui trônait, majestueuse et immuable, à l'entrée du port et avait accompagné chaque instant de sa vie. La solidité rassurante de la forteresse lui redonna un peu de sérénité.

Julien regarda sa montre.

— Il faut que j'y aille, dit-il. J'ai un rendez-vous. Excuse-moi d'être si brutal…

La jeune serveuse blonde apparut sur la terrasse, balaya les tables du regard puis se dirigea vers eux.

— Madame Shaye ? demanda-t-elle.

Béatrice leva les yeux.

— Oui ?

— On vous demande au téléphone. À l'intérieur, au comptoir.

— Ah bon ?

Béatrice était étonnée. Jamais on ne lui avait téléphoné dans un café ou un restaurant. Elle se leva.

— Ne pars pas tout de suite, Julien. Attends-moi, d'accord ? Ce ne sera certainement pas long.

Elle eut l'impression qu'il était nerveux, réellement pressé. Elle résolut de lui demander sans détour avec qui il avait rendez-vous. Elle s'était imaginé qu'il venait à Guernesey sans raisons particulières, simplement pour renouer avec ses souvenirs. Il fallait croire qu'elle se trompait.

Il n'a jamais eu rendez-vous avec moi, songea-t-elle, et une pointe de jalousie se ficha dans son cœur.

L'écouteur du téléphone était posé sur le comptoir à côté de l'appareil. La serveuse, qui l'avait précédée à l'intérieur, fit un geste de la main.

— C'est là, vous pouvez le prendre !

Béatrice souleva l'écouteur.

— Allô ? Béatrice Shaye à l'appareil, fit-elle.

À l'autre bout de la ligne, elle entendit la voix de Franca. Elle avait l'air dans tous ses états.

— Béatrice, vous êtes encore avec Julien ? Bon. Alors il faut absolument que vous l'empêchiez de partir. Pardon ? Non, je ne peux pas tout vous raconter, ce serait trop long. Il fait partie d'une bande qui vole des bateaux de plaisance dans les îles et les revend en France. Je sais que ça paraît complètement fou, mais Alan en est tout à fait certain. Kevin est lui aussi dans le coup. Il faut que j'appelle la police pour qu'ils aillent à Perelle Bay, et au Sea View. Julien ne doit surtout pas s'en aller. Béatrice, il est possible qu'il soit dangereux. Il est... il est peut-être impliqué dans la mort d'Hélène. Non, je suis sérieuse. Je vous en prie, Béatrice, croyez-moi. Je leur ai échappé de justesse. Empêchez seulement Julien de partir. Je vous en prie, faites ce que je vous demande. Il faut absolument que j'appelle la police, maintenant. Nous reparlerons plus tard !

Elle éteignit le portable. Elle avait eu le sentiment de mettre une éternité à réussir à le faire fonctionner. Elle se trouvait à l'entrée d'un village, sur la côte, où précisément, elle l'ignorait, mais elle supposait qu'elle ne devait pas être loin de Pleinmont. Elle s'était arrêtée au bord de la route et avait allumé le portable. Elle avait essayé d'obtenir la tonalité en conduisant, mais elle n'avait pas pu accéder au réseau. Elle pensait que, si elle n'arrivait toujours à rien, elle chercherait une cabine ou un café d'où téléphoner.

Elle s'était exhortée au calme ; si elle s'énervait, jamais ce maudit téléphone ne fonctionnerait.

Soudain l'appareil avait émis un bip, et elle avait même réussi à obtenir le service de renseignements de l'opérateur. Elle avait demandé le Sea View, à Saint Peter Port, et à sa propre surprise quelqu'un du café avait presque aussitôt répondu.

« Je souhaiterais parler à Mme Shaye, avait-elle dit, une dame de soixante-dix ans, aux cheveux blancs. Elle est sur la terrasse, directement au bord de l'eau. »

Il lui revint à l'esprit que la terrasse du café était entourée d'eau sur trois côtés si bien que sa description était plutôt vague, mais la serveuse lui dit qu'elle allait voir. Franca attendit, ses mains tremblaient. Avait-elle pris la bonne décision ? Aurait-elle dû appeler d'abord la police ? Oui, mais c'était prendre le risque que Julien disparaisse. Alan… Il ne fallait pas qu'elle pense à Alan. Elle se mit à transpirer, ses doigts picotèrent. Non, il ne fallait pas qu'elle pense à lui, surtout pas !

Puis elle avait entendu la voix de Béatrice et les mots s'étaient bousculés dans sa bouche pour lui raconter ce qui s'était passé et ce qu'elle devait faire. Elle ne lui avait pas parlé d'Alan et s'était dépêchée de raccrocher avant qu'elle ait le temps de lui poser des questions. Elle s'était rendu compte que Béatrice pensait qu'elle n'était pas dans son état normal et elle ne voulait pas discuter. Elle avait éteint le portable et profondément respiré.

Pourvu que Béatrice fasse ce que je lui ai demandé. Pourvu qu'elle ait compris, pourvu que…

Je n'ai pas le temps. Je n'ai pas le temps d'y penser. Il ne faut pas que j'y pense. Il faut que j'appelle la police.

Vite, le service des renseignements.

Elle ralluma le portable.

J'aurais dû appeler la police d'abord. C'était bien évidemment ce qu'il fallait faire. Pourquoi ne l'ai-je pas fait ? Quelle erreur ! Pourquoi ?

Ses mains tremblaient de plus en plus. Le mot « erreur » cognait dans sa tête. Elle faisait tout de travers. Toujours. Elle ne réfléchissait pas, ou alors de façon confuse et elle prenait les mauvaises décisions. Oui, toujours. Et il en avait toujours été ainsi. Elle avait choisi le mauvais métier. Elle avait choisi le mauvais mari. Au restaurant, elle choisissait les mauvais plats, dans les boutiques, la mauvaise robe. Et elle téléphonait dans le mauvais ordre. Il en allait de la vie d'Alan et elle appelait d'abord Béatrice, uniquement pour que ce Julien qui n'avait aucune importance puisse être arrêté.

C'était peut-être une erreur, mais une petite voix lui dit que si, au lieu de se dépêcher de téléphoner à la police, elle continuait à se poser des questions sur ce qu'elle aurait dû faire ou ne pas faire, l'erreur serait pire encore.

Ses mains tremblaient tellement qu'elle ne parvenait pas à appuyer sur les touches. Tout en elle vibrait, ses jambes, son corps. Elle était en nage. Des vagues de sueur successives l'inondaient par à-coups. Son angoisse prit le dessus, le désespoir la gagna, la paralysa.

La panique. La panique qui la défiait depuis le matin revenait à la charge. Elle avait eu le temps de prendre des forces. Elle était plus déterminée que jamais. Il y avait des heures qu'elle guettait, qu'elle attendait, elle ne se laisserait pas juguler plus longtemps.

Pas maintenant ! Non, pas maintenant ! Il faut que j'appelle la police. Par pitié, pas maintenant !

Le souffle lui manqua. Quelque chose scintillait devant ses yeux. Elle ne parvint plus à fixer son regard, tout se mit à tourner autour d'elle. Le portable lui échappa et glissa sous les pédales de la voiture. Elle était à présent trempée comme si elle sortait de l'eau. Son souffle se fit de plus en plus court. L'angoisse l'enveloppait d'un brouillard qui à chaque seconde devenait plus épais et plus impénétrable. Il se collait à son corps, s'assombrissait. Il était noir. Le brouillard se mua en un mur noir qui avançait sur elle.

Mon Dieu, je vais mourir. Je vais mourir.

Elle luttait pour respirer. Elle avait toujours craint de s'étouffer pendant une crise. Cette fois, ça y était.

Elle était à Guernesey, dans une voiture au bord d'une route, à l'entrée d'un village dont elle ne connaissait pas le nom, Alan était en danger de mort, ou peut-être même déjà mort, sauvagement assassiné comme Hélène, elle avait inquiété Béatrice en lui téléphonant et maintenant elle n'arrivait pas à appeler la police et elle allait mourir étouffée. Son pouls et son cœur battaient à tout rompre. Ses oreilles bourdonnaient. Elle voulut ouvrir la portière pour aspirer de l'air mais ses mains ne lui obéissaient pas. Incapable de se servir de ses yeux, il lui était impossible de localiser la poignée. Elle sentait le pare-brise se rapprocher d'elle, il lui écrasait la poitrine, l'empêchait de respirer, l'empêchait même de crier. Aucun son ne parvenait à franchir ses lèvres. Elle seule entendait les appels à l'aide qu'elle hurlait et qui résonnaient dans sa tête. Le danger se précisait, la menace enflait, elle se sentait de plus en plus mal, la mort approchait. Et à chaque seconde la situation d'Alan empirait.

Alan. Quelque chose se mit en marche dans son esprit embrumé, une association d'idées qui lui échappait encore. Elle devinait un point fixe au milieu du chaos, une chose à laquelle elle allait pouvoir se raccrocher. Il suffisait qu'elle s'en saisisse. C'était une image… Elle avait l'impression de courir après une feuille portée par le vent : chaque fois qu'elle tendait la main, la feuille s'envolait plus loin.

Ses doigts s'emparèrent d'un coin de la feuille, la retinrent. Une vague. L'image d'une vague. D'une vague qui enflait, enflait, grossissait encore, puis atteignait son point de rupture, cassait, s'effondrait dans un fracas de mousse, et s'éparpillait alors en inoffensives vaguelettes qui déferlaient et s'évanouissaient dans le sable.

Oui, Alan en avait parlé. Un jour, Alan lui avait parlé de vagues. Mais dans quel contexte ? Et qu'avait-il dit exactement ? Il fallait qu'elle retrouve ses mots. Elle avait la certitude que ça l'aiderait.

« Rien, absolument rien, ne peut dépasser son propre point culminant. Une fois celui-ci atteint, le mouvement inverse s'enclenche. C'est comme les vagues de la mer. »

Et il avait dit aussi autre chose.

« Souvenez-vous toujours de la façon dont l'angoisse est retombée. Vous avez pu à nouveau respirer, calmement et régulièrement. Vos tremblements ont cessé. Vous avez retrouvé vos esprits, été capable de nouveau de penser et réfléchir, et vous avez alors compris que vous n'alliez pas mourir. »

« Que vous n'alliez pas mourir. » Elle s'accrocha à ces mots, imagina la voix chaude et calme d'Alan qui les prononçait.

« Jamais vous n'en mourrez. Vous survivrez toujours à votre panique. Cela signifie que vous n'avez aucune raison d'avoir peur comme vous avez peur. »

La vague enfla, enfla, enfla. Franca ne pouvait toujours pas respirer mais les mots d'Alan l'enveloppaient comme la promesse de surmonter l'épreuve. Elle réussit à ne plus s'arc-bouter contre la panique. Elle la laissa venir, la laissa s'imposer. Le mur noir était maintenant tout près. Si près... à quelques millimètres à peine... la catastrophe était imminente, elle était là, elle allait être avalée, aspirée, dissoute...

La vague atteignit son point culminant. Franca se débattit, ouvrit la bouche pour aspirer de l'air, une dernière poussée de sueur mouilla ses vêtements, puis la panique retomba, faiblit, diminua, devint insignifiante, s'éparpilla enfin en vaguelettes inoffensives qui s'évanouirent dans le sable.

Elle retrouva son souffle. Dans ses oreilles, le bourdonnement diminua. Le scintillement devant ses yeux disparut, des images surgirent, leur contour s'affina. Elle vit le volant devant elle puis, au-delà du pare-brise, des arbres, des fleurs, une route goudronnée qui entrait dans un village. Elle perçut l'odeur de l'habitacle de la voiture, mélange de vapeurs d'essence, d'odeur de tissu des sièges et de caoutchouc des pneus, auquel s'ajoutait le parfum âcre de sa transpiration. Elle entendit des oiseaux gazouiller, puis le grondement lointain d'un avion. Elle était éveillée et en vie. Aussi vivante qu'on peut l'être. Elle avait surmonté sa panique. Seule. Sans médicaments, et sans l'aide de personne. La vague l'avait submergée, roulée, ballottée ; à présent, elle relevait la tête et constatait qu'elle était indemne. L'épisode dramatique n'avait pas eu lieu. Elle avait souffert, eu effroyablement peur, mais finalement ça n'avait pas duré trop longtemps.

Si ça recommence, je m'en sortirai à nouveau, songea-t-elle.

Ce n'était pas le moment de savourer sa victoire. Alan avait besoin d'elle. Elle plongea sous le volant pour ramasser le portable. Il fallait qu'elle envoie immédiatement la police à Perelle Bay. Et au Sea View, à Saint Peter Port.

9

Béatrice regagna lentement la terrasse baignée de soleil. Les pensées se bousculaient dans sa tête. Ce que Franca venait de lui dire était tellement extraordinaire et inattendu qu'elle n'arrivait pas à le croire. Julien impliqué dans un trafic de bateaux volés ? Et n'avait-elle pas parlé aussi d'un lien avec la mort d'Hélène ? Franca devait avoir perdu la raison.

Que devait-elle faire ?

Elle songea à ce qu'elle savait de Franca.

Elle prenait des médicaments parce qu'elle avait de graves crises d'angoisse. Elle souffrait d'un complexe d'infériorité, doutait fortement d'elle-même et était animée d'un sentiment d'échec quasi pathologique. Elle avait pris de l'assurance, ces derniers temps, on ne pouvait le nier, mais une rechute ne pouvait pas être exclue. Quoique au téléphone… Elle avait parlé vite et paru essoufflée, mais elle n'avait pas du tout donné l'impression de ne pas savoir ce qu'elle racontait. En même temps, comment en juger ?

Quand il la vit revenir, Julien se leva et fourra sa boîte de cigarillos dans une poche de sa veste.

— Je suis désolé, Béatrice. Il faut réellement que j'y aille. Tout va bien ? Tu es toute pâle. Qui donc t'appelait ?

— Avec qui as-tu rendez-vous ? demanda-t-elle, ignorant sa question.

— Des gens que tu ne connais pas, dit-il sur un ton évasif. Des amis… Je suis déjà un peu en retard.

Il désigna les billets qu'il avait glissés sous le cendrier.

— Je t'invite.

Il posa la main sur son bras et se pencha pour l'embrasser mais elle recula la tête.

— Qu'y a-t-il ?

Béatrice était une personne directe et entière qui n'échafaudait pas de plans compliqués avant d'agir. Elle alla droit au but.

— Est-ce vrai que tu es en affaires avec des gens qui volent des bateaux pour les revendre en France ? demanda-t-elle.

Les yeux de Julien s'étrécirent. Il serra les lèvres.

— Qui t'appelait ?

Béatrice secoua la tête.

— Peu importe. Je veux seulement que tu répondes à ma question.

— Mon Dieu ! souffla-t-il en se cachant le visage dans les mains. Mon Dieu !

Il se laissa retomber sur sa chaise. L'espace d'un instant, ses nerfs parurent lâcher. Il avait soudainement l'air pitoyable et très vieux.

Béatrice le regardait fixement. Sans même le vouloir et en un éclair, elle avait obtenu ce que Franca lui avait demandé. Julien ne songeait plus à s'en aller. Sans doute n'était-il pas en état de le faire. Elle l'avait tellement surpris, tellement déconcerté, qu'il lui faudrait peut-être plusieurs minutes avant de se ressaisir.

Elle comprit que Franca avait dit vrai. La réaction de Julien aurait sinon été bien différente. Il aurait été stupéfait, consterné. Ou bien il aurait éclaté de rire et lui aurait demandé si elle plaisantait. Il ne se serait pas effondré de cette façon, il ne serait pas devenu livide. Sa seule attitude était un aveu.

— Mon Dieu, murmura-t-elle à son tour.

Rien n'avait changé. La mer renvoyait les rayons du soleil en milliers de facettes scintillantes. Les mouettes jubilaient dans l'air chaud et léger. Aux tables voisines, les clients parlaient et riaient. Castle Cornet, toujours aussi imposante, veillait avec bienveillance sur l'animation estivale.

Pourtant tout était différent, sombre, menaçant. Béatrice avait l'impression qu'autour d'elle la lumière s'était éteinte, qu'un mur s'était dressé entre Julien et elle d'un côté et le reste du monde de l'autre. Ils n'appartenaient plus au reste du monde. Ils étaient seuls.

D'un coup ce fut comme si les années s'évanouissaient. Julien n'était plus un vieil homme au visage marqué et aux cheveux blancs, elle n'était plus la vieille dame qui fêterait bientôt ses soixante-douze ans. Elle voyait le jeune Julien au regard brûlant, elle entendait son rire, mais elle voyait aussi ses larmes et sa révolte. Elle le voyait dans le grenier, le voyait regarder le ciel bleu par la lucarne, et elle percevait son désespoir, sa colère et sa peur. Elle le voyait pleurer sur les années qu'on lui volait et elle se désespérait de ne pouvoir lui rendre sa liberté, de ne pouvoir lui rendre la vie qu'on lui avait prise.

Elle était une toute jeune fille impuissante à lui venir en aide. À l'époque, oui, mais pas aujourd'hui.

Elle reprit pied dans la réalité. Le mur s'évanouit, le soleil, les mouettes, les gens étaient à nouveau tout proches. Tous ses sens étaient en éveil, elle sut ce qu'elle devait faire.

Elle secoua Julien par l'épaule.

— Viens. Dépêche-toi. La police sera là d'une minute à l'autre. Je ne sais pas comment ils s'y sont pris, mais Franca et Alan ont compris ce que toi et tes amis trafiquiez et Franca est en train de mettre la police au courant. Nous devons filer.

Il la regarda en écarquillant les yeux. Elle lui prit la main et l'incita à se lever.

— Vite, nous n'avons pas beaucoup de temps.

Elle le traîna derrière elle jusque dans la rue.

— Où est ta voiture ?

— Pardon ?

— Ta voiture. Tu as dis, tout à l'heure, que tu avais loué une voiture.

Il parut enfin reprendre ses esprits.

— Ah, elle est un petit peu plus bas dans la rue. Le long du trottoir.

Ils trouvèrent la voiture et s'y engouffrèrent.

— Et où va-t-on ? demanda Julien.

— Je ne sais pas, répondit Béatrice. Mais démarre.

— Ça fait presque vingt ans que je baigne là-dedans, dit Julien. Si tu préfères : ça fait presque vingt ans que je suis un malfaiteur. Une vocation tardive.

— Pourquoi fais-tu ça ?

Il haussa les épaules.

— Le goût du risque. L'aventure. L'argent est encore ce qui m'intéresse le moins. Je ne me voyais pas cesser toute activité à soixante ans. Il me fallait de nouveaux défis. Je les ai trouvés. Mais ce n'était assurément pas respectable.

Le hasard des routes les avait menés à Petit Bôt Bay. Ils avaient laissé la voiture sur la falaise, puis ils étaient descendus vers la baie en se frayant un chemin parmi les ajoncs, les fougères et les fleurs. La plage était baignée de soleil, et les estivants relativement nombreux. La marée avait atteint son point le plus haut et recouvert la dernière bande de sable blond. Quelques baigneurs jouaient dans les vagues. Un voilier tirait des bords à l'entrée de la baie. Béatrice et Julien s'étaient installés sur un rocher plat adossé à la falaise et situé à l'écart, dont la base était léchée par les vagues mais dont le sommet offrait un refuge confortable.

— L'équipe est mouvante, expliqua Julien. Hormis le chef, je suis le seul à en avoir toujours fait partie. Nous volons des bateaux de plaisance dans toutes les îles de l'archipel, nous les repeignons et les revendons en France. C'est là que j'interviens. Dans la revente. C'est moi qui m'en occupe. Je trouve les acquéreurs et j'organise le transfert des fonds.

Béatrice clignait des yeux dans le soleil. Elle se sentait nauséeuse.

— Je n'arrive pas à faire coller cette histoire avec l'image que j'ai de toi, dit-elle.

— Quelle image as-tu de moi ?

— Tu es l'homme que j'ai aimé. Je te vois comme quelqu'un d'insouciant, quelqu'un de tourné sur lui-même, d'assez individualiste. Mais dans un livre ou dans un jeu, tu serais pour moi du côté des « bons ». Tu comprends ce que je veux dire ?

— Oui, je comprends. Il faut que tu révises ta position.

— Oui, on dirait.

— J'ai toujours su que ce que nous faisions était répréhensible. Je ne me suis jamais caché la vérité. Mais…

— Mais ?

— Eh bien, jusqu'à présent il s'agissait seulement de vol. De vol et de recel. Maintenant…

Le soleil n'avait pas faibli, pourtant Béatrice avait la chair de poule et un frisson la parcourut.

Franca avait dit vrai.

— Et pour Hélène ? Avez-vous réellement quelque chose à voir avec sa mort ?

— Je n'en savais rien jusqu'à hier, dit Julien. Plus exactement, je ne savais pas qu'il s'agissait d'Hélène. En fait, je suis ici depuis hier, pas depuis ce matin. Je t'ai raconté des histoires parce que… ça m'a paru plus simple. Bref, hier Gérard – un type de la bande, parfaitement antipathique – m'a appris qu'ils avaient eu un gros pépin, qu'une femme qui les avait repérés avait été tuée. Une vieille femme qui avait eu essentiellement la malchance de se trouver au mauvais endroit au mauvais moment… J'ai eu du mal à encaisser le coup… c'est le moins que l'on puisse dire.

Il demeura un instant silencieux. Il plongea la main dans du sable qui s'était accumulé dans une cavité du rocher, le fit glisser entre ses doigts. À quelques mètres d'eux, des enfants jouaient au frisbee. Leurs corps maigres et bronzés bondissaient de rocher en rocher.

— J'ignorais totalement qu'il s'agissait d'Hélène, reprit-il. Et je ne savais pas non plus que… qu'elle avait été égorgée. Les bateaux, c'était déjà suffisamment grave. Voler est une chose, tuer en est une autre.

— Kevin Hammond fait partie de votre bande ? voulut savoir Béatrice qui se rendait lentement compte que Franca lui avait pratiquement tout dit.

— Kevin Hammond ? C'est le pépiniériste chez qui nous maquillons les bateaux, depuis environ deux ans. Il a déniché des serres à Perelle Bay. Pour nous, l'endroit est idéal, discret, isolé... Tu connais Kevin ? demanda-t-il en se tournant vers elle.

— Nous sommes amis depuis de longues années. Hélène l'appréciait beaucoup. Il était son confident, son ami de cœur. C'est après avoir dîné chez lui qu'elle a été assassinée. Elle a dû entendre ou voir quelque chose qui ne lui était pas destiné.

— Je ne sais pas exactement ce qui s'est passé, mais tu as certainement raison.

— C'est Kevin qui... ?

— Non. C'est Gérard. C'est le genre à faire ça. C'est un tueur à gages notoire, il exerçait ses talents dans le Midi, Marseille, Nice... Il entretient je ne sais quels liens avec la mafia française. J'ai toujours été opposé à ce qu'on le fasse travailler. Je le trouvais dangereux. Malheureusement, je n'avais pas mon mot à dire.

— Franca m'a dit qu'elle envoyait la police à Perelle Bay.

Un rictus passa sur le visage de Julien.

— Alors ils sont tous coincés. C'est là-bas que je devais aller. Ils sont venus prendre livraison d'un bateau qui doit être convoyé à Calais. La bande est presque au complet. Ils doivent partir à marée haute. Enfin, c'est ce qui était prévu. La police les a peut-être pris de court.

— Je l'espère, dit Béatrice avec véhémence. J'espère de tout mon cœur que ces sales types vont se faire pincer. Dieu sait qu'Hélène n'était pas un ange, mais elle n'a pas mérité de mourir comme ça. Personne ne le mérite. Jamais je ne pourrai oublier l'image monstrueuse de… de… Et tout ce sang…

Elle haussa les épaules et noua ses bras autour de son corps comme si elle voulait se protéger de ce que la vie infligeait à ses créatures.

— Je veux qu'ils payent pour ce qu'ils ont fait. Je veux que Gérard finisse sa vie derrière des barreaux.

Julien hocha lentement la tête. Sans regarder Béatrice, il demanda :

— Et moi, pourquoi ne veux-tu pas que je paye ?

— Pardon ?

— Je fais partie de la bande. Pourquoi ne veux-tu pas que je finisse mes jours derrière des barreaux ?

— Tu n'as rien à voir avec la mort d'Hélène.

— Il ne s'agit que d'Hélène ?

Elle réfléchit. Dans un sens, il s'agissait précisément d'Hélène.

— Je veux qu'elle soit vengée. Elle m'a menti, elle m'a trompée, elle m'a volé une bonne partie de ma vie. Mais je l'ai laissée faire. Les victimes sont souvent aussi responsables que les bourreaux. C'est moi qui ai donné à Hélène la place qu'elle a finalement prise dans ma vie. Si je ne l'avais pas voulu, elle n'y serait pas parvenue. Je ne pense pas avoir le droit de la condamner.

— Ça, c'est ta raison qui parle. Mais ton cœur, que dit-il ?

Le frisbee rasa leurs têtes et tomba dans l'eau. Les enfants s'esclaffèrent et sautèrent derrière en poussant des cris aigus.

— Mon cœur me dit qu'Hélène m'a apporté quelque chose. Si absurde que cela puisse paraître, je sais qu'une partie de ma force, c'est elle qui me l'a donnée.

Elle était constamment présente, elle se plaignait sans discontinuer. Elle mendiait mon attention, mes faveurs, elle a remué ciel et terre pour que je reste près d'elle. Et aujourd'hui, je me dis que j'en avais besoin. J'avais besoin qu'elle soit là sans cesse à réclamer quelque chose, j'avais besoin du numéro de charme qu'elle me faisait, j'avais besoin de ses pleurnicheries et de ses minauderies. J'étais forte parce qu'elle était faible. Si ce n'est pas tout à fait la vérité, c'est au moins l'illusion que nous avons entretenue une vie entière sans faiblir, à laquelle nous nous sommes l'une et l'autre accrochées, et qui, somme toute, était notre raison d'être. Alors…

Elle esquissa un haussement d'épaules qui lui donna l'air d'être plus sereine qu'elle n'était.

— J'ai fait la paix avec elle. Mais pour qu'*elle* soit en paix, il est important que ses meurtriers soient jugés.

— Je comprends, mais ça ne répond toujours pas à ma question, insista Julien. Pourquoi m'as-tu prévenu ?

— Par amitié.

Il lui lança un regard sceptique.

— Par amitié ?

— De ton côté, tu n'éprouvais pas autre chose.

— Et toi ?

Béatrice estimait qu'elle avait passé l'âge de faire des façons.

— De mon côté, c'était de l'amour. Que pouvais-tu attendre d'autre d'une gamine de quatorze ans ? C'était de l'amour, et il fut suffisamment fort et profond pour empoisonner toutes les relations amoureuses que j'ai pu avoir par la suite.

— Mon Dieu, murmura Julien.

Elle prit sur elle pour refouler la vague de nostalgie qui la gagnait.

— Bref, toujours est-il que je trouve que personne ne doit plus t'enfermer. Tu as été suffisamment privé de liberté comme ça. Et alors que tu n'avais rien fait pour le mériter. Disons que, si tant est qu'elle existe, tu as déjà payé pour ta complicité dans la mort d'Hélène. La justice a eu son dû.

Il la regarda.

— Tu es une femme étonnante, Béatrice. Tu ne veux plus me voir enfermé ? Réellement ?

Il lut sur son visage combien elle était sincère.

— Non, répondit-elle, je ne veux plus jamais voir ça de ma vie. Il y avait dans tes yeux une expression que je n'ai jamais oubliée. Elle m'a toujours poursuivie. Elle a… constamment été en moi. C'est pour ça que j'ai pris cette décision, tout à l'heure, au Sea View. Pour toi.

— Il faut que je quitte l'île tout de suite, dit Julien. Avant que la police n'apprenne mon nom et que les contrôles soient renforcés.

Il eut brusquement l'air inquiet. Jusque-là, il avait donné l'impression d'être dépassé par les événements, choqué au point de ne plus savoir quoi faire. Il était à présent en pleine possession de ses moyens, prêt à réagir, et il avait compris qu'il devait se dépêcher.

— Il faut que je parte, répéta-t-il en se levant.

Béatrice se leva à son tour.

— C'est à toi de voir comment tu repars. Je souhaite de tout cœur que tu réussisses.

Ils se regardaient. Il n'y aurait pas de prochaine fois, ils avaient conscience qu'ils ne se reverraient plus. Ni l'un ni l'autre ne savait quoi dire. Mais Béatrice était déjà ailleurs.

— Alan, fit-elle, prise soudain d'inquiétude. Franca ne m'a pas dit où il était. Pourquoi est-ce elle qui a téléphoné et pas lui ? Il faut que j'aille à Perelle Bay. conduis-moi vite à la maison, Julien. Je pourrai prendre ma voiture. Mon Dieu, pourvu qu'il ne soit rien arrivé à Alan !

10

De loin, déjà, elle vit le barrage de police. Elle vit la foule qui se pressait, les curieux qui mystérieusement surgissaient dès qu'il se passait quelque chose. Elle entendit une voix dans un mégaphone mais ne comprit pas ce qu'elle disait. Un hélicoptère tournait au-dessus de la côte. Elle reconnut une vedette de la police des mers à l'entrée de la baie. Son inquiétude grandit, se mua en peur. Il s'était passé quelque chose de grave. Elle le sentait. Elle accéléra mais dut presque aussitôt freiner. C'était dangereux, il y avait beaucoup trop de monde.

Un policier se mit en travers de son chemin, posa la main sur le capot de la voiture et lui fit signe de couper son moteur. Elle abaissa la vitre de sa portière.

— Qu'y a-t-il ? demanda-t-elle.

— Vous ne pouvez pas aller plus loin, madame. Je dois vous demander de vous arrêter.

— Je cherche mon fils, dit-elle. Il est là.

— Où, là, madame ?

— Je ne sais pas, quelque part avec les gens que vous avez arrêtés.

Le policier lui jeta un regard suspicieux.

— Quel est votre nom ?

— Shaye. Béatrice Shaye.

— Un instant, s'il vous plaît.

Il s'éloigna de quelques pas pour se concerter avec l'un de ses collègues.

En un éclair, Béatrice bondit hors de sa voiture et s'élança vers les serres. Elle courait à travers la foule en bousculant les gens. Derrière elle, l'officier de police criait.

— Madame Shaye ! Madame Shaye ! Mais attendez, voyons !

Elle ne songea même pas à ralentir. Une ambulance était stationnée de l'autre côté du périmètre de sécurité. Son cœur s'arrêta. Que venait faire une ambulance ? Il y avait des blessés ? Est-ce qu'Alan était blessé ?

Mon Dieu, non, supplia-t-elle intérieurement. Pas Alan. Pas lui. Ne me faites pas ça, je vous en prie ! Mon Dieu !

Elle avait atteint la barrière métallique dressée par la police pour éloigner les badauds. Elle s'y accrocha, haletante, et tenta d'analyser ce qu'elle voyait.

Deux ambulanciers remontaient le chemin sablonneux de la plage en portant une civière. Un corps recouvert d'un drap était allongé dessus.

Pourquoi n'ont-ils pas découvert la tête ? se demanda Béatrice. Elle connaissait la réponse, bien sûr, mais se poser la question était un moyen de différer l'instant où il faudrait regarder la vérité en face. La personne qui était sur la civière était morte.

Plus loin, des hommes sortaient des serres. Ils étaient menottés. Des policiers lourdement armés les encadraient. La scène avait quelque chose d'irréel, d'excessif. On aurait dit le tournage d'un film. Mais il manquait les caméras, les projecteurs, le metteur en scène qui criait des indications scéniques aux acteurs. Pourtant, une scène pareille ne pouvait pas être réelle. La réalité ne ressemblait pas à ça.

Béatrice déplaça légèrement la barrière et se faufila de l'autre côté. Un policier qui se tenait à quelques mètres de là la regarda, stupéfait.

— Madame… protesta-t-il, mais, le temps qu'il se ressaisisse et tente de l'arrêter, elle était loin.

Elle traversa la prairie – heureusement qu'elle portait les baskets qu'elle affectionnait tant. Avec ses chaussures à talons, Mae n'aurait pas fait deux mètres.

Elle fut devant la civière. L'espace d'un instant, ses sentiments, ses pensées, tout ce qui en elle vivait, bougeait, palpitait cessa de fonctionner. Elle ne fut plus qu'une enveloppe vide, une machine qui faisait ce qui devait être fait. Rien de ce qui se passait autour d'elle ne la touchait plus.

Avant même que les brancardiers aient compris ce qu'elle faisait, elle rejeta le drap blanc qui masquait le corps qu'ils transportaient.

Les yeux sans vie de Kevin Hammond étaient grands ouverts sur le ciel.

11

— Ce que je ne comprends pas, maman, mais alors, vraiment pas, c'est comment tu as pu laisser filer ce Julien ?

Alan se tenait sur la véranda de la maison de sa mère, confortablement installé dans un fauteuil, son pied couvert d'un gros pansement posé sur une chaise devant lui. Il s'était déchiré un ligament et le médecin lui avait prescrit le repos absolu, recommandation superflue puisqu'il était incapable de poser le pied par terre.

Béatrice, qui était assise à côté de lui sur le banc, un verre de sherry à la main, secoua la tête d'un air désolé.

— Tu sais, j'étais très choquée par ce que je venais d'apprendre. C'était tout de même difficile à avaler. Et dans un sens, je n'y croyais pas vraiment. Je pensais que Franca était ivre, ou avait perdu la tête. Ce qu'elle racontait était tellement absurde. Quand je suis revenue à la table, Julien était en train de partir. Il était pressé.

— Pardi ! Il avait rendez-vous avec ses acolytes à Perelle Bay. N'empêche qu'il n'y est pas allé. Comme s'il avait eu une intuition.

— Quand je suis arrivée là-bas, observa Béatrice, ça grouillait de policiers. Il a sûrement vu la même chose que moi et fait demi-tour. Tu ne t'attendais tout de même pas à ce qu'il se jette sciemment dans la gueule du loup !

— Ça m'agace, qu'il s'en soit tiré, s'obstina Alan. Sa place est en prison, au même titre que les autres.

Béatrice s'abstint de répondre et piqua du nez dans son verre de sherry. Franca, qui arrivait à cet instant et avait entendu les derniers mots d'Alan, posa un regard insistant sur Béatrice. Celle-ci lui rendit son regard sans ciller. Franca acquiesça presque imperceptiblement. Elle avait compris, et elle se garderait de porter un jugement.

Ils avaient tous trois été longuement interrogés par la police, surtout Alan qui avait servi d'otage et vu Kevin se faire abattre sous ses yeux alors qu'ils étaient tous retranchés dans la serre.

Il était toujours étonné d'être en vie. Quand il était tombé, il avait été persuadé que c'était fini. Pour quelle raison Gérard l'aurait-il épargné ? Puis il l'avait entendu dire aux autres : « La femme va rameuter les flics, dans deux minutes ils seront là. On est coincés. Vite, embarquez-le dans la serre ! »

Des bras solides l'empoignèrent et le mirent debout. Il faillit s'évanouir de douleur quand son pied reposa sur le sol. Le chemin jusqu'à la serre lui parut ne jamais devoir finir, jamais il n'avait eu aussi mal de sa vie. À l'intérieur, il s'effondra entre un pot de fleurs dans lequel végétaient quelques violettes du Cap et une corbeille en osier remplie de bulbes. Il respirait par à-coups et s'efforçait de se concentrer sur autre chose que la douleur qui irradiait dans toute sa jambe. Il regarda Kevin qui détourna les yeux. Les hommes discutaient entre eux mais ils parlaient trop bas pour qu'il puisse comprendre ce qu'ils disaient.

Tout ce qui dès lors se produisit lui parvint comme à travers un brouillard épais. La douleur paralysait son corps et son esprit. À un moment, il comprit que la police était dehors, puis que des renforts arrivaient. Les gangsters avaient déclaré qu'ils détenaient un otage. Il mit un long moment à saisir que c'était de lui qu'il était question.

Il n'avait aucune notion du temps. Il apprit plus tard que la scène avait duré plus de deux heures. Deux heures ou deux jours, il eût été incapable de faire la différence. Rien n'existait au-delà de sa douleur. Tout lui était égal. Il souhaitait seulement que sa souffrance cesse.

Comment le coup de feu était-il parti ? Il dut faire un gros effort de mémoire pour donner un sens à ce qu'il avait perçu et fournir à la police un tableau aussi proche que possible de la réalité. Recroquevillé sur lui-même entre son pot de violettes du Cap et ses bulbes, les yeux clos, centré sur la douleur qu'il sentait maintenant battre derrière ses tempes, il n'était attentif qu'à lui et à sa peur. La voix de l'un des hommes lui était soudain parvenue, sans doute parce que, suraiguë, nerveuse, elle trahissait un début de panique.

« Ils arrivent ! Merde ! Les flics arrivent !

— Calme-toi, fit Gérard. Y a qu'à leur dire qu'on descend l'otage. Si c'est ce qu'ils veulent, qu'ils continuent à avancer ! »

Quelqu'un cria quelque chose à l'intention de la police.

« Ils continuent à avancer ! cria un homme. Ils continuent quand même ! Saloperies de serres ! On aurait dû se tirer !

— Ouais. Eh bien, tant pis pour l'otage, dit Gérard. Mais il faut qu'ils voient. Collez-le debout ! »

Plus encore que la mort, Alan redoutait qu'ils le mettent sur ses pieds. La douleur serait intolérable. Il gémit quand deux hommes le tirèrent par les bras pour le soulever.

« Je vous en prie ! Non ! supplia-t-il. Non ! »

Ils n'eurent cure de ses plaintes. Alan eut beau faire porter son poids sur sa jambe indemne, la douleur le transperça au point que les larmes lui montèrent aux yeux, puis roulèrent sur ses joues sans qu'il puisse les retenir. Il pressentit qu'ils voulaient le traîner devant la porte. Il ne savait pas comment il le supporterait. Il espéra qu'il perdrait connaissance.

Ils le prirent par les aisselles. Alan avait l'impression d'être un sac mouillé. Quand ils s'arrêtèrent devant la porte, il avait un voile noir devant les yeux. Il se retenait de gémir. Quelque part au fond de son esprit embrumé, il ne voulait pas qu'il soit dit que les dernières minutes de sa vie il avait hoqueté comme un enfant.

Ce qui s'était ensuite produit, il avait maintes fois essayé de se le remémorer pour l'inspecteur qui l'interrogeait, mais des trous, des absences subsistaient.

« Il a pointé son arme sur moi.

— Qui ?

— Le Français. Ils l'appellent Gérard. Je ne sais pas si c'est son vrai nom.

— Il a donc pointé son arme sur vous. Il se tenait à quelle distance de vous, approximativement ?

— À trois pas. Peut-être quatre. J'étais devant la porte, il se tenait en retrait, dans la serre, à quelques centimètres de moi. Son arme était pointée sur moi, quasiment à bout portant.

— Vous avez vu mes collègues qui arrivaient ? »

Il essaya de se souvenir, mais il ne lui revint que des images floues, des impressions qui refusaient de prendre forme.

« Non. Je ne crois pas m'en être rendu compte. Je ne voyais rien que le pistolet, il était tellement près. Et je n'étais pas en état de réfléchir. Le douleur me rendait dingue.

— Que s'est-il passé ensuite ?

— Tout est allé si vite... et je n'ouvrais pas souvent les yeux. Mais je crois que Kevin se tenait à quelques pas de moi, sur ma gauche. Puis Gérard a tiré... et Kevin a poussé un cri.

— Ah ? Et il a crié quoi ?

— Il a crié : "Non !" Et je l'ai vu devant moi.

— Il s'est jeté devant vous ? »

Alan haussa les épaules dans un geste d'impuissance.

« Je sais seulement que je l'ai vu brusquement devant moi. Et que, dans le même instant, il s'est effondré. »

Gérard avait touché Kevin au cœur. Il était mort sur le coup.

« Est-il possible qu'il ait été poussé ?

— Je ne sais pas. Je ne sais vraiment pas. Mais j'ai du mal à l'imaginer. Pourquoi ses complices l'auraient-ils poussé ?

— Pourquoi M. Hammond se serait-il sacrifié pour vous ? »

Alan s'était posé la question. Mille fois. Pourquoi Kevin se serait-il sacrifié pour lui ? Pourquoi aurait-il donné sa vie pour lui ?

« Je ne sais pas. Je suppose qu'il a obéi à une sorte de réflexe. Pour empêcher Gérard de tirer. Il a peut-être cru qu'il ne tirerait pas si quelqu'un s'interposait... À moins qu'il ait éprouvé un sentiment de culpabilité. Kevin Hammond était un ami de longue date de la famille. La maison de ma mère lui était ouverte. Hélène était morte. L'idée que quelqu'un d'autre dût mourir lui était peut-être insupportable. Il aurait tout fait pour l'empêcher... Il a tout fait pour l'empêcher », se reprit-il.

Alan avait aussi une autre idée mais, rien ne permettant de l'étayer, il préférait la garder pour lui. Au reste, c'était seulement une impression, lui-même ne savait pas sur quoi elle reposait, simplement quelque chose lui disait que Kevin avait cherché volontairement à mourir. Il voulait mourir. Quand il y repensait, Alan se disait qu'il y avait longtemps qu'il percevait chez Kevin un désir diffus de mort. Peut-être le percevait-il depuis toujours. Kevin n'était pas de ce monde, et cela n'avait rien à voir avec ses préférences sexuelles. C'était un rêveur, un homme qui recherchait plus la compagnie des fleurs que celle de ses congénères. Un jeune homme qui appréciait une vieille dame qui le traitait avec bienveillance et respect, une vieille dame qui avait souffert autant que lui de la cruauté de la vie et de l'insensibilité des hommes. Kevin avait tenté de se tenir à l'écart de tout ce qui était vulgaire, laid et agressif. Il s'était construit une vie plus belle, plus pure et plus douce que celle des autres. Son drame avait été de se trouver finalement mêlé de plus près que le commun des mortels à l'aspect véritablement noir, malfaisant et violent de la vie. Depuis qu'il avait pactisé avec le crime organisé, il devenait chaque jour plus gris, plus fatigué et plus triste. En l'espace de deux ans, c'était devenu une ombre. Peut-être, en une fraction de seconde, avait-il repéré et saisi la possibilité d'en finir, et ainsi mis un terme à une vie qu'il ne se sentait plus de taille à affronter.

Ensuite, tout était allé très vite. Le coup de feu avait à peine claqué que la police avait donné l'assaut. Alan gisait alors à demi conscient sur le seuil de la serre. Les hommes qui le soutenaient l'avaient laissé tomber quand Kevin s'était effondré. Il ne savait pas pourquoi Gérard n'avait pas fait feu une seconde fois. Peut-être parce que la police avait réagi particulièrement vite. À moins que voir soudain Kevin étendu sans vie devant lui ait effrayé cet homme venimeux comme un serpent au point de lui faire perdre son sang-froid.

Alan ne savait pas s'il était mort ou vivant. C'est seulement lorsqu'un médecin se pencha sur lui, palpa son pied et lui injecta un produit miraculeux qui aussitôt endormit sa douleur qu'il comprit qu'il en avait réchappé. Puis Franca fut là, elle lui tenait la main, disait qu'elle était désolée de ne pas être intervenue plus vite, qu'elle avait d'abord appelé le Sea View, mais que ça n'avait servi à rien puisque Julien avait tout de même disparu, puis qu'elle avait eu une attaque de panique, que ça avait encore pris du temps...

Il ne comprenait pas réellement ce qu'elle racontait ni où elle voulait en venir, mais il avait plusieurs fois répété, sur un ton lénifiant : « Tout va bien. Tout va bien, maintenant. » Il avait regardé son visage penché sur lui et s'était senti apaisé et en sécurité.

Il ne savait pas encore que Kevin était mort.

Béatrice était peinée de la disparition de Kevin, tous le sentaient. Accrochée à son verre de sherry, elle dit :

— Je ne boirai plus jamais avec lui.

Alan et Franca comprirent sans qu'elle le dise qu'elle parlait de Kevin.

— Kevin était faible, remarqua Alan qui aussitôt se demanda pourquoi il disait quelque chose qui ne pouvait pas être une consolation pour sa mère. Quelqu'un de moins faible ne se serait pas laissé embringuer comme lui dans une histoire pareille, précisa-t-il alors.

Ses complices s'étaient montrés loquaces. Ils avaient complaisamment expliqué à la police que Kevin était entré en contact avec la bande deux ans et demi auparavant, par l'intermédiaire d'un très jeune Français avec lequel il avait eu une brève liaison. Kevin avait compris relativement vite qu'il avait affaire à des gens peu recommandables, mais il était sans défense dans les mains de son amant. Il aurait fait n'importe quoi pour conserver son amour. C'est ainsi qu'il avait commencé à leur rendre de menus services : il avait joué les messagers, transmis des informations, confirmé des renseignements. De fil en aiguille, il en était arrivé à se laisser convaincre d'acheter les serres désaffectées de Perelle Bay et à accepter que son nom et son entreprise servent de paravent à leurs activités illicites. Ils avaient alors entreposé et repeint un premier bateau dans les serres. Peu de temps après, la liaison de Kevin avec le jeune Français avait volé en éclats et Kevin avait voulu se retirer de l'affaire. C'est là qu'ils avaient commencé à le faire chanter : s'il refusait de continuer à jouer le jeu, ils le dénonçaient. Ils ne prenaient pas grand risque : en cas de pépin, ils gagnaient la France en quelques heures et disparaissaient de la circulation. Kevin, en revanche, aurait été ruiné, tout ce qu'il avait construit réduit à néant. Il ne pouvait pas leur fausser compagnie.

Et, manque de chance, dans un moment d'égarement, il avait confié à son ami qu'il avait trouvé en Hélène une source inépuisable de financement, ce que celui-ci s'était empressé de rapporter au reste de la bande. Dès lors, ils n'avaient eu de cesse de lui réclamer de l'argent, le contraignant ainsi à constamment solliciter la générosité d'Hélène.

« Nos affaires devenaient de plus en plus risquées et de moins en moins lucratives, raconta un des membres de la bande à la police. Bref, l'argent rentrait difficilement. Quand on était à sec, on sonnait le pépiniériste et il tapait la vieille. Une fois, l'année dernière, il a refusé. On lui a bousillé sa bagnole pour lui donner une leçon. Il a compris et s'est tout de suite montré à nouveau très coopératif. »

Béatrice, Alan, Franca, tous furent affectés d'apprendre après coup ce que Kevin avait dû endurer. Il subissait une pression effroyable et à l'évidence n'avait osé se confier à personne. Le soir du 1er mai, qui devait se terminer tragiquement pour Hélène, la situation avait pris une tournure plus dramatique encore. Quelques jours auparavant, il avait annoncé son intention ferme et définitive de couper les ponts.

En réponse, Gérard l'avait informé de sa visite pour le soir du 1er mai.

— Je présume que c'est pour cette raison qu'il nous avait invitées à dîner. Il devait penser qu'ils lui ficheraient la paix si nous étions là. Quand je lui ai dit, en déposant Hélène, que je ne restais pas et que Franca ne venait pas non plus, il a dû se sentir épouvantablement mal…

À ce souvenir, un frisson parcourut Béatrice et elle serra son verre de sherry un peu plus fort.

— Il y a beaucoup de choses que je ne comprends que maintenant, dit-elle. Son anxiété, cette manie soudaine de s'enfermer à clé… Je trouvais qu'il devenait un peu bizarre. En réalité, il avait simplement peur. Il était malade de peur et il avait de bonnes raisons de l'être.

— C'est ce Gérard qui a tué Hélène ? demanda Franca.

Elle venait juste d'être interrogée par la police et ne savait pas encore ce qu'il était sorti des autres interrogatoires.

Béatrice hocha la tête.

— Ils ont trouvé des traces de sang sur le couteau à cran d'arrêt qu'il portait sur lui. Indéniablement le sang d'Hélène. Elle devait se trouver dans la salle à manger avec Kevin quand les types sont arrivés. Ils sont entrés par la porte de la cuisine, Kevin s'en est rendu compte et les a rejoints sans leur dire qu'il y avait quelqu'un dans la maison. Là, ils ont sorti le grand jeu, l'ont menacé de représailles personnelles, de crever les pneus de sa voiture, de casser les vitres de sa maison, que sais-je encore, tandis que Kevin suppliait qu'ils le laissent arrêter. Apparemment, Hélène a entendu la conversation. Elle s'est peut-être simplement levée de table pour voir ce que Kevin fabriquait depuis si longtemps dans la cuisine et, en approchant, elle aura saisi des bribes de phrases qui l'auront intriguée et, du coup, écouté la suite derrière la porte. Elle a dû tomber de haut. J'imagine qu'elle a ensuite appelé un taxi du téléphone du salon en parlant le plus bas possible, puis qu'elle a encore attendu quelque temps dans la maison. Quand elle s'est glissée dehors, une porte a claqué.

Béatrice se tut un moment.

— Elle a dû avoir effroyablement peur, remarqua Franca.

— Hélène qu'une araignée terrorisait, dit Béatrice. Hélène qui ne pouvait regarder une série policière à la télévision sans se cacher les yeux. Et qui se retrouve au centre d'un véritable drame...

Ils échangèrent un regard, tous ressentaient la même chose. Hélène était encore tellement présente qu'ils s'attendaient presque à la voir surgir sur le seuil de la véranda, dans une robe d'été à frous-frous beaucoup trop jeune pour elle. Elle aurait ouvert de grands yeux et dit : « Oh, mais vous êtes tous là ! Pourquoi personne ne me dit rien ? » Ils auraient perçu le reproche dans sa voix et se seraient tus, gênés. Hélène aurait alors pris un verre et se serait servi un sherry. Elle aurait caressé affectueusement la tête d'Alan, aurait complimenté Franca, de quelques mots sincères. Puis elle se serait assise et aurait commencé à se lamenter. Sur le temps, ou sur la politique internationale. Sur Misty, dont les poils maculaient tous les sièges de la maison. Au bout d'un moment, Béatrice, excédée, se serait exclamée : « Oui, Hélène, nous le savons ! La vie est dure, et la tienne tout particulièrement. Peux-tu maintenant te taire, que nous profitions de cette belle journée ?

— Oh ! » aurait articulé Hélène, vexée, avant de serrer les lèvres.

— Gérard a tout de suite saisi que quelqu'un venait de quitter la maison, reprit Béatrice. Kevin a bien essayé de tourner autour du pot, mais un coup d'œil dans la salle à manger a suffi à le convaincre que quelqu'un avait entendu des choses qu'il n'aurait pas dû entendre. Il a d'abord fouillé le jardin – personne n'avait entendu Hélène téléphoner – puis il a eu l'idée de regarder dans la rue et il l'a vue monter dans un taxi. Personne ne se promène la nuit dans Torteval, dès lors Gérard a vite compris que c'était elle qui se trouvait chez Kevin. Il a sauté dans sa voiture, l'a suivie et l'a tuée. Pour l'empêcher de parler. Hélène est morte pour cette seule et unique raison.

— Si Michael n'avait pas débarqué ce matin-là… dit Franca. Si Alan n'avait…

— Si je ne m'étais pas copieusement abruti d'alcool, dit Alan, voyant qu'elle n'achèverait pas sa phrase, maman ne serait pas allée se changer les idées sur les rochers de Pleinmont, et tu ne te serais pas retrouvée dans un restaurant face à ton mari. Vous seriez allées chez Kevin avec Hélène et elle serait peut-être encore en vie. Ça ne sert à rien de revenir là-dessus. Et ça ne sert à rien de se faire des reproches. C'est arrivé, on n'y changera rien. Après tout, c'était peut-être le destin.

— Oui, peut-être, dit Béatrice. Peut-être était-ce depuis le début la destinée d'Hélène de mourir cinquante-cinq ans exactement après son mari, égorgée sur le chemin de terre de Petit Bôt Bay. C'était écrit. Rien n'aurait pu la sauver, personne n'aurait pu la protéger.

Béatrice posa son verre et se leva.

— Vous voulez que je vous dise ? commença-t-elle d'une voix dure que démentait son expression. Croyez-le ou non : elle me manque. Elle me manque et elle me manquera sans doute jusqu'à la fin de mes jours.

Elle traversa la terrasse à pas rapides et descendit dans le jardin. Franca avait vu des larmes briller dans ses yeux. Elle pleurerait quelque part à l'abri des regards. Personne ne la verrait.

— Pauvre maman, dit Alan, en fait, elle l'aimait vraiment. À sa façon à elle.

— Oui, acquiesça Franca. Je le pense aussi.

Alan pressa sa main.

— Quels sont tes projets ?

— Qu'est-ce que tu veux dire ?

— Eh bien, précisément ce que je dis. Tu restes encore quelque temps ici ?

— Une semaine ou deux. Je n'aimerais pas me sauver comme une voleuse et laisser Béatrice toute seule. Il faut qu'elle s'habitue à sa nouvelle vie. À son âge, ce n'est pas quelque chose de facile.

— Elle me fait l'impression d'une vieille dame dont le mari vient de mourir, dit Alan. Le mariage n'était pas heureux, c'était essentiellement un amoncellement de frustrations, mais au fil du temps elles étaient devenues indissociables, et aujourd'hui c'est comme si elle avait été amputée. Elle a le sentiment d'avoir perdu une part d'elle-même, qu'elle ait aimé ou non cette part n'importe pas. Elle est dans le même état d'esprit qu'une veuve.

— Il va falloir qu'elle mette ses sentiments au clair, qu'elle réfléchisse à sa haine, à son amour, à son besoin d'indépendance, à son agressivité et à son chagrin. Elle ne pourra pas faire l'économie d'un vrai travail sur elle-même, d'une réflexion complètement honnête. C'est à ce prix qu'elle retrouvera son équilibre.

Il la regarda. Son regard parut à Franca infiniment tendre.

— Tu sais de quoi tu parles, dit-il.

— Je le sais, oui. Je le sais précisément.

— Quand comptes-tu retourner en Allemagne ?

— Quand j'aurai le sentiment de pouvoir laisser Béatrice seule. Il faut que je m'occupe de mon divorce. Que je clarifie ces histoires de partage. Il faut que je me cherche un appartement, que je... Que je réfléchisse un peu à la suite, ajouta-t-elle en haussant légèrement les épaules.

Il l'observa pensivement.

— Fais ta demande de divorce. Clarifie ce que tu dois clarifier. Mais avant de chercher un appartement, un travail et que sais-je encore... viens me voir à Londres. J'en serais heureux.

Elle posa sur lui un regard dubitatif.

— Tu veux que je vienne te voir à Londres ?

— Viens au moins voir Londres. Donne-nous une chance de nous connaître. Sans obligation. Nous sortons l'un et l'autre d'une histoire pénible. Il va nous falloir du temps. Mais restons en contact.

— Ça devrait être possible, dit Franca sur un ton prudent. Je pense que je devrais pouvoir venir à Londres.

— Promis ? demanda Alan.

— Promis, répondit Franca.

Épilogue

Le patron du Nautique s'approcha des deux vieilles dames qui occupaient une table près de la baie vitrée.

— Deux sherrys, comme d'habitude ?

— Deux sherrys, comme d'habitude, répondit Béatrice. Et deux salades d'avocat à l'orange.

— Ça marche ! lança le patron en souriant mais sans bouger pour transmettre la commande. Pas croyable, n'est-ce pas ? fit-il alors. Ça va bientôt faire un an qu'on parlait à ce même endroit des bateaux qu'on volait dans le port. Comment s'appelait le dernier en date, déjà ? Il avait un drôle de nom…

— *Heaven Can Wait*, répondit Béatrice.

— Exact. *Heaven Can Wait*. Quand je pense que c'est votre fils qui a démantelé la bande !

— Il ne faut rien exagérer. Il a eu la bonne réaction au bon moment.

— Mais la mort de M. Hammond, quelle tristesse ! Qui aurait imaginé que des choses aussi épouvantables pouvaient arriver chez nous, dans des îles si tranquilles ?

— Il en arrive partout. C'est comme ça.

— Oui, c'est bien vrai, ça, soupira le patron.

En réalité, l'émotion suscitée par les vols et les deux morts brutales avait été tout à fait à son goût. Rien de tel qu'un bon fait divers pour doper les affaires. Les gens sortaient de chez eux, discutaient, buvaient deux fois plus que d'habitude sans s'en rendre compte. Il n'avait eu que des raisons de se réjouir.

Il regagna son comptoir. Mae dit :

— Ce bonhomme ne me plaît qu'à moitié. Il aime trop le sensationnel.

Elle-même avait été très affectée par les événements. En l'espace de quelques jours, deux personnes qu'elle appréciait, qui avaient fait partie de sa vie, avaient trouvé une fin tragique. Elle ne parvenait toujours pas à l'admettre. Ça lui paraissait tellement invraisemblable, tellement monstrueux. Elle aurait voulu se réveiller et découvrir que ce n'était qu'un mauvais rêve, que rien n'avait changé.

— La plupart des gens aiment le sensationnel, observa Béatrice. Il ne fait pas exception, voilà tout. La mort d'Hélène, celle de Kevin ont alimenté les conversations de l'île pendant des semaines. Les gens étaient contents d'avoir quelque chose à se mettre sous la dent.

Mae soupira. Finalement, elle avait toujours autant de mal à soutenir une conversation avec Béatrice, pourtant ce n'était pas faute d'essayer, au reste c'était elle qui avait eu l'initiative de cette soirée, pour qu'elles puissent « à nouveau tranquillement papoter entre amies ».

Deux sherrys leur furent apportés, servis comme de coutume dans de hautes flûtes à champagne.

— Si ça ne te fait rien, j'aimerais trinquer à Maya, proposa timidement Mae. Elle est enfin sur la bonne voie.

— Vous avez beaucoup de chance de lui avoir trouvé ce stage au Chalet Hotel, dit Béatrice. Parce que, enfin, elle n'a jamais terminé ses études. Quant à sa réputation, elle est déplorable…

Mae pinça les lèvres. Depuis qu'elle la connaissait, elle ne s'était toujours pas habituée à la franchise avec laquelle Béatrice mettait les pieds dans le plat.

— Maya est réellement en train de changer, dit-elle pour défendre sa petite-fille. La fin de son histoire avec Alan l'a choquée. Je pense sincèrement qu'elle va faire quelque chose de sa vie.

— C'est possible. En tout cas, ce serait un souci de moins pour toi et on ne peut que te le souhaiter.

Béatrice ne parvenait pas à dire un mot gentil sur Maya. Elle ne lui pardonnait pas d'avoir gâché des années de la vie d'Alan.

Mae comprit qu'il valait mieux changer de sujet.

— Tu crois que Franca va réellement divorcer ? demanda-t-elle sur un ton dubitatif. J'ai l'impression que son mari va la harceler jusqu'à ce qu'elle revienne sur sa décision et consente à un nouvel essai de vie commune.

— Ça m'étonnerait qu'elle accepte, dit Béatrice qui avait accompagné Franca à l'aéroport la veille. Elle avait l'air extrêmement déterminée, quand elle est partie.

Mae ne put contenir sa curiosité.

— Et pour Alan ? Ils vont se revoir ? D'après ce que tu disais l'autre jour, j'ai cru comprendre que…

— … qu'ils s'aimaient beaucoup ? C'est un fait. Ils s'aiment beaucoup. Quand son divorce sera sur les rails, Franca ira voir Alan à Londres. La suite, on verra.

— Je me demande ce que ça peut donner, deux personnalités aussi fragiles ensemble… fit mine de s'interroger Mae.

— Ils ne sont pas fragiles, répliqua Béatrice. Ils sortent l'un et l'autre d'une période difficile. C'est tout. Ils vont se reprendre en main. J'en suis persuadée.

— Si tu le dis...

La conversation retomba.

Dehors, la chaude journée ensoleillée s'acheminait imperceptiblement vers un long et clair soir de juin. Les voiliers regagnaient la marina. Le ciel était d'un bleu tendre tirant sur le mauve. Les gens qui déambulaient sur les quais avaient presque tous un cornet de glace à la main. Le drapeau britannique flottait au sommet de Castle Cornet.

Le patron apporta les deux salades commandées et en même temps déposa un vase sur la table.

— Il n'y avait pas de fleurs sur votre table ! L'erreur est maintenant réparée !

Elle attendit d'éprouver ce que toujours elle éprouvait à la vue d'une rose. Ce détestable sentiment d'être passée à côté de la vie. De ne pas avoir eu le choix.

Le vase contenait une rose rouge sombre. Béatrice effleura les pétales veloutés du bout des doigts. Quelle douceur extraordinaire, se dit-elle. Quelle fleur magnifique.

Plusieurs secondes s'écoulèrent et rien ne vint. La rose était toujours simplement magnifique, les pétales sous ses doigts délicieusement doux. Elle avait envie de respirer son parfum.

C'est nouveau, songea-t-elle, stupéfaite.

— Tu regardes cette rose comme si tu n'en avais encore jamais vu, remarqua Mae. On ne dirait pas que tu es tombée dedans quand tu étais petite !

— Tu n'as pas complètement tort, dit Béatrice pensivement. Je n'avais encore jamais vu de roses. Jamais avec les yeux avec lesquels je les vois aujourd'hui.

Mae se demanda ce que Béatrice voulait dire. Faute de trouver une explication, elle se dit qu'avec l'âge son amie devenait décidément un peu bizarre.

— Sais-tu ce qui s'est passé pour Julien ? demanda-t-elle.

— Non, bien sûr que non. Il ne va pas prendre le risque de refaire surface avant un bon moment.

— Tout de même, tu aurais imaginé qu'il s'acoquine avec des gangsters ?

— Oh... de la part de Julien, je crois que je me suis toujours attendue à tout.

— Hum...

Mae observa attentivement Béatrice.

— Sinon, comment vas-tu ? demanda-t-elle. Je veux dire, toute seule dans ta maison, sans Hélène ?

— Elle me manque.

— Vraiment ?

— Vraiment.

Béatrice laissa son regard errer sur le port. Quelque chose avait changé. Elle avait fait la paix. Tardivement, mais elle y était parvenue. Elle avait fait la paix avec les roses.

Et avec Hélène.

— Viens, dit-elle à Mae, payons et rentrons à la maison. Je suis fatiguée.

— Entendu, dit Mae. Rentrons.

8104

Composition
NORD COMPO

Achevé d'imprimer en France (La Flèche)
par CPI BRODARD ET TAUPIN
le 12 octobre 2010. 60496

1er dépôt légal dans la collection : juillet 2006.
EAN 9782290355688

ÉDITIONS J'AI LU
87, quai Panhard-et-Levassor, 75013 Paris

Diffusion France et étranger : Flammarion